DALKEY ARCHIVE

The Mystery of the Sardine

Stefan Themerson

缶詰サーディンの謎

ステファン・テメルソン

大久保譲 訳

国書刊行会

缶詰サーディンの謎　目次

第一部

第二部

缶詰サーディンの謎

主な登場人物

バーナード・セント・オーステル
アン　彼の妻
ジョンとピフィン　彼らの子供
マージョリー　バーナードの秘書
ティム・チェスタトン＝ブラウン
ヴェロニカ　彼の妻
エマ　彼らの娘
ミス・プレンティス　手相占い師
ポール・プレンティス師　彼女の兄
イアン　彼女の息子
ピェンシチ将軍　イアンの父（この人物の詳細については、本書と同じ作者による小説『ピェンシチ将軍、あるいは忘れた使命の事件』を参照）
デイム・ヴィクトリア　アン・セント・オーステルの母（「デイム」は男性の「サー」にあたる女性の称号）
サー・ライオネル・クーパー　彼女の異母兄

レディ・クーパー　彼の妻
パーシヴァル・W・クーパー
ユゼフ・クシャク　「些末大臣《ミニスター・オブ・インボンデラビリア》」
カサノヴァ＝ブリッジウォーター大尉
ミスター・マクファーソン
サリー　彼のガールフレンド
ドクター・ゴールドフィンガー　ズッパ公爵夫人の友人でありペレトゥーオ枢機卿（この人物の詳細については、本書と同じ作者による小説『ペレトゥーオ枢機卿』を参照）の友人

その他　ミセス・ピェンシチ。ドクター・ブジェスキ。ビル（新聞配達の少年）。ミスター・ニューマンと彼の「姪」。大使。大使の執事。警官たち。刑事たち。女子修道院長。判事。ミセス・マスグレイヴ。ドン・ホセ・マリア・ロペス。スペイン人司祭。フランス人女性。ドイツ人女医《エールツティン》。ミスター・アダムチク（おかかえ運転手）。ミスター・ミレク（ヘリコプター操縦者）。ミスター・クルパなる人物（パリのアメリカ人）。そして「気ちがい帽子屋《マッド・ハッター》」。

公理は不滅ではない
政治は不滅ではない
詩は不滅ではない——
良いマナーは不滅である

第一部

一　彼の瞳の色

彼の憎しみは、彼自身から独立した確固たる存在だった。自分の内部、体組織の中に、憎しみがあることを常に意識していた。胆汁を吐きそうになって苦味を味蕾で感じるときにかぎらず、いつも体内に胆囊があることを知っているようなものだ。彼はこの内なる憎しみを好きだとか嫌いだとか思ったことがない。憎しみを育んでいたのである。わざわざ育んでいたのは、憎悪が最高潮に達するときに書いた文章がきまって大成功をおさめ、批評家からの絶賛と収入をもたらすからだ。彼は由緒ある、しかし現代的な設備が整ったカントリーハウスに住んでいた。屋敷がある村は首都からそう遠くなかったものの、執筆の大部分はロンドンに借りたフラットでおこなっていた。妻はそれを当然だと考えていた。夫の創作活動（と彼女は言う）には大都市の活気が必要なのだと。しかし夫のほうは、真に必要なのは憎しみなのだとわかっていた。ロンドンではごく自然に憎しみを感じられたからだ。ロンドンでなら、思うぞんぶん憎しみをつのらせることができた。あらゆるものに対して。憎しみは作品にそのまま現れるわけではなかったが、仕事への刺激と意欲を与えるのはまさしく憎しみだった。

けれども彼がロンドン発の列車を降りて、村の中心から二マイル離れた小さな駅のホームに着くと、憎しみは番犬があとずさりして犬小屋にひっこむように影をひそめ、万物と人々に対する親愛の情にとってかわった。たいてい妻がステーション・ワゴンで迎えに来ていた。冬でなければ食卓には花が飾られ、学校に行っていなければ二人の子供も待っていた。仕事の電話もかかってこない。ごくたまに、出版社の弁護士から緊急の連絡があり、「なあ、深刻な問題なんだ、〝詐欺〟って単語を削るか、関係者の名前を姓も名も両方変えるかしないと」などと言ってくる。「かまわんさ。〝詐欺〟を〝処置〟に変えよう」と答えて受話器を置き、そんなことはすっかり忘れて村に散歩に出かける。誰もが顔見知りだったし、自分の著作など一言半句たりとも読んだことがない村人たちは心のこもった挨拶をしてくれる。日曜の朝には教会に行き、礼拝が終われば牧師夫妻と立ち話。夜は——地元の名士とブリッジ。月曜日、行きつけのパブにひょいと立ち寄り、気の抜けたエールを一杯やりながら、民主的な笑顔を取り交わす。

ときおり、庭の真ん中にある小さな円形の東屋《あずまや》に行った。作家はその小屋を（託宣を受けるから、というよりその丸い形のために）「シビュラ」と呼んでいた（シビュラはアポロンの神託を告げる巫女）。屋内には田舎風のテーブルと籐椅子、そして枝編み細工の小さな本棚がひとつ。夏になると周囲の木々の葉に反射した緑の柔らかい光がさしこむ。彼は小さな丸い天窓から庭木の梢を眺め——時と場合によっては——詩を書いた。しかしまず、書架から愛蔵のウェルギリウスを手にとって適当なページを開き、

最初に目にとまった一節を読む。あるときは『農耕詩』の、

おお、自己のよきものを知るならば、あまりにも幸運な
農夫らよ！　争いの武器から遠く離れて、彼らのために、
最も正しい大地はみずから、地中からたやすく日々の糧を注ぎ与える。

別のときには『牧歌』から、

愛の神はすべてを打ち負かす。われらもまた、愛の神に屈服しよう。

こうした詩行を声に出して読むのは、模倣するためではない――完璧なラテン語表現に精神を調和させるためではなく、調音するためだ。演奏前に楽器を調音するのと同じこと。興味ぶかいことに、「本業」として書いている散文に憎しみがあからさまな形で現れないように、彼の詩からもロマンチックな田園の気分はまったく感じられない。あえて言うならば、彼が書く詩には、ウェルギリウスというよりユウェナリスに近い皮肉があった。

その詩を出版するつもりはなかった。少なくとも今のところは。何年か前、作家がまだ官庁に「宮仕え」していて、田舎で過ごす週末もごく短かったころ、数編を文芸誌に発表し、ささやかな詩集も出したのだが、遺憾ながらまったく注目されなかった。最近では書いた詩を抽斗《ひきだし》に隠してい

た。今これらの詩を出版したら、成功したプロの物書きとしての評判は台無しになるだろう。

何年ものあいだ、一週間を二つに分けるやり方が続いた。三日と四晩は都会にとどまり、憎しみに突き動かされながらしゃにむに執筆する。そして四日と三晩は村で過ごし、温かい村人たちからは早期退職した感じのよい高級官僚とだけ思われるようにふるまう。けれども、こうした平穏な年月が続いていたある日、不条理なできごとが起きた。不条理だというのは、結果の甚大さに比べて、原因があまりにちっぽけだったからだ。だが、想定外だったとはいえ心の準備をしておくべきことではあった。子供たちが成長して独自の人格をそなえ、トロイの木馬よろしく、徐々に家族の王国の中に忍びこんできたのである。

作家は客間で息子と腰をおろしていた。部屋には二人きり。古い自動ピアノの上にエレキギターが置かれ、数々の十九世紀版画にまじってベン・ニコルソンの小品が飾られ、切り花があちこちに活けられ、出窓の外にはタチアオイが咲いていた。

「パパ、訊きたいことがあるんだけど、いいかな?」

「もちろん」作家は言いながら、いったいどんな質問だろうと考えた。クリケットについて? それともセックスについて? やれやれ、息子も十六歳、とっくに自分なりのセックス・ライフを送っているんじゃないか? それとも政治について? 息子は政治に興味があるんだろうか? まったく、親なんて子供のことをなんにもわかっちゃいないもんだ!

「あのさ、ちょっと言いにくいことなんだ。パパと意見が合わない問題だからね……」

「誰しも独自の見解を持つ資格があるものさ」悪い予兆などかけらも感じず、作家は言った。

「あのさ、パパの書いたものを読ませてもらったんだけど……」

まったくの不意打ちだった。おまけに家庭内の、いや村全体のルールに明確に反している。

「だめだ、そのことは絶対に話しあいたくない」彼は今まで息子が聞いたことのないような口調で言った。さらに「おまえには関係ないことだぞ」と続ける。「誰が相手だろうと、作品については議論したくないんだ」

「でも、どうして……？」

「理由も話したくない」作家は言った。そして立ち上がった。そして部屋を出た。しかし、息子のまなざしを忘れることはできなかった。それは針の先ほどの小さな焦げ穴をうがち、そこから作家の内側に封じこめられていた憎悪がじわじわと滲みだしてきた。長年のあいだ、田舎に、村に、わが家にいるときには憎しみが湧き起こったことなどなかったのに。最初に憎しみの対象となったのが他ならぬ息子だったことにも愕然とした。彼はその憎しみを抑えつけなかった。やり方を知らなかったためかもしれないし、そのつもりがなかったからかもしれない。かくして、ゆっくりと、週を追うごとに憎しみは黒々と濃くなり、屋敷へ、庭へ、村全体へと広がっていった。シビュラの神殿にこもるときも、夏の別荘というより地下壕にいる気分だった。周囲の木々の葉から鮮やかな緑色は失われ、鳥たちの歌も耳障りな金切り声になった。

＊

逆にロンドンのほうが明るく楽しく親しみやすい場所のように思えてきた。息子との一幕があった次の火曜日、ロンドンに戻った作家は、駅からタクシーでフォートナム・アンド・メイソンに乗りつけ、二ポンドの箱入りチョコレートを購入した。前代未聞の珍事である。

秘書は同居こそしていなかったがほとんどの時間を作家のフラットで過ごしていた。三十代前半、服の趣味がよく、健康的に美しく、知的な顔立ちで、口にするよりはるかに多くのことを知っているような瞳をしていた。おまけに、作家本人にも彼の仕事に対しても、疑う余地なく、ひたすら献身的だった。秘書として電話に応対し手紙を書くばかりか、口述筆記もし、下調べもやった。作家は中心となるアイデアを紙切れに殴り書きすると、部屋の中を歩き回りながら、口述して彼女にタイプさせるのが常だった。日付、名前の綴り、ふと思いついた引用句や出典のチェック――そうしたことは彼女に任されていた。彼の口述は流暢とはほど遠い。何度も同じ言葉をつぶやいたあげく消すように命じたり、何ページもさかのぼって単語ひとつを変更したりした。文の途中で口をつぐみ、ほぼ無限とも思える時間考えこむのもよくあることで、その間、秘書の指先はキーボードの真上で宙に浮いたままだった。そんなとき、場合によっては秘書の椅子の後ろで立ち止まり、彼女の肩をつかむと、無言で寝室に導く、というか引きずりこんだ。しばらくすると秘書はタイプライターの前に戻り、作家は――途中だった文を完成させた。秘書の体は痣《あざ》やひっかき傷や嚙み痕だらけ。そんなふうに痛めつけられて楽しい？　と訊かれても、彼女は否定するかもしれない。しかし、彼のほうは虐待を楽しんでいるのか？　と訊かれれば、彼女はきっぱり「いいえ」と答えるはずだ。彼女は作家のことを理解していると確信していた。彼を執筆へと突き動かす憎悪は、なんらかの形で爆発せざるをえないのだ。だが、彼の憎しみが彼女という人間に向けられているのではないことも察していた。そこにいるのは彼女ではない。彼女自身はなんの関係もない。彼の憎悪は人間的なものに向けられていたけれど、だからといって特定の個人を憎んだりはしないのだ。もしかすると彼の過去と関係があるのかもしれない。小農家の孫として生まれながらパブリック・スクールに通い、特権階級の入りくんだ人間関係を知り、軍で下積みを経験した。言葉を探しながらロンドンのフラットの一室を歩き回っているとき、作家が憎しみをぶつけている非個人的な相手というのは、政治家と役人、財界人と労働組合、マルクス主義者と資本主義者、左翼と右翼、賢い外国人と愚鈍な自国民、敬虔な信徒と無神論者、そして何よりも――物書きと読者だった。少なくとも秘書はそのように理解していた。彼女は健康で丈夫だったから、作家の暴力的な癇癪、情熱、殴打、嚙みつき、虐待を、現実の不可欠な一部として受け入れていた。仕事で言葉を使いすぎているためか、二人の会話は日常的な用途には向かないくらい切りつめられており、したがって自分たちの情事についても語らなかった。この沈黙は秘書も望むところで、まさしく彼女にとって理想のあり方だった。

だからこそ、その忘れがたい火曜日、作家が箱入りチョコレートをプレゼントとして買って来たとき、秘書は複雑な気持ちで受けとった。予期せぬ贈り物は長年のあいだに確立したパターンを揺るがすものだ。余計なことが起きつつあるのではないかという懸念が秘書の心に湧きおこる。次の火曜日、作家は香水を贈る。さらに翌週、花束を抱えて作家が現れたとき、秘書は彼が自分に恋しているのだと認めないわけにはいかなかった。残念なことだ。彼女は愛されることなど求めていなかった。愛なんて重荷は背負いたくない。確かに彼とは仕事を共にし、ロンドンのベッドも共にしているが、それはそれ。新しい要素が付け加わり、パターンから逸脱すれば、彼女の献身の意味も変わってしまうではないか。突然の変化が起きた理由は知らなかったし尋ねもしなかったけれど、どうにも居心地が悪かった。特に、この変化が彼の書くものに影響を与えているらしいのが問題である。口述の際、途切れ途切れに言葉を吐き出すような切迫感は薄れ、声は穏やかになり、攻撃的な構文は和らいだ。なにより――最悪なことに――同じことを繰り返し言っているのに作家は気づかなくなっていた。この変身《メタモルフォーシス》とでも呼ぶべきものは、ゆっくり段階的に進展していったのだが、それが――はっきり――始まったのは、都会に戻った彼がチョコレートの箱を買った、あの火曜日だった。直前の金曜から月曜にかけて、田舎で正反対の方向に変化が起きていたことを、秘書は知る由もなかった。

村は、悪意や苦悩と無縁の緑あふれる避難所ではなくなった。「偉大な人になるより、善良な人でありたいです」ある日、将来の希望を牧師に尋ねられたとき、作家の息子はそう答えた。牧師の妻は賛成するようにうなずいたものの、お利口ぶった返事に対して、てかてか光る小さな獅子鼻をピクピク動かした。しかし作家は息子の瞳に前と同じ挑戦の色を見てとり、その言葉が父親への当てつけだと悟った。作家のアリストテレス的論理は揺るぎない。すなわち、自分に同意しない人物がいるとしたら、そいつはバカか、さもなければ自分の立場に同意しない人物である。前者ならどうでもいい、バカを相手にするつもりはない。けれども後者なら、その人物は敵よりもたちが悪い、精神的な異邦人だ。さて、息子はバカではない。それはつまり家族内に精神的異邦人を抱えているということにほかならず、これは耐えがたかった。息子を殺すことだってできそうな気がした。こんな気持ちにさせるなんて、と思うと憎しみはさらに増した。苦々しい憎しみのせいでいっそう偏屈になった作家は、今やあらゆる人とあらゆる物事を罵倒するようになった。牧師は偽善者。ボーイスカウトのリーダーは——同性愛者。学校の教師は——売女。国会議員は——コソ泥。パブに集まる人々——田舎者。彼らの笑い声——愚劣きわまる。曇った村の上空に輝かしい虹がかかっているのを想像しても、それはかえって村のくすんだ姿を鮮やかに照らしだすだけだった。だから彼は背を向け、シビュラの神殿に引きこもって「ウェルギリウス占い」にすがって怒りを鎮め、詩を書いては倦むことなく推敲しつづけた。こうした事態が二年ばかり続いた。奇妙なことに、憎悪と軽蔑、尊大さと嘲笑が独特の形で混じり合った彼の気質が、ロンドンではなく村で発揮されるようになると、仕事としてロンドンで執筆する文章は冴えを失い（才気の衰え、と誰もが言った）、ひるがえって詩のほうはますます力強くなり、高みに昇っていった。二年目の終わりに選詩集を自費出版すると、たちまち二十世紀後半を代表する大詩人との名声を博した。まさしく、本はそれ自身《ハベント・スーア・》、固有の運命を持つ《ファータ・リベリ》！　詩壇に現れた新星と、著名とはいえ落ち目の年配の作家が同一人物だと気づかない読者すらいた。誤解も当然で、詩集ではフルネームをそのまま使うのではなく、姓の前につく二つの名前をイニシャルで表記するようにしていたのである。

以上が、ある春の土曜日（以前とはちがい、金曜日ではなく土曜日に田舎に行くようになっていた）、いつもの列車の一等席に腰かけ、相席の客に窓を開けてくれないかと頼んだときの作家の状況である。頼まれた相手は目を上げ——「なんで自分でやらないんだ？」——だが、作家がネクタイを緩め、シャツの襟首のボタンを外しているのを見ると、立ち上がって窓を開けてやった。さらに、次の駅に止まると駅長を呼んだ。人々は作家を担架で列車から降ろし、待合室の床に寝かせた。

救急車が到着するころには作家は死んでいた。最後の言葉は――駅長によれば――「行かせてくれ《レット・ミー・ゴー》……」、バーのウェイトレスによれば「神様を呼んでくれ《ゲット・ミー・ゴッド》」だった。

＊

作家の葬儀（伝統的な作法にのっとり、しめやかに村の小さな墓地に埋葬された）の二週間後、作家の妻（今や作家の未亡人というわけだが、引き続き「作家の妻」と呼ぶことにしよう）はフラットの後始末のためにロンドンに出向いた。作家の秘書（引き続き「作家の秘書」と呼ぶことにしよう）は作家の妻に部屋を見せて回った。何百冊もの本が溢れる書棚（古本屋に売れるだろう、特に初版本）、原稿とファイルでいっぱいの衣装簞笥（ブリティッシュ・ライブラリーに行くものもあれば、アメリカのどこかの大学のアーカイブに売れるものもあるだろう）、手紙を収めたいくつもの箱の山（処分を決める前に、じっくり読んでリストを作らなければ）など。「何か飲みます？」秘書が尋ねた。「ペルノのボトルがあるんですけど。ペルノはお好き？」妻は夫がペルノを飲んでいるのを見たことがなかった。きっといちいち面倒な手順を踏んで飲んでいたのだろう。背の高いグラスの上に、角砂糖を乗せた仕掛けがついていて、緑がかった酒に水が滴り落ちるようになっている。二人の女はソファに腰かけ、最初は黙ってペルノを飲んだ。だがペルノは薬の、咳止めの混合薬の味がした。そのせいで二人は子供たちのことを考えた。「息子のジョン（今は十八歳）はマンチェスターの大学に戻ったわ。娘のピフィン（今は十六歳）も、もうすぐレディングで新学期だし」「じゃあ、屋敷で一人なんですか？」「ええ、もう家が空っぽになってしまったような気分」二人は時計の針の音に耳を澄ませた。時計は隣の部屋にかかっていたのだが、それでも針の音は聞こえてきた。「食べ物を買ってあるんです」と秘書は言った。「キッシュ・ロレーヌ。オーブンで温めましょう。ワインもあるわ。一緒に夕食でもと思って……」「素敵ね」妻は言って、食卓の準備を手伝った。キッシュ・ロレーヌはすでにオーブンに入っていた。秘書はワインボトルの栓を抜いて妻に手渡し、妻はそれをグラスに注いだ。「わたし、ここに住んでいるわけじゃないんです」と秘書は言った。「ええ、知ってる」と妻は答えた。「近くにフラットを借りていて」と秘書はキッシュ・ロレーヌをオーブンから取り出しながら説明した。「でも、彼はわたしの部屋には一度も足を踏み入れませんでした」

二人はキッシュ・ロレーヌを食べた。「おいしいのね。たぶん、初めて食べた」妻が言った。「便利ですよ」と秘書は言った。「あらかじめ調理してあるから、買ってきて、あとは百八十度のオーブンで温めるだけ。あっというま」キッシュは熱くて、舌をやけどしないように、二人は一口かじるごとにワインを啜った。電話が鳴る。「きっとジャーナリストね」秘書は言って、部屋の隅に行くと、かがんでプラグを引き抜いた。「トルココーヒー、飲みます?」秘書が尋ねる。「トルココーヒー?」妻はおうむ返しに言った。「さっき、キッシュは〝便利〟だって言ったけど、もちろんそれは、都会では便利って意味です」と秘書は言った。「田舎じゃきっと、こういう出来合いの料理なんていらないんでしょうね。お手伝いさんがいるんでしょう?」「ええ、まあ、そうね……」妻は言い、腕時計に目をやると、驚いて立ち上がった。「大変、急がないと終電に間に合わないわ!」「あら、でも無理しなくても」と秘書は言った。「泊まっていけばいいじゃないですか。居心地は悪くありませんよ、ほら」そう言って、秘書は妻を寝室に案内した。

寝室には、他の部屋とまったくちがう穏やかで落ち着いた雰囲気があった。ベッドサイドの灯りの柔らかな光のせいだろうか、バスルームの開いた扉から流れてくる芳香のせいだろうか？　ふかふかの絨毯のせいだろうか、窓をおおう厚いカーテンのせいだろうか？　化粧台の上に三面鏡、マントルピースには額に入った写真が飾ってある。妻はそれが自分の写真だと気づいた。飛びこみ台に立ち、プールに飛びこもうとする姿——もう二十年も前の写真だ。

「写真のまんま、お美しいですね」秘書が言った。

「そんな、わたしは来月で四十になるのよ」妻は答えた。

秘書は寝具をめくると声を上げた。「いけない、シーツを換えるのを忘れてたわ！」

「最後の夜、あなたはここであの人と寝たの？」妻が尋ねた。

「ええ」

「あら、別に気にしなくていいのよ」と妻が言ったのは、シーツはきれいだから換えなくていい、という意味だった。

彼女たちは向きあって立っていた。二人の背の高さは正確に同じだった。膝も腿も胸も唇も目も、床からの高さが同じだった。「教えて、あの人はどんなふうにあなたを愛したの？」妻は尋ねた。

「ええと」秘書はぎくりとした。「最後の二年ほど、先生は、情にほだされたっていうか、甘く感傷的になっていました。その前は、そうですね……むしろ乱暴で——」そこで口をつぐんだ。二人ともわかっていた。今の質問はそんなことを訊いているんじゃないと。しかし同時に、二人にはわかっていた。セックスと愛、そしてその二つがどんな比率であれ混じりあった体験は、言葉では説明できない無数の物事から成り立っているのだということを。何千年ものあいだ、あまたの才能がそれを言葉にしようと挑戦してきたにもかかわらず、である。愛の全領域を行き来するようなソロモン王の雅歌の総合的な隠喩から、エリカの、モリーの、シルヴィアの解剖学的な換喩に到るまで。言葉をさげすむように、二人の女は見つめあい、黙りこんだ。

それから、時間に奇妙な変化が起きた。時間がまるで一本の長いリボンのように過去と未来それぞれの方向に伸びている。その両端にそれぞれ鋏を持った男が立っていて、リボンを一インチ、また一インチと、規則的に容赦なく切り落としていく。過去も未来も、一インチずつ。二人の女には、まもなく二つの鋏が接近するのがわかっていた。そのとき時間というリボンの残りはわずか一インチとなり、残るのはただ現在だけになる。その瞬間が来る前にちょっとでも動いたら魔法は解けてしまうだろうし、逆にその瞬間を逃せばもはやチャンスはないということもわかっていた。だから二人は黙って待った。そしてその瞬間が訪れると、年下の女がもう一人の女を抱いて、唇にキスをした。二人に言葉は必要なかった。音もなく、男がするよりもずっと自然に相手の服を脱がせた。それから交換していないシーツにくるまって、たがいの体を夢中でまさぐりあった。二人の口がうわごとではなく、久しぶりに意味のある言葉を発したのは数時間後、つまり過去も未来もない現在だけの数時間を過ごしたあとのことで、すでに真夜中になっていた。年下の女がこう言ったのだ。

「妊娠する心配がないっていうのは気楽なものね」

＊

もろもろの手続きに二か月かかった。村の屋敷を人に貸し（ただし子供たち用の二部屋――彼らがそこで過ごしたいときに備えて――そして南京錠を掛けてしまった庭のシビュラ神殿は別）、ロンドンの作家のフラットにあった品々は倉庫に移し、秘書のフラットはアメリカの大学から来たカップルに貸した。ようやく自由になった二人の女はスペインのマヨルカ島に出発し、島の中でもあまり人が多くない北西部の海岸に、小さな邸宅《ヴィラ》を購入した。

前庭には枝分かれしたヤシの木が六本生えていた。門から玄関へと続く小道の両側に、それぞれ三本ずつ。裏庭には花壇があった。新聞も本もタイプライターもなく、ちっぽけなトランジスタラジオの電池も切れたまま。二人が手もとにおいた唯一の機械は電動ミシンだった。一番高い買い物はイングランドから取り寄せた数平方ヤードぶんの芝生で、裏庭の花壇をつぶしたあと、二人はそれを植えた。それから、クローケー用に、木製ボールと槌と弓型の小さな門をいくつか発注した。

いくつかの丁寧な挨拶の言葉を除けば、彼女たちはまったくスペイン語を知らなかったが、マヨルカ島の主要言語はスペイン語ではない。日常の買い物をする最寄りの村の商店は陸軍を退役したイギリス人が経営していた。二人はいつも一緒にその店に出かけた。どこにでも二人で一緒に出かけた。一緒に泳ぎ、一緒に歩き、小さなバーで一緒にコーヒーを飲んだ。二人一組でいるのが当然すぎて、たまたまどちらかが一人でいるときだけ、注目された。そんなときには、人々はわざわざ立ち止まって心配そうに尋ねた。「もう一人のご婦人はどうしたんです？　お加減でも悪いんじゃないでしょうね？」

　体型が同じだから、服を共有してもいいはずなのに、そうはしなかった。年上の女は判で押したように青か緑の服、年下の女は――赤か明るい黄色の服を着た（実際にはわずか数歳ちがいだが、彼女たちを年上の女、年下の女と呼ぶことにする。二人を「作家の妻」「作家の秘書」と呼んだのは、今はもうない過去の話）。土曜日の夜には、海沿いのホテルに行くのが二人の習慣だった。ホテルのダンスホールには入れ替わり立ち替わり旅回りの楽団が滞在していた。ダンスのとき、二人はお手製の衣装を身にまとっていたが、その服はぶあついブロケードが胸を支え、その下はすとんと床まで垂れていた。

　彼女たちは必ず二人だけで踊った。二人がホール中央の踊り場に現れると、他のカップルは場所を空け、遠心力が働いたように壁際まで退いて、二人のダンスに拍手喝采した。彼女たちがプロのダンサーだと思いこんでいる客もいた。とはいえ、二人のように本気で踊るのはプロには無理だ。その一方、素人にしては二人の姿勢とタイミングは完璧すぎた。二人には独自のスタイルがあった。どうやってそんなスタイルを身につけたのかは本人たちにも説明できなかった。あえて理由を探すなら、おそらくあの「一インチ刻みの時間」、ロンドンのフラットで初めてキスをする前、二人が見つめ合い、おたがい催眠術にかかったように魅了された瞬間にまで遡るしかないのではないか？　ひょっとすると、二人のダンスは、あの瞬間を再現しようとして生み出されたのかもしれない。あの瞬間を繰り返し、引き延ばすために？　というのも、楽団がどんな音楽を演奏しようと、二人の動きはいつも同じだったからだ。相手の体にはけっして触れない。どんなターンをし、どんなステップを踏もうとも、二人の乳房の先端は、遠すぎも近すぎもせず、いつもきっちり一インチの距離を保っていた。なんらかの力が働いて、引き合うと同時に引き離されるかのようだった。彼女たちは土曜の夜のホテルの名物になった。支配人は二人に酒を奢るようになり、やがてディナーをご馳走するようになった。ギャラではなく敬意の表れだ。だから二人は優雅にそれを受け入れた。

一年か二年が過ぎたある土曜日のこと、彼女たちは、一人のイギリス人青年が固い決意で彼女たちに近づこうとしているのに気づいた。二人は巧みにそれを逃れた。

＊

翌朝、青年は彼女たちのヴィラを訪ねてきた。二人はしぶしぶ中に通した。部屋には古い真鍮のベッドが二台一組で据えつけてある。左にひとつ、右にひとつ。二台のあいだにある窓の下に置かれた小さなテーブルには、花瓶に活けた花。年上の女は青い水着で左のベッドに、年下の女は赤い水着で右のベッドに坐っていた。青年はベッドのあいだに立ち、花と小さなテーブルと窓を眺めることになった。お邪魔して申し訳ありません、と青年は謝った。ですが、今夜には島を発つ予定で、おまけにお二人のことを昨夜になってやっと知ったばかりなんです。お目にかかる千載一遇の機会を逃したら、後悔してもしきれません。自己紹介させてもらえれば、きっとご理解いただけるでしょう。僕はイースト・アングリア大学の院生で、あなたの亡きご主人、あの文豪について博士論文を執筆中なんです。よろしければいくつか質問に答えていただけませんか？　彼は論議の的になっています。詩人としてはあんなにモダンで前衛的だったのに、公人としては、最低でも五百年は経たものでないと、どんな「新機軸」の価値も認めようとしませんでした。矛盾だらけだ！　彼が人々を愛していたという批評家もいれば、人々を憎んでいたという批評家もいる。僕自身の考えでは、彼（文豪）は、人類全体は愛していたけれど、個々の人間には我慢ならなかったのではないか、あるいは逆に、彼は人々を愛していたけれど、人類には絶望していたのではないかと。ちがいますか？　あるいはまた、彼は左翼に共感していたという説もあれば、右翼に共感していたという説もある。選挙でどちらに投票していたか、ご存じありませんか⁉　それが分かれば、ようやく客観的な事実が得られます。論文にひとつでも新しい客観的な情報が含まれていれば、学問的な価値は測りしれません。それからもうひとつ、これさえあきらかになればもっとも重大な謎のひとつを解き明かせるという客観的なポイントがあります。かの文豪の名作『色つきの鏡』に関する謎です。要するに、あの詩が自伝的なものなのかどうかということです。そうだという批評家もいれば、ちがうという者もいる。でも、どちらの議論も主観的すぎます……僕は、ちゃんと辿っていけば客観的な結論に至れる手がかりを見つけました。こういうことです。詩の第三スタンザで、鏡に映る瞳の色について述べられています。さて、そこで描写される瞳の色が詩人の瞳の色と同じなら、これが自伝的な詩だということはほぼ決定的でしょう。この点に関しては徹底的に調べました。作家の写真を何十枚も集めてじっくり検討したんです。残念ながら――どれも白黒写真でした。そんなおり、今、この島で、千載一遇の機会がやってきました。あなたの有名なご主人はどんな瞳の色をしていたのか、教えていただけないでしょうか？

有名な夫の妻はなんだか物思いにふけっているように見えた。やがて、はっとして我に返ると、こう言った。「変な話だけど、覚えてなくて」それから有名な作家の秘書のほうを向いて尋ねた。

「あなたは覚えてる？」

二　本当の地球

「もう、わかってないんだから。わたしが言ってる解読ってのは、軍事機密とか企業秘密とは関係なくて……そうね、白い紙に印刷された黒くのたくる文字を解読しようと思ったら、紙の上を這い回ってむしゃむしゃ食べる紙魚《しみ》になっちゃダメ。紙の外に出て、文字がどんな形をしているのかを見なきゃ。例えば**リンゴ**という文字だってことをね。そして**リンゴ**って形の文字を解読するためには、目を離れ、頭の中を探って**リンゴ**という単語を見つけなきゃいけない。そして**リンゴ**って単語を解読するためには、さらに外に出て、果樹園や果物屋さんに行って本物のリンゴを見る必要がある。でも、もし本物のリンゴを解読しようとしたら？　どこに行けば本物のリンゴを解読できるの？」

「知らないよ」彼は言った。「たぶん解剖して、化学成分を分析して、物理法則を発見すればいいんだろう。それとも、そのリンゴを食べるとか？」

「もう、あなたってば」彼女は言った。「なんにもわかってない」

　彼女は背を向け、フランス窓を開けて外に出た。目の前には砂浜と海が広がっている。

「海」彼女は言った。「海を見て。大きいのや小さいの、たくさんの生き物が海の中にいる。海はたくさんの生き物でできている。巨大なものから微生物まで。生き物たちはなんにもしない。何もせず、ただ食ったり食われたりしている。食べたり、繁殖したり。たがいに食って食われて、繁殖するだけ。それが生き物たちの自然なあり方だから？　それとも何か別のものに変化するため？」

　彼女ははだしで小さな水たまりに浸かっていた。

「そっちに行っちゃだめだ」彼は注意した。

「行かないわ。潮のほうがこっちに近づいてるの。海を解読するには、その中に飛びこんじゃだめ。乾いた大地から観察しなきゃ。そして乾いた大地を解読しようと思うなら、上空に、宇宙まで飛んでいかないと。じゃあ宇宙を解読しようと思ったら？　どこに行けば宇宙を解読できるのかしら？」

　二人は家のポーチに立って、しばらく黙ったまま打ち寄せる波を眺めていた。やがて彼女は目を上げて言った。「ほら、地球が昇ってくる！　きれいね！」

　ぼんやりした円形が水平線を離れ、ゆっくりと青空に昇っていく。

「実際は、本物の地球じゃないけどね」彼は言った。「あれは本物の地球が反射した蜃気楼、鏡像《ミラー・イメージ》だ」

「そうなの？」

「そうとも」

「ふうん、あれが本物の地球の鏡像なら、その鏡像のもとになった本物の地球はどこにあるの？」

「僕たちがいるのが本物の地球さ」彼は答えた。

「どうしてそんなことがわかるの？」

「わかるんだよ。直感で」

「そんなこと言うなら、わたしは直感で、わたしたちのほうこそ鏡像だって思うわよ」

「それじゃあ議論は行き止まりだ」

「そんなことない。わたしの直感にはちゃんとした裏づけがあるんだから」

「へえ、そうなんだ」彼はにやりと笑った。

「本物の地球には本物の論理がある、これは認めるでしょ」

「論理に本物も偽物もあるかな。そもそも、鏡像で形は反転するけど、論理は反転しないだろう」

「ありふれた平らな鏡ならそうだろうけど」彼女は言った。「でも、わたしたちの場合は、普通の鏡に本物の地球が映ってるわけじゃないから。わたしたちの鏡はいつも熱を帯びているの。一分前には凹面だったり円筒形だったり釣鐘形だった部分が、凸面になったりするのよ。本物の地球の像が、うねうねした鏡面で踊り、反転し、ゆがみ、いくつもに分裂する……あなたは新聞を読む、あなたはラジオを聴く……」

彼は腕時計を見た。

「エマはどうした？」彼は海に背を向けて家に戻った。「エマ！」と大声で呼びながら階段を上がる。「まだ寝ているのかい？　時間、大丈夫か？」娘の部屋のドアを開けながら彼は尋ねた。

「パパったら、怒鳴らないでよ。せっかくいい夢を見てたのに！　オノ・ヨーコの夢だよ。オノ・ヨーコが宙に浮いてて、乳首を両方ともさらけ出したまま、〈タイムズ〉紙のリーズ＝モッグ記者のインタビューを受けてて、あの人たちに伝えてほしいって、こんなことを言うのよ。『核兵器のスイッチを押す前に、いっぺん会って話してみればいいのに。相手と目もちゃんと合わせることさえなく、プルトニウムでわたしたちを汚染しようっていうわけ？　実際に会いに行って、ファックして、国を超えた人類への忠誠心を持つ混血の新世代を生み出して、世界を救いましょうよ』って。それからロシアのギリシア正教教会になって、あたし中にいるわけじゃないのに、建物を内側から見てるのね。白と金色で覆われてて、天井が丸くて、中央にはマーガレット・サッチャーとレオニード・ブレジネフが並んでて、法王ヨハネ・パウロ二世が二人を結婚させてるの。たくさん招待客が集まってて、レーガン大統領もいれば、トニー・ベン議員も、カニャ第一書記も、ガンディー首相も、それから――とにかく大勢いて、みんな奥さんを連れてきてて、全員でスワッピングをするの」

「スワッピングのことなんて知らないくせに」

「知ってるわよ、パパ。とっても素敵な夢だった！」

一家の朝食はコーンフレークとハニーブラン、半熟卵、トースト、マーマレードにコーヒーだった。

「パパ、ドストエフスキーって誰？」

「作家だよ」

「いい作家？」

「いや。ひどい作家だ」

「お皿の上に乗り出しちゃダメ。背筋を伸ばしてちゃんと坐って、スプーンのほうを口に近づけるのよ」

「今朝は新聞はないのか？」

「ストライキでしょ。配達の子が遅れてるのかも」

「いつものことだ」

「〃いつものこと〃じゃないわ。〃たまにあること〃よ」

「わかったわかった。たまにあることだ」

「パパ、ママにあたしの夢のこと話した？」

「いや、してない」

「どんな夢？」

「ああ、エマの夢さ」

「エマの夢だってことぐらいわかってる。夢の中身が知りたいの」

「覚えてない。自分の夢だってあやふやなんだ。エマの夢まで覚えてられないよ。エマ、おまえまだ覚えてるかい？」

「覚えてないや。そんなことより、半熟卵を上品に食べるにはどうしたらいいの？」

「あごに黄身をつけないようにするのよ」

「それ、答えになってないよ」

「いいえ、答えにはなっているわ」

「トーストをちぎって黄身につける連中は嫌いだ」

「それは偏見だわ」

「そんなことない。あれはひどい」

「ドストエフスキーみたいに？」

「面白くありません」

「いや、面白いじゃないか。ちょっとだけ」

「ママ、どうして今日はママが学校まで送ってくれないの？」

「パパが町に出かけるついでがあるからよ」

「どんな用事？」

「豚に真珠をやりにいくんだ」

「ほんと!?」

「これは比喩ってもんだ。つまりね……」

「言わなくていいよ。比喩なら知ってるもん」

「へえ、比喩ってなんだい？」

「人のことを豚って呼ぶようなこと。パパは町の人たちを豚って呼ぶために出かけるの？」

「ちがいます。パパは講演をしに行くのよ」

「どれくらい？」

「どれくらいって、何が？」

「パパはそれでどれくらい儲かるの？」

「五十ポンドだ」

「何を話せばそんなにもらえるの、ママ」

「パパに訊きなさい」

「それで、どんな話をするの、パパ？」

「わたしが話すのは、計算や計画や調査はどれも分析的な行為だが、理解するのはそれらとはちがって類推的な行為だということについてだ。つまり物事を分解すれば結論は引き出せるが、物事を理解しようとするなら、すでに学んだ物事と比較できなくてはならない。生まれ持ったものを外界の器に合わせることで学んだ物事とね」

「五十ポンドじゃ割に合わないよ。ねえ、分析的《アナリティカル》ってどう綴るの？」

「Ａ－Ｎ－Ａ－Ｌ－Ｙ－Ｔ－Ｉ－Ｃ－Ａ－Ｌ。さあ、支度して。五分後には車に乗っているんだよ」

＊

この家には正面玄関が二つある。南玄関と海のあいだには金色の砂浜が、北玄関と田舎道のあいだには小さな庭があった。田舎道は離れた村と大通りを結んでいる。家の中には南玄関と北玄関にはさまれて細長いホールがあり、朝食用の部屋として使われていた。ホールの西側にキッチン、その真上にはバスルーム。東側には客間と、夫の書斎、妻の書斎、そして二階の寝室に続く階段。

彼女はまだバスローブを着ていた。夫のバスローブだ。彼女は好んでそれを着た。彼の残り香を感じることができたし、黒いバスローブに鮮やかな長い金髪がよく映えたからだ。流しに朝食のプレートを置いてホールに戻り、次にすることを考えていたとき、いつものように新聞配達の少年が自転車を庭のフェンスに立てかける音が聞こえ、続いて正面玄関に近づく足音がした。彼女はドアを見て、郵便受けの隙間から新聞が出てくるのを待った。表の金属製の蓋が開く音はしたが、新聞は出てこない。彼女は不思議に思った。眉をひそめた。動かずに待った。それからほほえんだ。新聞配達の少年は、郵便受けの開いた差入口からのぞき見しているのだ。彼女はゆっくりと帯を解き、ゆるくまとったバスローブの前が開くようにした。意地悪で皮肉で面白がっているような、それでいて優しいほほえみを小さく浮かべたまま、彼女は玄関に向き合うように椅子を回し、黒いバスローブを椅子に覆いかぶせた。しかし、そこに腰をおろし、見えない相手に向けて堂々と四肢を広げ裸身をさらしたときには、もう笑っていなかった。人類の誰一人として責任を負わないこの宇宙を吸いこもうとするかのように、彼女の肺は大きく息を吸った。その瞬間、たたまれた新聞が差入口から顔を出し、郵便受けの蓋をぐいっと押しあげると、彼女の目の前の床に落ちた。

彼女は飛びあがった。郵便受けのついた北玄関はエール錠がかかっている。だが足音が聞こえた。

彼女は振り向くと海側の玄関に走っていき、急いで鍵をかけた。足音はそちらの玄関に回りこんだりしなかったけれど。足音は小さな庭の小道を抜けて、自転車を停めたフェンスまで戻っていった。すぐに、自転車のベルがチリンチリンと鳴りながら遠ざかっていくのが聞こえた。彼女はバスローブを着ると、帯をきつく締めた。五分前と何も変わっていない。今のちょっとした出来事には、原因も、結果も、証人もない。つまり、そんな出来事は存在しなかったのだ。現在だけでなく、過去においても。彼女は床から新聞を拾って広げ、テーブルに置くと一面の見出しを眺めた。

ルバーブ　ルバーブ　ルバーブ　ブー　ブー　ブー
ボム　ボム　ボム　レーガン　レーガン　レーガン（米ソ冷戦をめぐる記事の言葉がランダムに並べられている）

「本当に本物の地球が何度か太陽の周りを回った後でも、まだこんな出来事を覚えていたり、知っていたり、理解したりする人なんているのかしら？」新聞をテーブルに広げたまま、彼女は海に面した窓辺に向かった。太陽はもう水平線のはるか上にあって、本物の地球がその周りを回っている。彼女は片目をつぶり、親指を反対の目の前に立てて、まぶしい太陽の光を遮断した。本物の地球がいっそうくっきりと見えた。本物の地球が地軸を中心に回転するにつれて、地表の目印が現れたり消えたりするのだが、その中でもパナマ地峡がいちばん見つけやすく、観察しやすかった。左手の親指で太陽の光をさえぎったまま、右手の指で左手首を押さえ、脈を測りはじめる。パナマ地峡がいったん消えてまた現れるまで、七十四回脈を打った。およそ一分。本物の地球上では、昼と夜は一分間周期で訪れるのだ。そして太陽の周りを回り、春、夏、秋、冬が一巡するにはおよそ六時間。「そういうことね」彼女は言った。「ゆがんだ鏡、わたしたちが住む鏡像の地球は、論理や空間をねじ曲げているだけじゃない。時間もねじ曲げられてるんだわ」

＊

夕食のあと、エマを寝かしつけると、二人は分厚いセーターの上からアノラックをはおって外に出て、家の海側の壁から突き出た木のベンチに坐った。寒く暗い夜だ。ときおりいくつかの星が現れるものの、リズミカルな波間に姿を映し出すこともなく、黒雲によっておおわれてしまう。

「どうだった？」彼女が尋ねる。

「何が？」

「講義」

「まあまあかな」

「それだけ？」

「そうだね、上出来だったよ」

「よかった」それから彼女はくすくす笑った。「今でも面白いわ」

「何が面白い？」

「あなたの仕事よ」

「つまり？」

「哲学のことよ、もちろん」

「哲学のどこが面白いんだ？」

「あなたはたくさんの本を読むでしょ、それから哲学専門誌に論文を書くじゃない。だけど、あなたが読む本を書いた人たちだって、書く前にほかの本を読むわけでしょ。その他の本を書いた人たちも、さらに別の、もっと古い本を読んでるはずよね。そうやって順番にさかのぼっていくと、古代の誰かにたどりつく。その人だけは、本を書く前に他人の書いた本を読む必要がなかった。もちろん、自然という本は別として。ここがわからないのよ――どうしてじかに自然という本に向き合えないの？　あいだに挟まってる膨大な本なんて読む必要があるのかしら？」

「そういう本が考え方を教えてくれるからさ。そういう本から方法を学ぶんだ。それに、そういう本のおかげで、特定の主題について語られてきた内容、古代や現代の、偉大だったりそれほど偉大じゃなかったりする哲学者がすでに語っている内容を知ることができるんだよ」

「そうね」彼女は言った。「何万、何億というページが費やされてきた。なのに、単純な質問ひとつであなたは立ち往生してしまう」

「例えば？」彼は尋ねた。

「例えば。〝何もない〟んじゃなく、〝何かがある〟のはどうして？」

「ああ」彼は言った。「それはハイデガーだ」

「そうなの？　ハイゼンベルクじゃないの？」

「ちがう」彼は言った。「ハイゼンベルクは物理学者だ。哲学者なのはハイデガー」

「それは知ってるわ」彼女は言った。「でも、これは物理学の問題だと思ってた」

「ああ、確かにその問題は物理学の領域だ。だが答えは哲学の領域になる」彼は言った。

彼女は彼を探るように見た。

「で、あなたは答えを知ってるの？」

「いいかい」彼は言った。「そんなに簡単なことじゃないんだ。いいかい？　問題は物理の領域。答えは哲学の領域。ただ、哲学は物理学の領域にある問題をじかに扱うわけじゃない。哲学は、その性質から言って、物理学を超えているんだ」

「ああ、なるほど」彼女は言った。「つまり、道徳的な問題とは正反対ってことね」

「どういう意味？」

「つまり、存在に関する問題は物理学に属するけれど、その答えは哲学に属している。道徳に関する問題はその逆。問題は哲学的だけど、答えは物理的なのよ」

「ばかげてる」彼は言った。「道徳的な問題の答えを自然界に求めるのは、まさしく〝自然主義的誤謬〟というものだよ」

「わたしの自然主義に誤謬なんかないわ」

「どういうこと？」

「例えばね」彼女は言った。「どんなに腹ペコで仕方がないときでも、わたしはエマを食べたりしないでしょ？」

三　黒いプードル

「今日はどっちが学校まで送ってくれるの？」

「ママだよ、いつもどおり」

「〝いつも〟じゃないよ。昨日はパパが送ってくれたじゃん」

「〝常に〟とは言っていない。〝いつも〟と言ったんだ。〝いつも〟は例外的な状況を許容する。昨日は例外だったんだ」

「朝ごはんは残さず食べなさい。もったいないでしょ」

「わかってるよママ、でも……」

「〝でも〟じゃありません。もう支度をなさい。あと十分で出発しますからね」

娘は椅子から飛び出すと、海に面した玄関まで駆けて行き、家の外でこっそり会いたいという秘密のサインを父親に送った。父親が出て行くと、娘は言った。

「パパ、訊きたいことがあるんだけど」

「いいとも……」彼は言った。

「だけど、絶対に怒鳴らないでね」

「今まで怒鳴ったことなんてないだろ？」

「わかってる。でも、今までこんな質問したことないから」

「ふむ。どんな質問？」

「ママのこと」

「おやおや、ママの陰口かい？」

「ダメなの？」

「まあ、いけないことだね」

「でも知りたいの……」

「ママに直接訊けばいいじゃないか」

「そんなの無理に決まってるでしょ！」

「わかったよ。話してごらん！」

娘はあたりを見回すと、小声でささやいた。

「ママって気ちがい？」

こんどは彼のほうがそっと周囲を見回した。

「どうしてそんな変なことを訊くんだい？」

「だって、窓が開いてたから、ママがパパに話してるのが聞こえちゃったんだもん。この世界は本当の世界じゃない、本当の世界は空にあって太陽の周りを回っているだとか、お腹が減ってもあたしを食べちゃいけないんだとか。ママは気ちがいよね、そうだよね？」

「ちがうよ。ママは気ちがいじゃない。ちっとも狂ってない。あのな、ママは気ちがいじゃなくて、詩人なんだ」

「詩人？」エマの目が輝いた。「ノーベル賞をとったの？」

「いや、とってない」

「なんで？」

「いいかい、詩人が全員ノーベル賞をもらえるわけじゃないんだ。だいいち、ママは今まで一度も詩を書いたことがない」

「だけどパパ、詩を書いたこともないのに、どうしてママが詩人だっていうの？」

「やれやれ！」彼は溜息をついた。「人を殺したことがない兵士だって兵士に変わりはない。誰にも何ひとつ教えたことがない教授だって教授に変わりはない。大人の考えを持つ女の子だっているけれど、それでも女の子だ。さあ、もう行きなさい。ママが車で待ってるよ」

彼は朝の空気を深く吸いこんだ。海は静かだ。雲ひとつない空に太陽がするすると昇っていく。

「ママって気ちがい？　とはね。まったく……」苦笑しながら、キッチンに行って朝食の皿を洗った。左手を洗い桶に浸したまま右手の指先を拭き、ブレザーのポケットから一枚の絵葉書を取り出す。今朝の〈タイムズ〉の中に見つけたものだ。黄色いリボンで束ねられたピンクのバラの写真の裏に、鉛筆で「愛してます《アイ・ラブ・ユー》」と書きなぐってある。これが〈タイムズ〉に挟まれていたのは確実だ。つまり新聞配達の少年のしわざにちがいない。あるいは――ひょっとすると？――新聞販売店の娘がやったのかも。少年からの葉書だとしたら、他の誰かじゃなく、エマに宛てられたものだろう。ヴェロニカ宛てということはありえないんじゃないか？　でも、もしこれが女の子から来たものだとしたら？　あとで新聞販売店に寄ってみなければ。でもまあ、エマ宛てのラブレターにちがいない。彼はほほえんで、ホールのマントルピースの上に葉書を飾った。〈タイムズ〉はテーブルに広げたままだ。彼は見出しをもう一度見た。

サッチャー　レーガン　法王《ポウプ》　ブレジネフ
ウプレーサッブレポガンチャーネフ

「ちくしょうめ！」新聞には手も触れず、彼は書斎に向かった。
フラシ天の安楽椅子に腰を落ち着け、目の前の書き物机、左側の窓から見える海と空、右側の書棚に囲まれながら、彼はひそかに考えた（独りでいるときにこうしたことを考えるのは初めてではなかった）。もし自分の中に何かがあれば、今こそ詩を書くところだ。けれども自分の中には何もない。もちろん、哲学雑誌に学術論文を書くことはできる。「自分の中に何かがある」という表現によって自分が何を言いたいのかを論じる論文なら。けれど実のところ彼は論文を書きたい気分になったことなどないのだ。そう、ちっとも。妻は彼にそういう野心があると思っているようだが、それはちがう。アカデミズムにおける地位を上げたいという野心。そんなものは微塵もない。競争にかかわって人生をこれ以上複雑にするなんてごめんだ。金が入り用なら、学者の生存競争に参加しなければならないだろう。しかし金には困っていない。ここは持ち家だし、大学の給料はまあまあで、あくせく働かなくても振り込まれる。年度が変わるごとに学生の顔触れだけは変わるけれど、教えることはいつも一緒。フレーゲとラッセルについては面白いエピソード、ウィトゲンシュタインについては警句、そしてたぶん学生たちにとってはうんざりするほど多く、コンピューターにとってては物足りない程度の、ひとつまみの記号論理学。彼の預金口座につく利子と、妻の持参金がわりの株の配当金のおかげで、家計の心配もない。彼は競争する必要がなかった。競争こそ、西洋世界で繰り返される不幸の主要因ではないのか。経済の破綻、産業の不安、政治における権力闘争。競争なんて愚かな国々に任せ、我こそ勝者と思わせておけばいい。彼は——そう、彼は勝つことなど望まない。勝利は男らしさとは無関係、単に礼儀知らずだということを示しているにすぎない。どうして今さら、ある本について書かれた本について書かれた本について書かれた本をもう一冊増やさなければならないんだ？　そうそう、妻がつい昨日、「どうしてじかに自然という書物に向き合えないの？」と訊いてきたばかりだった。どうしてかって？　彼女は世界がもはやベンジャミン・フランクリンのころとはちがうってことを知らないんだろうか？　自然という書物は、ページをむしゃむしゃ食べながら読み進んでいった何百万人もの専門の科学者によって、とっくにばらばらになってしまっていることを知らないのか？　その結果どうなった？　物理学理論が生まれ、そのおかげでいくつかの発明がされたってわけだ！　どうして文学理論のおかげで生まれた詩がないんだろう？　詩は発明品じゃないからか？　詩はむしろ現象だからなのか？　物理学理論だって現象についての理論だ。現象そのものを生み出すわけじゃない。いや、生み出すのか？

彼はあくびした。退屈したわけではない。楽しかったからだ。左手の窓の外では、海岸線と水平線のあいだに、黒い形が浮かんだり沈んだりしている。あれはボートだろうか？　いやモーターボート？　遠すぎてはっきりしない……彼は机の下で足を伸ばした。開いたままの本が窓の下に置いてある。ちょっと迷ってから手に取った。ペーパーバックの探偵小説。さあ、すべてがすばらしくシンプルになる。穏やかだ。けっして何事も起きない、そんな時間帯。

それから、三つの出来事が同時に起きた。

自動車が近づいてきてスピードを落とす音が右側から聞こえた。なんだろうと思って立ち上がると、左側の窓ごしに、まばゆい陽光に照らされた海を背にして、モーターを切った小さなボート――さっき沖合にいたボートだろうか？――が家から五十ヤードほど東にある、砂浜で唯一の岩に舳先をつけていた。甲板には誰もおらず犬だけが乗っている。大きな大きな黒い犬だ。プードルか？　そうだ。大きな黒いプードル。プードルは砂浜に飛び降りると、彼の家めがけて走ってきた。プードルにはどこかひっかかるところがあったが、ちょうどそのときホールの電話が鳴り、彼が急いで階段を下りていくと、庭に面した玄関のノッカーがコンコンと二度鳴った。

彼は受話器を取った。

「ティム？」妻の声だった。

もちろん僕、ティムだ。ほかに誰がいる？

「どうしたんだい？」彼は心配になって尋ねた。彼女がこんな時間に電話をかけてくるなんて、これまでなかったからだ。「エマがどうかしたのか？」

「もちろんエマは無事よ。なんでそんなこと訊くの？　ただ、ちょっと帰りが遅くなりそうだから電話しただけ。美容院に寄ろうと思って」

「わかった」彼は言った。「あ、ちょっと待ってて。誰かが玄関に来てるんだ」

「誰なの？」彼女が尋ねる。

「わからない。切らないでいてくれ」

受話器をそのままにして、彼は庭側の玄関に向かった。見たことのない青年が戸口に立っていた。

「入って」彼は見知らぬ客に言った。「ドアは閉めてくれ。頭のおかしな犬がそのへんを走り回っているんだ。すぐに話を聞くよ」

彼は電話に戻り、「もしもし、聞いてる？」と何回か話しかけた。返事はなかった。フックを何度かカチャカチャやってみたが、線が切れていた。受話器を置き、開いたフランス窓のほうを向くと、例のボートが船尾を先にしてゆっくり浜辺から離れていくのが見えた。

「こっちに来て」彼は見知らぬ来客に声をかけた。「君は僕より目がいいだろう。ボートの甲板に誰か見える？」

「見えませんね」

「犬はいる？　黒いプードルなんだけど」

「いいえ」

「じゃあ、わからないってわけか。ボートに戻ったのか、それともこのあたりで野放しになっているのか？　とにかく様子のおかしいプードルだったんだよ。たぶん恐水病だ。ほら、狂犬病のことだよ。ボートの連中は、わざと犬をここに連れてきて、砂浜に放したのかな？　わからないな。警察に知らせたほうがいいかもしれない。どう思う？」

「なんだかお取りこみ中にお邪魔しちゃったみたいで申し訳ありません。あらかじめ手紙か電話でご連絡しておけば……」

「そんな大げさな。さ、こっちに来て、一杯やろう。毒は何にする？」彼は芝居がかった口調で訊いた。酒を「毒」と呼ぶのは、彼が普段使う表現ではなかった。

「マクファーソンと言います」客は名乗り、二階の書斎に入りながら言った。「あの、チェスタトン゠ブラウン教授ですよね？」

「〝教授〟じゃない。講師だ。ええと、君は僕の学生じゃないよね」

「いいえ。ジャーナリストです。フリーランスの。ですが、こちらに伺ったのは、学術的なことについてお尋ねしたかったからです。もっか執筆中の博士論文のために。バーナード・セント・オーステル論なんです。確か彼とは親しかったんですよね……」

「バーナードか！　まあね。もし彼があの奥さんと結婚していなければ、僕が彼女と結婚して、バーナードが僕の妻と結婚するはずだったんだ。でも、もしそんなことになっていたら、エマはどうなってたんだろうね？　エマっていうのは、僕の娘だよ」

「……それで、あなたはたぶん、彼の詩『色つきの鏡』もご存じでしょう？」

「さあ、どうかな？　その詩がどうかした？」

「絶対に覚えていらっしゃるはずです。詩の第三スタンザに、鏡に映る瞳の色への言及があるんです。今書いている論文で、この作品が詩人の自伝だと証明したいんです。あるいは逆に、この詩は自伝ではないという結論になるかもしれません。すべては瞳の色にかかっているんです。彼の瞳の色を覚えていらっしゃいますか？」

「なんだって？」

「お尋ねしているのは、バーナード・セント・オーステルの瞳の色を覚えていらっしゃいませんか、ということです。彼をよくご存じだったんですよね。それに、そんな昔に亡くなったわけじゃない。覚えておられるはずだ！　非常に大事な点なんです。論文の要なんです」

「まいったな！　いや、僕には答えられないよ。彼の奥さん、じゃない、未亡人に訊くべきじゃないかね？」

「もう訊いてみました」

「訊いたって？　彼女に会ったのか？　元気だったかね？　様子を教えてくれ。今はどこに住んでるんだい？」

「マヨルカ島です。文豪の秘書だった女性と同棲しています。二人はものすごいカップルですよ。近くのホテルで踊ってます」

「踊ってる？　まさか！　プロのダンサーになったんじゃないよね？」

「いいえ。彼女たちはいつも二人だけで踊っています。純粋に愉しみのために。でも、二人とも彼の瞳の色を覚えていないんです。かくして儚く過ぎ去る《シック・トランシット》……」

青年のラテン語は犬のうなり声によって途中でさえぎられた。二人は椅子から飛びあがり、一階に駆け下りた。犬はそこにいた、海側の出入口——フランス窓——の向こうで、大きな黒いプードルは窓ガラスに鼻面を押しつけていた。二人はガラスごしに犬を見ると、「うわっ！」と叫び、スローモーションで引き延ばされた一瞬のうちに爆音と激痛、それから永遠の無が訪れた。

四　大使、元帥、そして第三の領域

同じ海辺を五百ヤードほど西に行ったところにヴィラがあり、理由は定かではないが（語調がいいから？）ヴィラネル（田園詩のこと）と呼ばれていた。さる大使の住まいである。爆音を聞き、爆発を目撃して、消防車と救急車と警察を呼んだのは大使の執事だった。執事は電話するとすぐに閣下のもとへ赴き、自分の行動を報告した。「警察がおまえに質問をしに来るだろう」大使は言った。「刑事が着いたら、すぐにこの書斎に通すように。事情聴取のさい、わたしも同席したい」

「わかりました、閣下」執事は言った。

しかし、警察が来たのは翌日の夜になってからだった。二人の刑事はどちらも私服である。

「かけたまえ」大使が言った。それから執事のほうを向いて「坐りなさい、ジョーンズ」と言った。

「あなたのお名前はジョーンズ？」年配の刑事が尋ねた。

「はい、さようです。正確に言うと、勤務中はそれがわたくしの名前です。それ以外の時はオストロフスキと申します」

「スラブ系の名前ですね？」

「さようです。わたくしの曽祖父はポーランド出身でした。正確に言えば、オーストリア＝ハンガリー帝国からやってきたことになります。第一次大戦前ですから。実は、彼の父親、つまりわたくしの祖父の祖父の名前はオストロヴァーと申しました。しかし、祖父の祖父は八人もおるわけでして」

「二人とも一服したらどうだね」閣下が言った。「ジョーンズは、一件を目撃するやいなや、何が起こったかをわたしに報告するより先に、すぐさま警察に電話しました。君たちも彼の冷静沈着さを認めるだろう」

「それで実際、何を目撃したんですか、ジョーンズさん？」年配の刑事が尋ねた。「よく考えて答えてください。些細な点も省かずにお願いします」

「わたくしは自室におりました。部屋は二階で、南西に面した小さなバルコニーがあるのです。そのとき、ちょうどバルコニーに出ていました」

「正確な時間はわかりますか？」

「そちらに電話した一分か二分前だと思います」

「迅速な連絡に感謝します、ジョーンズさん。しかし、あなたは電話口で爆弾が爆発したと言ったそうですが」

「そうかもしれません。ええ、たぶんそう言ったのでしょう」

「なぜ爆弾だとわかったんです？」

「それ以外にどんな原因が考えられますか？」

「いろいろあるじゃないですか。例えばガスレンジのガスが漏れたとか」

「ありえません、刑事さん。もし部屋がガスで充満していたのなら、爆発の衝撃でフランス窓や壁が外側に吹き飛んだでしょう。わたくしは建物が内側に崩れるのを目撃しました。まるで内側から何かに吸いこまれるみたいに」そして、ややためらったあと、口を開いた。「しかも……」

「しかも、なんです？」

「ボートがちょっと怪しかったのですよ」

「ボート？」

「さようでございます。モーターボートが一隻、浜辺から百五十ヤードほど、わたくしの目測では百ヤードよりも遠く二百ヤードよりも近いくらいの距離で、ヴィラの沖合に停泊しておりました」

「こちらのヴィラですか？」

「いいえ、わたくしどものヴィラではございません。爆破されたヴィラのほうです」

「で、そのボートに怪しいところがあると思ったんですか？」

「さようでございます。デッキに誰もいないのが怪しいと思いました。爆発の前も後も、誰も顔を出さなかったのです」

「すると、あなたは爆発の前からそのボートに気がついていたんですか？」

「さようでございます。誰かがボートのキャビンにいたなら、爆発音が聞こえ、爆風を感じたことでしょう。当然、何が起こったのか気になって、様子をうかがいにデッキに出てくるはずです。ですが、ボートはそのまま向きを変えて走り去ってしまったのです」

「おっしゃるとおりかもしれません、ジョーンズさん」刑事は言った。「おそらく重要な手がかりでしょう。ボートに意識を集中して、思い出したことを教えてください」

「ジョーンズは称賛されるべき賢明な判断をした」大使が口をはさんだ。「とっさにボートの写真を撮ったんだ。どうぞ」そう言って大使は写真と拡大鏡を刑事に渡した。「残念ながら、鮮明な写真ではないが」

「いつ撮ったんです、ジョーンズさん」写真を見もせずに刑事が尋ねた。

「すぐです、刑事さん」

「電話をかけに行く前？」

「さようでございます」

「あなたが使った電話はどこにあるんです？」

「一階のホールです」

「つまりあなたは、二分足らずのあいだに、爆発を目撃し、ボートが向きを変えて遁走するのを見て写真を撮り、それから階下に降りて電話をかけた、ということですか？」

「さようです。すぐ近くのテーブルに、たまたまカメラが置いてありましたので」

「ジョーンズは熟練のカメラマンなんだ」閣下が口をはさんだ。

「申し上げるまでもなく、わたくしは急いでおりました。それで写真がぶれているのです。もっと時間があれば、ポラロイドの反射防止フィルターを使用できたのですが。ボートはちょうどわたくしと太陽のあいだにありまして」

「ネガを拝借できますか、ジョーンズさん？」

「はたして、これよりも鮮明に現像できるかどうか」

「もちろんです。コンピューターを使って、ぼやけた写真を鮮明化する画像処理ができますから」

「言われたとおりネガを持ってきなさい、ジョーンズ」大使が言った。

「二十四枚撮りの三十五ミリフィルムなのです」

「問題のコマだけを切り取って持ってくればいい」大使は言った。執事がドアが閉めて出ていくと、閣下は嚙んで含めるような口調で説明した。「ジョーンズはすばらしいヌード写真を撮るんだ。彼はそれをひとつの芸術形式だと考えている」

若い刑事は腕時計を見た。

「さあ、刑事さん」大使は言った。「こんどはこちらがいくつか質問をする番だ。これまでの捜査でわかったことを話してくれてもかまわんだろう？」

「もちろんです、閣下。あなたには何もかも承知しておいていただきたい。特に今回の場合、今後の捜査の過程で、閣下のお力が必要になる可能性がありますので」

「というと？」

「現在、われわれは偽の手がかりや赤いニシン《レッド・ヘリング》（人の注意を誤った方向にそらすもののこと）を取り除くので手一杯です。今の段階で確実に言えるのは、犯人が誰であろうと、そいつは愛犬家ではないということだけです。

現場で集めた肉片から、われわれはそれが訓練を受けた犬、黒いプードルで、爆弾を運ぶように調教されたのだと推測しています。遠隔操作で爆破したのでしょう。ひょっとしたら執事のジョーンズさんが目撃したボートから。ひょっとしたらちがうかもしれません。ジョーンズさんが犬を見たと言わなかったのは解せませんが」

「実際、ジョーンズは動物愛好家なのですよ、刑事さん」

「ええ、そうでしょうね。マクファーソン氏もきっと動物愛好家だったのでしょう。爆死した青年のことです。彼の車は庭の前に停めたままでした。われわれからの連絡を受けて、ご両親が今朝こちらに到着しました。青年の恋人も連れてね。サリーという娘です。彼女の証言では、マクファーソン氏が純粋に学問的な問題を議論するためにチェスタトン＝ブラウン氏に会いに来たのは確実だとのこと。しかし、そのマクファーソン氏がミセス・チェスタトン＝ブラウンの証言に出てくる人物なのかどうかは定かではありません。ミセス・チェスタトン＝ブラウンは当然ながらすっかり参っています。ですが、夫人いわく、昨日十時に家に電話をかけたとき、ご主人は、誰かが玄関に来ていると言ったそうです。それが誰なのか尋ねるために、電話ボックスから掛けなおしてみたが、つながらなかった、と。さて、そのとき玄関に現れた人物はマクファーソン氏なのか？　それともわれわれの知らない誰かなのか？」

「しかし」大使が口をはさんだ。「そんなことは無関係なように思えるのだが。爆弾が犬によって持ちこまれ、ボートから遠隔操作で爆破されたことがわかっていれば、充分では」

「ボートのことは〝わかって〟いるわけじゃありません。推測しているだけです。爆弾は、近隣のどこから遠隔操作されていたとしてもおかしくない」

刑事はポケットから透明な封筒に入った絵葉書を取り出し、大使の机に置いた。閣下は黄色いリボンで束ねられたバラの花と、裏側に鉛筆で書かれた「愛しています《アイ・ラブ・ユー》」の文字を眺めた。「素敵だ」葉書を刑事に返しながら、大使は言った。

「まったくです」刑事は言った。「この絵葉書は、マントルピースの真ん中に、壁に立てかけて置いてありました。爆発のあとで置かれたと考えるのは無理がある。しかし、この葉書だけが爆風の影響を受けなかったと考えるのもおかしな話です。それに、ミセス・チェスタトン＝ブラウンは、こんな葉書は見たことがない、出かけるときにはマントルピースの上になかった、と明言しています」

「実に徹底した調査だ」

「当然のことです。絵葉書の出所は新聞販売店の文具コーナーだと突きとめました。問題の絵葉書を売った覚えはないとのことでしたが、その場にいた配達係の少年が真っ赤になってしまいました。彼が赤面した理由は二つ。恋をしていること、そして売り物の絵葉書を勝手に使ったことです。われわれは、少年がどぎまぎしているのに気づかないふりをしてやりました」

「なかなかの心理学者だな」大使が言った。

「はい、閣下。分析を始めるまえには、まず状況の全体像を再構築しなければなりませんから」刑事は絵葉書をポケットに戻すと、別のポケットから写真を取り出し、ふたたび大使の机に置いた。一人の男が写っている。正面からと、横顔。

「マダム・タッソーの蠟人形館から送られてきたのかね？」

「そうおっしゃるのは興味深いですね、閣下。確かにこの男はそんなふうに見えます。男の自称はもちろん〝スミス〟。昨日の午前十時から十一時のあいだに、ある工場に押し入ろうとしました。警備員がそれを見とがめ、われわれに通報したのです」

「なんの工場です？」大使は尋ねた。

刑事はちょっと間を置いてから答えた。「それが、拍子抜けするようなところでして。ビスケット工場だったんです」

「ほう？」大使はあやふやな返事をした。

「スミスと名乗るその男が言うには、国王夫妻や斧槍兵、乳母、公務員なら見たことがあるが、普通の労働者を一度も見たことがない。だから——ひとつ労働者というのを見てやろうとして——工場に押し入った、と。それ以外の点では、彼の供述はまったく正常でした。ちょっとタガが外れているけれど、頭はしっかりしてる。一晩勾留したものの、罪に問えるようなことではないので、今朝には釈放しました。当面のあいだ尾行を付けるつもりでしたが、すっと行方をくらましてしまいました」

モーターボートの写ったスナップ写真のネガを手に、執事が戻ってきた。大使はそれを受けとると、目もくれずに刑事に手渡した。引き換えに〝スミス氏〟の写真を執事に見せた。

「この男を知っているかね？」

「存じております、閣下。昨日の朝、九時ごろでしょうか、わたくしがたまたま庭におりましたさいに道に現れ、門の前に立ちどまって話しかけてきました。ありふれた世間話のあと、男はこのあたりに工場はないかと尋ねたのです。なんの工場ですか？　と訊き返しました。サーディン工場です、と男は答えました。仕事を探しているか、雇ってもらうつもりなんだろうと推測いたしまして、この道を二マイルほど行ったところに、ビスケット工場ならありますよ、と教えました。すると男は、丁重に礼を述べて工場のほうに歩いて行ったのです」

「それきりこの男を見ていないんですか？」

「見かけておりません」

大使は刑事たちに目で問いかけた。刑事たちはうなずいた。

「ありがとう、ジョーンズ。刑事さんからの質問は以上だ」

執事が出て行くと、大使は刑事たちのほうを向いて言った。「そうか、君たちは、チェスタトン＝ブラウン氏が人ちがいで巻きこまれたという可能性を考えているんだな。ありていに言ってしまえば、爆弾はもともとわたしを狙っていた、と」

「ええ、仮説としては考えています」

「しかしむろん、考えうる仮説はほかにもあるはずだ。浜辺のずっと先、ちょうどチェスタトン＝ブラウン氏の家からこのヴィラまでと同じくらいの距離のところに、もうひとつヴィラがあるだろう。そこには君たちの国の要人の一人が住んでいる」

「海軍元帥ですね」

「つまり、爆弾の真の標的は元帥のほうだったという可能性も除外できないだろう？」

「確かにそうです、閣下」

「そうなると、警察は人員を二手に分けることになるね。わたしに不満を抱く人々と、元帥に不満を抱く人々を調べなければなるまい。君たちは二つのまったく異なる領域を捜査することになる」

「第三の領域がありますよ、閣下」

「ほう？」

「あなたがた両方を恨んでいる人々です」

五　質問に答えない方法

ダマスカスに向かう道を、漆黒のプードルが一匹、くんくん地面のにおいを嗅ぎながら進んでいく。犬の足跡からはちろちろと炎が上がっているが、きっと目の錯覚だろう。それらの小さな炎が痛みのあまり小さな悲鳴を漏らしているのも幻聴にちがいない。だが漆黒のプードルは幻ではなかった。

時は真昼、空から太陽よりもまばゆい一筋の光が射したかと思うと、一頭の白いプードルが黒いプードルの目の前に現れて、こう言った。「プードル、プードル、なぜわたしを苦しめるんですか？」黒いプードルは答えた。「どうして毎度毎度同じことを訊くんだよ。僕は決められた仕事をしてるだけ、わかってるだろ」

「それはあくまでそちらの言い分でしょう」白いプードルが言った。

「**彼**が決めたことだ」黒いプードルが言った。「君は選んで救う係、僕は選んではじく係。それが

彼のやりくちなんだ。そうやって定常的に創造されていく」

「なんの創造です？」白いプードルは尋ねる。

「人間さ」黒いプードルが答える……。


デイム・ヴィクトリアは目を開き、ベッドわきの時計を見た。朝の六時。まだ起きるには早い。もう一度目を閉じて、夢の続きに入った。

……そして黒いプードルは後肢で立ち上がり、背筋を伸ばして白いプードルに告げた。「……言っとくけど、あの子には手を出すなよ。放っておくんだ。なぜって、君がどう言おうと、**彼**がどう言おうと、僕は彼女を間引くつもりはないからね。ちゃんと聞いてるかい、プードル？」

すると白いプードルは答えた。「わたしはプードルではありません。子羊です」

すると本当に子羊になっていた。

デイム・ヴィクトリアはふたたび目を開いた。六時十分。だが次の瞬間には七時だった。起きなければ。「黒いプードルは赤いニシン《レッド・ヘリング》だわ」彼女はつぶやいた。

陽の当たらない通りの奇数番地がわに百軒ほどの小住宅がひしめきあい、偶数番地がわにも百軒ばかりの家々が建つ。焼いたベーコンのにおいがあたり一面にただよっていた。朝のこの時間は、ただ一軒を除いてあらゆるキッチンの窓からそのにおいが流れ出ている。デイム・ヴィクトリアはかかとのないスリッパをつっかけて、寝室からバスルーム、ふたたび寝室、キッチン、そしてダイニングへと向かった。彼女は長身痩軀で歩くのが遅く、年齢とともに猫背がひどくなっていた。部屋着のままなのに帽子——黒い麦わら帽をかぶっているのは、白髪頭にある禿を隠すためだ。今、彼女はダイニングでテーブルクロスを広げ終え、几帳面に朝食の食器を並べている。たった一人分。自分自身のために。

コーヒーを淹れるあいだ、デイム・ヴィクトリアは部屋着の上から年季の入った外套を羽織ると、痩せこけた脚で階段を降り、正面玄関まで牛乳と〈デイリー・テレグラフ〉と郵便物を取りに行った。封書が二通、一通はたぶん請求書、もう一通にはエンボス加工で下院の紋章が浮き彫りにされている。どちらも開けずに外套のポケットに押しこみ、朝刊の見出しをひとつひとつ確認した。探している記事が見つからなくても、とりたてて機嫌を損ねた様子は見せない。

ダイニングに戻り、固ゆで卵を食べながら、個人消息欄に目を通す。誕生、結婚、行方不明の友人、死亡。彼女の唇はかつてほど巧みに動かず、蜂蜜をぬったトーストがひとかけら、口の隅にへばりついていた。彼女はナプキンでぬぐうと席を立った。

キッチンに戻り、卵二つ、ベーコン二切れ、そしてソーセージ一本をフライパンに放りこんで、ちゃんとした朝食を作りはじめる。完成するとトレイに全部乗せた——ほかほかのおかず、パン、バター、牛乳、塩こしょう、ナプキンに大きなティーポット。それから飾り柄のついた長い鉄の火かき棒をつかんでトレイとあわせて持ち、よろよろと屋根裏部屋に上がっていった。屋根裏部屋の扉の下にトレイを置き、鍵穴から中を覗きこんで言った。「ピフ、扉から離れなさい」

デイム・ヴィクトリアは火かき棒を左手に持つと、右手で部屋着のポケットから鍵を取り出し、扉を開けた。

ピフと呼ばれた娘は、男物の寝巻を着て、狭いベッドの端に坐っていた。デイム・ヴィクトリアは火かき棒を右手に持ち替え、足で朝食のトレイを部屋に押しこむと、扉を閉めた。

「おばあちゃん、あたし、朝ごはんの前にトイレに行かなきゃ」娘が言った。

「ベッドの下におまるがあるだろ」とデイム・ヴィクトリア。

「小さすぎる」と娘。

娘はトレイを床から持ち上げ、ベッドの自分のわきに置いた。

「火かき棒を持ってるの、すごーく変だよ、おばあちゃん」

「わかってるよ」とデイム・ヴィクトリア。

「ゴシック小説のヒロインみたい」

「わかってるってば。前も同じこと言ってたよ」

娘はソーセージにかぶりついた。デイム・ヴィクトリアは扉近くの椅子に腰かけ、孫娘を眺めていた。扉の真向かいにある小窓の枠に、一羽のハトが飛んできた。今では以前ほどありふれたことではない。昨冬は長く厳しかったため、ほとんどのハトは生き延びられなかったのである。娘はベーコンエッグにとりかかった。

「タンパックスを買ってきたよ」デイム・ヴィクトリアは言った。「薬屋が不思議そうにわたしを見てたから言ってやった、これはポーランドの友人に食料品と一緒に送ってやるんだって。それから薬屋はプードルのことを訊いてきた。ダイヤモンドを連れて行かないのは初めてだったからね。田舎の友達に預けてきた、と答えた。嘘をつくのは大嫌いなんだけど」

「でもおばあちゃんは、自分がちゃんと嘘がつけるってわかってるじゃない」

「知るもんかね」

「ふうん、いいのよおばあちゃん。おばあちゃんのこと大好きよ。だけど……」

「だけど、なんだい？」

「気にしないで」娘は紅茶をもう一杯注いだ。

ベッドわきの目覚まし時計は九時を指している。

「手紙が来たよ」デイム・ヴィクトリアは言った。「あんたの伯父さんから」

「それで？」

「まだ開けてない。でも、中味は想像がつくよ。知りたいんだろ、おまえから連絡があったかどうかを。つまり、また嘘をつかなきゃならないってこと」

「で、おばあちゃんは嘘をつくのが大嫌いなのよね。わかってる。さっき聞いたもの」

「ピフ……」デイム・ヴィクトリアは呼びかけた。

「何？」

「どうして伯父さんを好きじゃないふりをするんだい」

「伯父さんが好きですって？　どうして？　たまたま伯父さんだってだけの関係でしょ。それに彼は敵だわ。伯父さんも、伯父さんの大切な奥さんも」

「お聞き、ピフ」デイム・ヴィクトリアは言った。「わかってるだろ、このことは伯父さんの一生の汚点になるんだよ」

「それが何？　伯父さんなんか！　あたしには関係ないんだってば！」

「だけど、わたしにとっては息子だからね、ピフ」

娘はぴょんと立ち上がり、小窓に走りよった。ハトはびっくりして飛んでいった。朝の日差しが室内に注ぎこむ。薄絹の寝巻ごしに逆光で透けて見える彼女の体が、デイム・ヴィクトリアの前で、不安にかられて緊張している。「若く、美しく、たくましい体ね」デイム・ヴィクトリアは心の中で賛嘆した。「かわいそうなピフ。遅かれ早かれ、いつかわたしがいなくなったとき、連中はこの子を捕まえに来るだろう。ひょっとすると五年後、ひょっとすると十年後、十年すればこの子は二十八歳、子供を産むのにちょうどいい年ごろだ、もしかしたら二十年後？　五十年後？　五十年後に世界がどんな具合か、誰にわかるだろう？　何もかもあべこべになっているかもしれないじゃないか？　この子は銅像になって祀りあげられているかもしれない。たくさんの記念碑が建てられてきたじゃないか、並の人間がやらないようなことをやった人たちの記念碑が。かわいそうなピフ、すごく緊張してるね。きっともうすぐ、おばあちゃんはあたしを愛していないだとか、こんなふうに閉じこめておくのはあたしを守るためじゃなく伯父さんを守るためなんでしょ、とか言いだすんだろう。そうしたらあたしはきっと、ひとつのことにはたくさんの原因があるし、ひとつひとつの原因からたくさんの結果が生まれるんだよ、と答えるだろう。まあいい、とにかく、やってしまったことは取り返しがつかないんだ」静かな優しい声で、祖母は言った。「今のうちにトイレに行って、風呂をお使い。わたしはここで待ってるよ、ピフ」

ベッドわきの目覚まし時計がチクタクと音をたて続けている。娘は駆けよって叩き落とした。九時七分。

「わかってないわ、おばあちゃん、わかってない、わ・か・っ・て・な・い！」娘は叫ぶと、ベッドに身を投げ出した。「ほっといてよ、ほっといてってば」とグスグス泣きはじめ、顔を枕に埋めた。

デイム・ヴィクトリアはトレイと火かき棒を持って屋根裏部屋を出た。扉に鍵をかけ、鍵を外套のポケットにしまう。階段を降りてキッチンに行き、トレイをテーブルに置いた。そのとき正面玄関でノックの音がした。おぼつかない足取りでどうにか階下に行き、玄関に辿りつくころには（キッチン、客間、寝室は二階で、一階には誰も住んでいない）、ノックの音は叩きつけるように強くなっていた。

「どなた？」彼女は尋ねた。

「味方だ」その声は告げた。「開けてくれ！　早く！　一刻を争うんだ！」

ドアを開けると、バラクラバ帽をかぶった二人の男が飛びこんできた。車がエンジンをかけたまま縁石ぞいに停めてある。

「彼女はどこに？　すぐに警察がやってくるぞ」

「屋根裏部屋よ」デイム・ヴィクトリアは答えた。

一人はピストルを持って玄関に残り、もう一人は階段を駆け上がる。屋根裏部屋の鍵を探してポケットをまさぐりながら、デイム・ヴィクトリアもついて行く。彼女が二階に上がるころには、男はとっくに屋根裏に着き、鍵のかかった扉を蹴やぶっていた。やっと彼女が屋根裏まで来ると、まだ寝巻のままのピフと男が、横をすり抜けて階段を駆け下りた。二人が走り去る勢いに吹き飛ばされたように、彼女は階段のてっぺんで壁にもたれたままへたりこんだ。結局なんの役にも立たなかった火かき棒を横に置いて。まもなくエンジン音がして、車が走り去るのが聞こえた。彼女は安堵のため息をついた。

デイム・ヴィクトリアは無感覚になっていた。軽い、ちょっとした脳卒中かも？　こんな状況では、重症まではいかない、軽いちょっとした卒中なら大歓迎だけど……左足に力を入れてみる――動いた。今度は右足――動いた。左手、右手――どちらも大丈夫。片目、続いて反対側の目を開いたり閉じたりする。でも口をきけるだろうか？　自分の声がちゃんと聞こえる？　試してみなければ。声に出して何か言ってみよう。だけど何を？　こんなふうに言えばいいのかもしれない――「さあ、ピフは行ってしまった。これで、一階に下宿人を入れても大丈夫」。でも駄目だ、心にもないそんな皮肉を口に出しては言えない。今はまだ。こんなにすぐには。言わないものだ。ふさわしくない。でも、他に何が言えるだろう。咳払いをしてから口を開く。「ハロー、ハロー、A、B、C、ワン、ツー、スリー」。おずおずした低い声だったが、問題なく聞きとれた。とにかく今の状況では、重症じゃない軽いちょっとした卒中が役に立つ。いつかまたおまえに会えるだろうかね、かわいいピフ、と彼女は考える。おまえは若くたくましい。本気になれば、わたしが火かき棒を持っていようといまいと出て行けただろう。でもわたしが火かき棒を持っていれば、出て行くためにはわたしに暴力を振るうことになる。まさかそんなことはしなかっただろう？　自分がそんなことしないって知ってるんだろう？　矛盾しているけれどね、考えてみれば……何を？　そう、おまえがやってのけたことを考えれば。わたしを愛してると言ってくれたね、だけどおまえはこうも言ったね、おばあちゃんはこれが戦争だっていうのが理解できてない、あたしが兵士で、命令を受けて、大義のために敵と戦ってるっていうのがわかってない、おばあちゃんはあたしをただの人殺しだと思ってるみたい！　でもね、可愛いピフ、爆死した若者がいったいどんな敵だっていうんだい？　それに、膝から下の両脚を切断するはめになった気の毒な大学の先生はどうなの？　おまえは言ったね、ああ、あれは単なるミスよ、おばあちゃん、地図でまちがった家に印がついてただけだって。戦時には仕方のないことなの。いいわ、可愛いピフ、とわたしは言った。それじゃ、わたしのプードルは？　あの子は兵站のミスじゃなく、計算どおりに殺されたんだよ？　あら、ちがうわ、おばあちゃん、とおまえは言った。あの犬は殺されたんじゃない。尊い犠牲になったのよ、大義のために。そうね可愛いピフ、でもあの子はおまえの大義のために死んだんだ、自分の大義のためじゃなくてね。犬の大義がどんなものなのか想像もつかないけど。ああ、かわいそうなダイヤモンド。するとおまえは言った、おばあちゃんはわかってないと。思想を理解していないと。だけどね、思想なんか理解していなくてよかったと思ってる。若い娘だったころ、思想を持つような教育を受けなかったことに感謝してるくらい。実を言うと、わたしはちゃんとした教育なんてまったく受けていないのさ。当時は「非公式の教育を受けた」っていう気どった言い方があってね、でもそれは普通の意味での教育じゃなかったんだ。あわれなスイス人家庭教師《グヴェルナント・スウィス》マドモワゼル・ド・ラ・ショセーは算数や理科を教えることを禁じられていた。そのころ理科は学習じゃなく悪臭って呼ばれててね。硫化水素とかいうのが腐った卵みたいなにおいがしたんだよ。だから理科なんて論外。サー・アイザック・ニュートンについて学んだのは、彼の愛犬がうっかりロウソクを倒して論文の一部を灰にしてしまったとき、サー・アイザックが「おお、ダイヤモンド、ダイヤモンド！ 汝はおのれの悪戯の結果を知らざるなり」と嘆いたという逸話だけだった。だから、わたしのプードルが子犬だったとき、考えなしにダイヤモンドなんて名づけたのさ。それが将来を予見する名前《ノーメン・オーメン》になるとも知らずにね。歴史について教わったのは、有名な歴史上の人名地名をまちがい《フォーパ》なく会話で使えるようになることだけだったし、地理は旅行に役立つ程度だったし、宗教教育はまったく受けなかった。代わりにいくつかの外国語と、「やっていいこと・いけないこと」を習ったわ。最後に教養学校に送られて総仕上げ、そこであらためて「やっていいこと・いけないこと」を教えこまれた。すんなり頭に入ったよ、生まれつきその区別がついていて、いわばそれを取り出すだけみたいな感じだったし、教える側の家庭教師も女教師たちも、けっして「すべきこと」とは言わなかった、もし先生たちが「すべき」なんて言い出せば、それに対して生徒は「どうして？」「どうして？ どうして？」と訊くことになるし、そうしたら「どうして？ どうして？ どうして？」といくら問いつづけても、究極的な答えなんて存在しないんだ、という知恵をみんなが手に入れてしまうだろうから、だから「いいこと」や「いけないこと」だけを教えるほうがずっと誠実、それなら質問なんて出ないで話はおしまい、この知識をわたしは今でもしっかり覚えている、それは男から教育を受けなかったおかげもあるだろうね、だって男の伝統的な教育は、こういう知恵を台無しにしてしまうものだから。伝統的な教育を受けたおまえのおじいさんは、おまえの母さんにも同じように教育を受けさせるべきだと主張した、だからね、かわいそうなピフ、おまえの父さんは教育された娘と結婚したんだよ、それでおまえが生まれると、両親そろっておまえも同じような教育を受けさせるべきだと主張した、そして教育のおかげで、「いけないこと」をやってしまったときの言い訳や、「やっていいこと」をやらなかったときの言い訳をどっさり手に入れてしまったんだ、おまえは目的が手段を正当化すると学んだ、要するに、おまえの信じる思想を信じていない人間を殺すことを、思想によって正当化することをね。そう、そうだとも、それこそ連中がやっていることだろ、おまえやおまえの仲間は若いのかもしれないけれど、わたしだって今のおまえたちと同じ年頃だったことがあるからね、そういう連中のことはよく知っているよ、連中も、連中のふりかざす思想とやらも、そういう連中は教会の主祭壇に立ったり、玉座にふんぞり返ったり、共用トイレしかない安宿の薄汚いベッドに寝転んだりして、高みの見物を決めこみながら、おまえみたいなあわれな若者たちを罠にかけて、思想と現実世界のあいだ、言葉の世界と「やっていいこと」の世界のあいだに陥れるのを見てきたからね、そして連中ときたら、他人に対してやろうとしたことがわが身にふりかかると、たちまち喚きだし、声高に復讐を叫ぶのさ、まあ残念ながらイエスも大差ないんだけどね、だけど主の場合はまず我が身を犠牲にしたじゃないか、そうやって残されたわたしたちに罪悪感を植えつけ、主にならって唱えるように仕向けたのよ、「愛、愛、愛」って。主は、この世界の憎悪の多くが愛から生み出されることを知らなかったのかね？　愛の教説を唱える代わりに、どうして主はわたしの家庭教師や教養学校の先生みたいに「やっていいこと」と「いけないこと」があるんだって教えなかったのかね、そうすれば質問はなし、話はおしまい、だったのに。そう、話はおしまい。

老いた彼女の顔には美しいほほえみが浮かんでいた。あたりはすっかり静まりかえっていた。ただ、どこからか隙間風が吹きこんでいる。きっと、あの子たちは玄関を開けっぱなしにしていったのね。いいわ……かまわない。階段の一番上に、どれくらいへたりこんでいたんだろう――二分？二時間？　まあ、わたしの体には関係ない、体はすっかりくつろいでいる。伸ばした脚が欄干に触れ、肩は壁にもたれかかり、もう何もする必要がなくなった手からは力が抜け、頭は力なくうなだれ、目は外套の一番下のボタンをぼんやり眺め、耳は警察のサイレンが響いてくるのを待つ。

しかし警察は、劇的な効果など伴わず、静かに現れた。警官二人と婦人警官一人。「娘は逃げたぞ」と警官たち。「連中に襲われたんですか？」警官たちは尋ねた。「火かき棒なんか持ってる。おばあちゃん、がんばって身を守ろうとしたのね」婦人警官が言った。「支えてあげますよ、自力で立ち上がれますか？」警官たちが尋ねた。

階下の寝室に運びこむと、警官たちは彼女の外套を脱がせ、部屋着のままベッドに横たえた。婦人警官がスリッパを脱がせ、毛布を掛けてやった。帽子を取ろうとすると、デイム・ヴィクトリアは黙ったまま抵抗した。「心配しないで、おばあちゃん、大丈夫だから」と婦人警官。

警官たちはバスルームの抽斗から犬の首輪を見つけた。デイム・ヴィクトリアの外套のポケットからは――鍵と、電気代の請求書と、エンボス加工で下院の紋章が浮き彫りにされた封筒。警官たちは迷ったが、開封しないことにした。国会議員なんかと下手にかかわると、どうなるか知れたものじゃない。

「心配しないで、おばあちゃん」婦人警官は繰り返した。「台所を借りて、みんなに熱々の濃い紅茶を淹れますね、ミルクを少しと、たっぷりの砂糖を入れて。ね、おばあちゃん」

その瞬間、文字盤を下にして屋根裏部屋の床に落ちていた目覚まし時計が、耳をつんざくような音で鳴りだした。全員、ぎくりとして飛びあがった。ただ一人デイム・ヴィクトリアを除いて。彼女は、質問に答えない方法、これ以上嘘をつかずにすむ方法を見つけたのだ。

六　車椅子

ホテルから村までは一マイル以上（あるいは、それよりは短く一キロ以上）あった。道のりの大部分はいくらか上り坂になっている。途中、新聞を運ぶ小さなワゴン車がクラクションを二度鳴らしてから、慎重に、歩く速度までスピードを落としてきた。運転手が窓から頭を突き出す。「よお、なんなら引っ張っていってやろうか？　ロープなら持ってるぜ」

「大丈夫だ。なんとかなる。ありがとう」ワゴン車が加速して、こちらの言葉が聞こえないくらいの距離まで行ってから、「僕はこれが楽しいんだ」。

実際、彼は楽しんでいた。車椅子を動かして坂道を登りながら、腕に力がみなぎり、健全な疲労感を楽しみ、やがて誰の助けも借りずに村まで着いたときには誇らしく思う気持ちを楽しんだ。日曜の朝、市場はがらんとしていた。この早い時間には、人々はまだ寝ているか教会にいるのだろう。ときおり閉じた教会の入口を通してオルガンの低音が響いてくる。そこに辿りつこうと思ったら、

砂利道のはるか上まで、何段も何段も階段をのぼっていかなければならない。白壁の日時計には、

Jo sense sol　　（わたしは太陽がなければ
tu sense Fe　　あなたは信仰がなければ
no valem res　　なんの価値もない）

と刻まれていた。

市場のもう一方の端、教会の向かいにぽつんと木が生えていた。彼はその木に向かって車椅子を進めた。そこまで辿りつけば、海へと続く斜面にはりついた小さな家々の屋根ごしに、遠く水平線を望むことができるのだ。木の裏に誰かがオートバイを止めていた。雌の野良犬がやってきて、くんくん嗅ぎまわりながらうろついている。車椅子の背、木、オートバイ、それから車椅子の前を覆う豹皮のようなカバーをくんくん嗅ぐと、うなって、吠えた。彼は体を硬くした。爆発と激痛、そのあと続いた真っ暗な無の直前、最後に耳にしたのは犬の吠え声だった。

「あっちへ行け！」彼は言った。ついでフランス語で「ヴァ・タン！」スペイン語ではどう言えばいいのかわからなかった。

雌犬は吠えつづけた。

突然、車椅子のうしろから男の足音が近づいてきて、雌犬は姿を消した。若い司祭が木の横に立っていた。オートバイに乗ろうと長衣《スータン》の裾を持ちあげたが、気を変えたらしい。長衣の裏から煙草

をひと箱取り出すと、一本に火をつけた。それから車椅子のほうを向き、ただし目は木のてっぺんを見上げたまま、こう言った。「煙草《シガリーリヨ》は？」

ティム・チェスタトン゠ブラウンは上級講師の個人指導的な笑みを浮かべた。「ありがとう。でも禁煙中でね。誘惑しないでもらえますか」

「さっきはここにいませんでしたよね。いらっしゃったら、車椅子を押して教会にお連れしたのに。墓地を抜けて聖具室に回れば、段差がないんですよ」

「いや、教会に行くつもりはなかった」

「カトリックではない？」

「残念ながら」

「それじゃあ、あなたの宗教は？」

彼は「英国国教会」と答えようとしたが、いやいや！　こんな尋問を今までにどれだけ受けてきただろう。バカなやつ。誰もがなんらかの宗教を信じてると思いこんでるなんて。若い司祭に気づかれずに冷笑を浮かべて、大学の同僚や学生に対しては使わない時代遅れの決まり文句を持ちだした。

「論理実証主義者ですよ」彼は言った。

「それはキリスト教の一派ですか？」司祭は尋ねた。

「いや、ちがうな。そうじゃない」

とはいえ、こんな質問を受けたせいで、彼は考えこんでしまった——なんだかんだ言っても論理実証主義はオーギュスト・コントに端を発する、ということはつまりヒンドゥー教や神道やユダヤ教やゾロアスター教や儒教やイスラームの文化圏ではなく、キリスト教世界のただなかで始まったのだ。論理実証主義！　人類教！　神なきカトリシズム！　「ウィーン学団」という論理的な不信心者も、そのあと現れた。そう、不信心者だ！　けれども、先入観なしに見てみれば、キリスト教の真実は、聖母や割礼を受けたその息子への崇拝、信仰、偶像視が雑草のように真実を覆っている人々よりも、不信心者の心にこそはるかに純粋な形で埋めこまれているのではないか？　いやいや、こんなとりとめない思索は、若い司祭の耳には高尚すぎるだろう。だから簡潔に「いや、ちがうな。そうじゃない」と答えたのだった。

　司祭はそれを聞いて嬉しそうだった――論理実証主義者がキリスト教の一派でないのなら、彼らは神の真実とその価値を知らず、つまり異端が入りこむ余地がないのだから。

「そうは言っても、魂が不滅の存在だということは信じていらっしゃるんでしょう？」司祭は一応形だけといった調子で質問した。

　車椅子の哲学者はため息をついた。脚が不滅ではないということは、否応なく知るはめになった。でも、魂の不滅について何を知っているだろう？　この司祭はおかしなやつだ！　ひげも剃っていないところを見ると、今朝はよっぽど急いでいたにちがいない。日曜日だというのに！　ひょっとしたら、毎日ひげを剃る必要がないくらい若いのかな？　朝食もまだなのに、空きっ腹で魂の不滅について語り合うのもへっちゃらなのか。はっはっは。よりによってマヨルカ島のこんな小さな村で議論するような話題かねえ？　ブライトンやボーンマスやセント・モースやセント・アイヴスやブラックプールの浜辺では、こんなことは起きないだろう――もちろん大学のゼミでも。なんだかこの司祭が気に入ってきた。意外なことに、この偶然の出会いが楽しくなってきたのだ。箴言《しんげん》的哲学が通用していた時代にタイムスリップしたような気分だ――好きなだけ議論を脱線させられた時代、証明したり反証したり検証したり意味を限定したりする必要がなく、机上の議論に一貫性を持たせるために人生の多彩なニュアンスを排除する必要もなかった時代に。それが愉快だった。彼は肩の力を抜いて、「そうだね」と話しはじめた。「無限と魂は異なる概念だ。数学者にとって、無限とは巨大でもあり微小でもある。空間における無限といえば、閉ざされていても端がないもののこと。また、時間の無限は、ビッグ・バンという創造から始まり、エントロピーとかなんとか、自然哲学者たちがこしらえた終わり方をするんだろう」

司祭は黒く濃い眉をひそめ、太いスペイン煙草を口から離して言った。「いやいや、わが子よ、それは問題をすりかえる手口としてはいただけませんね。わたしの質問の意味はこうです――あなたは、自分の魂が死を超えて生き延びることを信じていないのですか？」

「参ったな、神父さん。僕の魂が、脚の死を超えて生き延びた、というならたぶん本当でしょう。でも、脚以外の肉体の死を超えて生き延びるかどうか？　僕にわかるもんですか。これまで人間はみずからを多くの部分に解剖してきた。身体、精神、自我、魂。本当にそれら全部が必要でしょうか？　節減の原理（理論の基本となる概念は最小限にすべきだという考え方）に反していませんか？　存在は必要以上に増やす《エンティア・ノン・スント・ムルチプリカンダ・プラエテール・》べからず《ネセシターテム》、でしょう？　ランボーの中にデカルトを見いだしてもいいものか？　ランボーは言っている、『……あなたはけっして理解しないでしょう、どう説明したらいいのかわかりません……わたしは他者なのです』。ランボーは何を言いたかったか？　〝他者〟とは何か？　ある種の内的状態ですよ。哲学者の中には、それを生体電気の振動音にすぎないと考える者もいる。同じものを、曖昧模糊としたあなたの用語では〝魂〟と呼ぶんでしょう？」

司祭は吸いさしの煙草の火を指先でもみ消した。「わたしの用語？」彼は鼻で笑った。「わ、わ、わたしの用語が曖昧模糊としている、ですって？」彼は繰り返した。「じゃあ、あなたの用語はどうなんです？　何百倍も曖昧じゃありませんか。〝生体電気の振動音〟と言われても、なんのことやらさっぱりです。サメの体内にあるもののことでしょうか？　それともフンコロガシの体内にあるもののことですか？　でも、わたしが〝魂〟と言えば、あなたはそれが何を指すのかを完璧に理解するでしょう。たとえ魂の存在を否定しようと、何を否定しているのかは理解できているはずだ」

「一本とられましたね」

「これは決闘じゃありませんよ」

「また一本とられた。いや失敬、もちろん決闘なんかじゃない」

「さて」司祭は言った。「科学者が〝わたし〟という言葉を使わずに他の人々を説明できるというのはそのとおりでしょう。ですが科学者といえども自己について語ろうとすれば〝わたし〟という言葉を用いざるをえません。さらに、もし科学者が誠実であろうとすれば、〝魂〟という言葉を使わなければすまないはずです。科学者にとって、身体と精神は同じひとつのものの二つの側面にすぎないでしょう。しかし身体と精神は同じものではありません。そして自我と魂も同じものではないんですよ。神が自我に自由意志を与え、それによって自我は魂をさらに高めていくべきなのですから」

「なぜ人がなんらかの仕方で何かをすべきなのか、という点に関しては、決定的な見解はありませんよ」

「見解などどうでもいい」司祭はさげすむように言った。「わたしは見解を主張しているんじゃなく、真理を主張しているんです。魂に巣食う邪悪を、自由意志に基づいて取り除きなさいと、あなたの自我の心臓部に訴えているんですよ」司祭は下唇についた煙草の切れ端をペッと吐き捨てて言い添えた。「生体電気の振動音をひずませている悪しきノイズをホルモンの分泌作用によって取り除くよう、あなたの自我の中の、気難しいポンプ器官に訴えかけている、とでも言ったほうがお気に召すかもしれませんが」

車椅子の実証主義者はおおらかに笑った。「気に入りましたよ」と彼は言った。「とはいえ、邪悪なものを、琥珀のかたまりに――あるいはマイクロチップに――閉じこめられた虫みたいに語るのはいただけませんね。あなたのいわゆる〝魂〟に悪が潜んでいるとは思いません。悪はむしろ魂の周囲にあって、生物界の構造そのものに織りこまれているんじゃないでしょうか」しばらく口をつぐんでから、憂いを秘めた遠い目をして、チェスタトン゠ブラウンは打ち明けた。「妻は信じてるんですよ、この地球はにせものだと。本当の地球は、僕たちには見えないけれど、太陽の周りを回っているのだと。妻が作り上げた、いわば詩的な幻想です。だけど言いたいことはわかる」

「わたしにも理解できます」若い司祭は言った。「そしてあなたのことですが、わが子よ、信仰から遠く離れたつもりでいるのでしょう。でも、実際はとても近くにいるんですよ」

「いいえ、神父さん。それはちがいますよ。僕は信仰の近くにはいません。僕たちのあいだには壁がある。あなたは人類の道徳がなんらかの外部の力によって与えられたものだと考えていますよね。僕は人類が道徳を知らず知らずのうちに手に入れていたと思っています。死体が臭いから、という理由で」

「実際、臭いですよね」司祭は言った。

「そして人類は死臭が嫌いだ」

「まさに」司祭は答え、思案顔になってつけ加えた。「かすかなにおいなら好まれるかもしれない。香水と一緒の場合は特に。ですが、それにも限度がある。認めますよ」

「おわかりでしょう。あなたの言う限度を超えると、人間の鼻はにおいの刺激に対して負の化学屈性を示す。にもかかわらず人間は、鼻の周囲にある世界、からっぽの胃袋を取り囲む世界では、殺して、死体を作りださなきゃいけないと悟る。人間は殺しを躊躇しない。ただ、臭いにおいは嫌だ。これこそ葛藤の本質ですよ。人間は考えはじめる——殺しの楽しみを台無しにするような、きつい腐臭に耐えられないような鼻を与えたのは、この世の外なるいかなる力なのか。この根源的な問いに答えるために、人間は宗教や倫理をこしらえ、上半身の神経系を使って黎明期の文明を生み出した。やがて文明の末期に到ると冷蔵庫を発明して肉の腐敗を遅らせ、あまつさえ厳重に密封されたガス室や、生きたまま《イン・ヴィーヴォ》タンパク質を酸化させる火炎放射器や、においを出さないという点では清潔な原子力爆弾まで発明したわけです。こうして文明は、かつてそれを生み出す原動力となった〝におい〟を消すさまざまな方法を発明してきました。そう、無神論によってではなく、死の無臭化によってこそ、われわれの文明は自滅への道を歩んでいるんですよ」

「おそろしいことをおっしゃる」司祭は言った。

「ええ、わかっています」

「そんな哲学の重荷に耐えられますか、心の慰めを与えてくれる存在なしに、すなわち神の……」

車椅子の哲学者は司祭に代わって続きを口にした。「このうえさらにもう一人、僕のために命を落としたユダヤ人が存在するなんて考えたら、よけい重荷に感じますよ」

「でも実際、主はあなたのために命を落としたのです」

二人はそれきり黙りこんだ。

やがて司祭は口を開いた。「いらっしゃるつもりがあれば、いつでも」そう言って教会の扉を指さし――「車椅子を押してあげますよ」。

司祭はオートバイにまたがり、エンジンをかけると、十字を切って走り去った。


そう、やっぱり決闘だったのだ。少なくとも、いくぶんかは。だとすると、どちらの愚かさがどちらの叡知と交わったのか？　彼は肩をすくめ、自分のしぐさから娘のエマのことを自然と連想した。いつのまにかエマも、十代ならではの問題を、肩をすくめてやりすごすようになっていた。そういえば娘はこんな早朝に何をしているんだろう？　自転車？　水泳？　例の小柄な男の子と遊んでいるのかな？　なんて名前だったっけ？　イアン？　ヴェロニカはどうしているかな？　まだ寝ているのか？　彼は車椅子を動かした。帰り道は楽だ。ほとんどが下り坂。道はY字型になっている。村の市場は左側の腕の先端。右側の腕ははるかパルマ（マヨルカ島の中心都市）まで続き、そこから小型ワゴン車が新聞を運んでくる。そしてY字の縦軸にあたる道は、カサノヴァ大尉の店の前を通って南に伸び、ホテルと砂浜と海に続いていた。

　店の前で速度を落とした。新聞を買おうと思ったのだ。しかし扉が閉まっている。邪魔することはない。今日は日曜日だ。日曜の朝。

　Yの字の軸をさらに下ると、林に隠れるように〈踊るご婦人がた《ダンシング・レディーズ》〉のヴィラがある。二人が出てこないことを祈った。顔を合わせたくない。とにかく今は。道路には人っ子ひとりいなかった。道はホテルまでいって途切れ、砂利が砂浜の砂と混じりあっていた。わずかに右側、ホテルと海のあいだには海に沿った緑の芝生の一角がある。お気に入りの場所だった。彼はそこで車椅子を停めた。

七　哲学者と数学者

自分でも意外だった。どうしてこんなに穏やかな気持ちなんだろう？　全身の知覚麻痺のせいじゃない。あれはもう何か月も前のこと。何十年も前に思える。奇妙だ！　不思議だ！　グロテスクだ！　何もかもがあまりにも静かだった。静謐そのもの。地中海。青空。美しい。わが義足ですら美しい。芸術作品だ。プラクシテレス（古代ギリシアの彫刻家）の作品に匹敵する。ヘルメスの脚。電気仕掛けの羽根を生やして。目にもすばらしい出来栄え。しかし歩くにはまだ松葉杖が必要だ。ただ立つためだけにも。それに車椅子のほうがずっと心地いい。見事な義足はワードローブに鍵をかけて保管してある。掃除に入るホテルのメイドがぎょっとしないように。妻のヴェロニカは二部屋をとっていた。片方の部屋に彼が、もう片方の部屋には妻と娘のエマが寝た。二つの部屋はドアでつながっているが、それぞれに備えつけのバスルームがあるので彼はほとんど気まずい思いをせずにすんだ。

ホテルと海のあいだには車通りがなく安全だったし、部屋は一階だったので車椅子に厄介な段差もない。ヴェロニカがこのホテルを予約したのはまさにそうした理由からだった。同じ村に物故した文豪の未亡人と物故した文豪の女秘書が住み、土曜の夜にこのホテルで踊っているのは、まったくの偶然だ。

娘のエマのことが気がかりだった。いや、気がかりというよりも不可解というべきか。彼が入院しているとき、それから大勢の大工たちが修理している真っ最中の大破したわが家にみんなで戻ったときにも、エマは生き生きとほがらかで、一家がいわばスポットライトを浴びるきっかけになった大事件を、自慢するとまでは言わなくても、楽しんでさえいるようだった。それがここ、マヨルカ島に来たとたんに変わってしまった。彼は娘に避けられていると感じた。ホテルのレストランでは、車椅子のための充分なスペースがとれる窓際の特別席を用意してもらっているのだが、エマはいつも遅刻してくるうえ、父親のそばにいたくないようにそわそわしていた。お気に入りの場所であるホテル前の芝生の端で車椅子に坐り、何時間もずっと海を眺めている父親に近づこうともしない。一緒に泳ぐことができない父にとまどっているのか？　恥ずかしいのか？　誰かに何か言われたのか？　ひょっとするとあの小柄な男の子、なんて名前だっけ？　イアン？　しょっちゅうエマのまわりをうろちょろしているようだけれど。もしやあの男の子は、エマの父親が戦争で負傷した英雄だと期待していたのに、たんなる事故の犠牲者だと知ってがっかりしたんじゃないかな？　でも、そうはいっても爆弾だぞ？　警察がまだ犯人を突き止められないのは妙だ。ひょっとして、すでに犯人は判っているのに、なんらかの理由で公表できないとか？　まあ、そんなことはどうでもいい、そうだろう？　そうじゃないのか？　さて、どうでもいいのか、よくないのか？　彼にはどちらともつかなかった。どちらにせよ、警察が脚を元に戻してくれるわけじゃない。おかしな話だ、たとえ脚を返してもらったところで、それが自分のものだとわかるのだろうか？　自分の脚がどんなふうだったか、正確に記憶しているだろうか？　風呂場で何千回となく見たはずだし、足の爪を切るときだって見ていたのに、どんな脚だったろう？　実際のところ？　そんなに毛深くはなかったはず、それは確かだ、でも他の特徴は？　おかしな話だ、脚よりも靴下のほうをよく覚えている。

「ごきげんいかがですか、ティモシー・チェスタトン゠ブラウン教授様？　今日はごきげんいかがですか、サー？」お気に入りの芝生の隅で、海に向かって車椅子を停めると、ドン・ホセ・マリア・ロペス、略称ドン・ホセは、毎朝こんなふうに挨拶してきた。

「上々だよ。君は？」

芝生と砂浜に面する、小さい派手な別棟のテラスに設けられたカクテル・バーのカウンターごしに、マスターのドン・ホセは判で押したように答えた。「わたしに必要なのは水泳と女の子です。でもわたしが持っているのは、背後に並ぶ酒瓶と、目の前の誰もいない客だけです」特別な意味がこめられているかのようにそう言うのだ。ときには声の調子を変えてつけ加える。「あなたの奥様《エスポーサ》が、〈ダンシング・レディーズ〉に会いに行かれましたよ」

おや、どうしてそんなことを教えてくれるんだ？　なるほど、ドン・ホセが立っているカウンターからはヴィラに通じる道が目に入り、そのヴィラには〈ダンシング・レディーズ〉すなわち物故した文豪の未亡人と物故した文豪の女秘書が暮らしているわけだが、ヴィラそのものまでは見えないはずだ。おまけに道はヴィラの先まで続いている。その先には今朝、村から帰るときに前を通った店もある。一家がマヨルカ島に着いて数日後、その店でヴェロニカは二人の女に会ったのだ。「あら、ヴェロニカ?」未亡人が言った。「そうよ、ヴェロニカじゃない。どうしてこんなところにいるの」「休暇よ」ヴェロニカは答えた。「あなたは?」「あら、わたしたちはここに住んでるの。彼女は友達のマージョリー。ティムも一緒なの? いつかうちにいらっしゃいね」それから未亡人は店のカウンターにいる男を紹介した。「この辺じゃ名うてのプレイボーイ、カサノヴァ大尉よ」すると男はかかとをカチッと鳴らして言った。「買いかぶりですよ、マダム。わたしの本名はブリッジウォーター。ブリッジウォーター大尉です」

ブリッジウォーター大尉にはどこかちぐはぐなところがあった。自分の店にいるのに場にそぐわない感じがした。本当に軍人だったのか? 除隊? 原因は不祥事? それとも肺結核? それとも軍人に扮した役者なのか? 店がまえ自体、かまぼこ兵舎《ニッセン・ハット》に似ていなくもない。二階に続く階段と、乱雑に並べられた商品を別にすれば。並んでいるのはアクアラング、ウスターソース、ペーパーバック、オックスフォード・マーマレード、歯磨き粉、タイツ、英字新聞、散水用ホース、二つの乳母車といった品々で、ケント州かサセックス州の目抜き通りにある百貨店からまとめて運びこんできたような体である。

「イギリス《オールド・カントリー》の品で必要なものがあるなら、言ってくれればピュッと取り寄せますよ」

彼は確かにそう言った。「ピュッ」と。

*

Barbara Celarent Darii Ferio
Cesare Camestres Festino Baroco……

一学期の初回、一年生に向けた講義では、彼は毎年ここから話しはじめたものだ。無知な新入生の一部はこれをコンクリート・ポエトリーだと思いこみ、喝采すべきか野次るべきか迷っているうちに、実は今のは十三世紀リスボンのペトルス・ヒスパヌスなる御仁の作だと教えられる。この一節は二百五十六種類ある演繹法《シロジズム》の一部を示していて、そのうちたった十九種類だけが妥当性を持ち（ハハハ！）、この比率からするとこの論法はとてつもなく不経済なようだ（ハハハハ！）、そこから彼は学生たちを、さらに十六世紀遡ったアリストテレスの形式論理学、すなわち三段論法の理論に導き、すぐさま二十二世紀先に進んでフレーゲ、ラッセル、カルナップ、タルスキ等々に到り、学生たちがこれから学ぶべき枠組み——すなわち日常的な常識感覚を哲学という曲がりくねった活字の列に落としこんでいくための方法論を概観し、鳥瞰し、一瞥してみせるのである。

右の車輪を一インチ先に進めると車椅子は心もち左を向き、バーから離れた。ドン・ホセは会話が終わったのだと察した。教授様は一人で思索に耽りたいのだ。いつものように昼食の三十分前、飲み物を注文するときまで。

Darapti Disamis Datisi
Felapton Bocardo Feriso

Bamalip Calemes Dimatis
Fesapo Fresison!
（本文にあるとおり、十九通りの定言三段論法を暗記するための詩として中世に作られたもの）

彼は今、これらの用語を自分にだけ聞こえるように唱えていた。それぞれの論理形式の意味など考えず、純粋に音の並びを楽しむためだ。どんな論理であれ、黒いプードルが膝元で爆発する問題について答えを得る役には立たないのだから。その考えを頭から振り払った。ちかごろの彼は考えを頭から振り払うのに熱心なのだ。

空は青く、海は青く、波は休みなく打ち寄せてくるが、車椅子まではやってこない。これから「事実の真理《ヴェリテ・ド・フエ》」と「理性の真理《ヴェリテ・ド・レゾン》」に関するたわごとを教えこむ学生たちの頭を眺めているより、波を眺めているほうがはるかに素晴らしい。この世界の事実についてわれわれが知る真理は、けっして必然的なものではない。神は別種の世界を創造することだってできたのだから。だが神といえども、真理それ自体に矛盾する真理は作り出せない。ゆえに理性に関する真理は絶対確実かつ必然的なのだ。なーんて、くだらない！　神がちがう種類の世界を作れるかどうかなんて、わかりっこないじゃないか？　否定できないのは「事実の真理《ヴェリテ・ド・フエ》」、青い波と黒いプードルと吹き飛ばされた両脚という事実だ。「理性の真理《ヴェリテ・ド・レゾン》」のほうこそ怪しい。内実は同語反復《トートロジー》やら逆説《パラドクス》ばかりで、望みうる最高の世界であるこの現実には対処できない。「いやいや、妻が〈ダンシング・レディーズ〉を訪ねようと、元軍人の商店主のところに行こうと、どうでもいい」自分にそう言い聞かせると、彼はあらゆる考えを頭から振り払い、眠りこんだ。

＊

静かなまどろみだった。正午になり、教会の鐘と船のサイレンの響きで起こされた。目覚めたとたん一冊の本に目がとまって、彼はぞくっとした。ペーパーバック。表紙ですぐにわかった。三つの出来事が同時に起きたあのとき――犬が吠え、ヴェロニカからの電話が鳴り、気の毒なミスター・マクファーソンがドアをノックしたとき――読みかけていた本である。その本を、エマと同じ年ごろの小柄な少年が手に持ち、飾りのある鉄のベンチで読んでいたのだ。

車椅子を動かして少年に近づいた。

「失礼、イアン、だったっけ？」

「はい、おじさん」

「僕はティモシー。ティムと呼んでくれ。その本、貸してもらえないかな？　もちろん君が読み終わってからでいい」

「これ、スリラーですよ、おじさん。推理小説」

「わかってる。途中までは読んだんだ。だけど、わけがあって続きが読めなくなってね」

「爆弾のせいですか？」

「そうか、爆弾のこと知ってるんだね……」

「もちろんです、おじさん。あなたのことならなんでも知っていますよ、おじさん」

「本当に？」

「ええ、おじさん。もしこの本の続きを読みたいのなら、今すぐ売ってもいいですよ」

「今すぐ、なんだって？」

「今すぐ売ってもいいですよ」

「〝売る〟って言った？」

「はい、おじさん。何ページまで読んだんですか？」

「さあ、どうだったろう。半分くらいかな」

「でも、どこで読むのをやめたのかは覚えているはずですよね、ちがいますか？」

「たぶん覚えている。確か、探偵が『しまった、あいつだ！』と言っていたはずだ」

「ああ、わかりました」少年は指先を舐めてページを少しめくった。「これじゃないですか。『気をつけろ！　しくじった、あいつだ！』、百二十四ページ」

「ページ数なんて大事なのかい？」

「もちろんです、おじさん。読み終わったページの分までお金を取ろうとは思いませんから」少年は裏表紙を確認し、本の最後のページを見て、続けた。「裏表紙に書いてある本の値段は一ポンド九十五ペンス、本は全部で二百七十二ページです。つまり一ページあたりの価格は〇・七一七ペニー。あなたはすでに百二十四ページまで読んでいますから、支払う必要があるのは二百七十二引く百二十四つまり百四十八ページ分、一ページあたり〇・七一七ペニーなので、しめて一ポンドと六・一一六ペンス。一ポンドの平均的なレートは百八十四・五〇ペセタと考えて、百九十五・七八四〇二ペセタ、四捨五入して、お代は百九十六ペセタということになります」

「おやおや……」車椅子の男は、鉄のベンチの少年に称賛と驚きの入り混じった目を向けた。いくらか恐れをなしてもいた。何か言おうと思ったが、言わなかった。本を受け取り、百九十六ペセタを数えると、少年に手渡した。

少年は立ちあがると礼儀正しくお辞儀した。「よろしければ飲み物をごちそうしましょう」

車椅子の男はほほえんだ。

「それはいいね。オレンジジュースをもらえるかな?」

「まさか」少年は言った。「オレンジジュースは僕でしょう。あなたには、アイスウオツカか——父はしょっちゅうアイスウオツカを飲んでいたそうです——あるいはピンク・ジン——伯父の好物です——をお勧めします。もしドン・ホセが作り方を知らなければ、僕が教えてやりますよ」

「ピンク・ジンがいい。ありがとう」

いつもならとっくにウイスキー・ソーダに手を出す時間だったが、今日はピンク・ジンを飲みたくなった。

少年は芝生を横切ってバーに近づき、注文した。「ドン・ホセ、オレンジジュースひとつ、氷を入れて、ストローは二本。それからピンク・ジンを一杯……」少年は声を潜めた。「いずれ僕の義理の父親になる、あのおじさんに」しばらくして、大声でドン・ホセをたしなめた。「そういうグラスじゃないよ! こっちのグラスを使って。そう。そのほうがいい。ダメだよ! ジンはまだ注がないで。アンゴスチュラ・ビターズを二滴、先に入れるんだよ。よし。それからグラスを水平に何度も何度も回して、グラスがピンクに染まったら、ひっくりかえして余分なビターズは捨てる、そうそう、そこにジンをなみなみ注ぐんだ。ありがとう」

　少年は百九十六ペセタをカウンターに置くと、「釣りはいらないよ！」と声を張り上げて言ってから、車椅子の男に飲み物を運んだ。

「乾杯しましょう」

「乾杯」

「話を進める前に、お伝えしておくべきですね。僕はお嬢さんを愛しています」

「エマを……？」

「はい、おじさん」

「じゃあ爆弾のことはエマから？」

「はい、おじさん」少年の目が輝いた。「あの、脚を見てもいいですか？　ワードローブにしまってある義足のことですけど」

「あいつ、そんなことまで話したんだ」

「はい、おじさん」

「じゃ、君はエマに何を話したの？　僕にも教えてくれないか？」

「どんなときでも別の可能性があるということを話しました」

「別の可能性って？」

「えーと、おじさん、そうですね、エマはこう考えています。爆弾はパレスチナ人の仕業じゃない、なぜなら父親はユダヤ人ではないから。そしてアイルランド人の仕業でもない、父親はオレンジ党員でもＩＲＡでもないから。すると爆弾はファシストの仕業だ、ならば父親は共産主義者だということになる――あるいは逆に共産主義者の仕業だ、ならば父親はファシストだということになる。そして、エマは共産主義にもファシズムにも反対なんです」

「エマが僕を避けているのは、そんな理由だったのか？」

「さあ、どうでしょうか。ともかく僕は彼女に、別の可能性もあると話したんです」

「どんな可能性？」

「ええと、はい、おじさん。爆弾は神によってあなたのもとに遣わされたとも考えられる、と」

「神だって！　なんで神がそんなことをしようと思うんだね？」

「それはわかりません。ですが、人間の意志によらずに行われたことはことごとく神の意志によるものだというのは、論理的な考えでしょう？　もちろん、神が存在するという前提が必要ですが。ピンク・ジンを愛飲する伯父は、英国国教会の司祭《チャプレン》なんですが、神の存在を信じてません。伯父によれば、僕の心臓が標準より小さく、右胸にあるのも、生物学的なミスか偶然のせいにすぎません。逆に、僕たちの友人ドクター・ブジェスキのほうが、僕の体がこんなふうなのは神の御業だと言っています。とにかく、心臓が小さくて右側にあるせいで、僕はエマと一緒に自転車に乗れず、泳ぐことも許されず、エマは僕に向かって、あなたってほんと冴えない、なんて言うんです」

「娘は君に優しくないみたいだね。本気でエマのことが好きなのかい？」

「ちがいますよ、おじさん、彼女を好きだなんて言ってません。愛してるって言ったんです。この二つは全然ちがいます。僕が好きな人はエマじゃなくて、あなたの奥さんです。奥さんには、僕が

〝冴えない〟理由を細大漏らさず、あらいざらい話しました。右側にある小さな心臓のことだけじゃない、それ以外のことも――母親のこととかも――あっ！　見てください、あれが母です。左のほうの遠くの沖で、緑のビキニを着て、ボートに引っ張られて水上スキーをしてます。彼女をどう思いますか？　母子家庭なんです、わかるでしょう、だってアイスウオッカを愛飲していた父はポーランド人の将軍で、母の三倍も年寄りで、僕が生まれる前にピストルをぶっ放して心臓発作で死んで、母には遺産として白いメルセデスを残して、もう十二年ものの車ですが今でも僕たちはそれに乗ってて、それにおじさん、母は手相占い師なんです、大卒占い師で、人の手相を読むことができて、ウェールズの聖心女子修道院を卒業していて、僕には腹ちがいの兄がいて、半分黒人なんですが純粋な黒人のふりをしていて、それというのも兄はアフリカの残虐極まりない独裁者だからで、それから僕には腹ちがいの姉としてイタリアの公爵夫人もいて、その人は二百歳近い枢機卿の友人なんですが、エマはそんな枢機卿なんていないって言うんです、だって二百歳まで生きる人はいないわって、それで僕は答えました、そりゃそうさ、だからこそ、その枢機卿は特別なんだって、そしたらあなたの奥さんが言うんです、エマにはあなたが素晴らしい詩的想像力の持ち主だってことがわかってないのよ、ここが本物の地球じゃないってこと、本物の地球は別の場所で、天文学者にも見つからないように太陽の周りを回っているんだって、で、あなたは詩人なんだから、きっと本物の地球から来たんだろうと言うんです、僕は奥さんのこと好きだけど、でも奥さんは誤解してます、だって僕は詩人じゃなくて数学者ですからね、だってミスター・ライプニッツやサー・アイザック・ニュートンより早く自力で微分の計算法を考えついたんですからね、あっもちろん二人が三百年前に微分を発明していたって習う前にって意味ですけど、それに今度の秋、十二歳になったらオックスフォード大学に入って数学を専攻することになってますしね、オックスフォードって入学年齢に下限がないんですよ、ご存じでしたか、おじさん？　でも伺いたいんですが、さっき微分の計算法を〝考えついた〟って言ったけど、そのとき僕は、物語を作り出すみたいに計算方法を作り出したのか、それとも実際に起きた出来事を見つけるみたいに計算方法を見つけたのか、どちらでしょう？」

「それはね、とらえ方次第だ。君が公理形式主義者だとしたら、数学は頭の中に存在すると考えていることになるし、プラトン主義者なら、触ることこそできないものの、数学はテーブルに劣らず実在のものだと考えていることになる」

少年は不満げに首を振った。

「でもおじさん、そういうことって、僕が何主義者かじゃなくて、世界が何であるかによって決まるものじゃないんですか？　アキレスが亀に追いついたとき、アキレスの爪先と亀のしっぽのあいだの距離はゼロなのか、それとも想像しうるどんな小さな距離より短い微細な距離ではあってもゼロではないのか、それともアキレスが亀に追いついた地点で時間はゼロなのかゼロではないのか、頭で考えるだけで結論を出そうとするのは誤りです。ひょっとするとこの世界には、それ以上小さくなってしまえば空間という性質を持たなくなってしまうような最小の距離と、それ以上短かくなってしまえば時間という性質を持たなくなってしまうような最短の瞬間があるんじゃないですか？思索だけでこうしたことに結論を出そうとするのは誤っています。それ以上分割できないような最小の空間を占める点や最短の時間を占める瞬間があるのかどうかを決めるのは物理学者です。もし物理学者がそうだと言えば、ユークリッド幾何学のすべてが書き換えられなければなりません。なぜならユークリッド幾何学においては、点は位置だけで大きさのない存在だとされているのに対して、僕たちが新たに見出した点は大きさはあっても形はないものだからです、なぜならこの点は分割できないのですから、そしてこの点には位置がありません、なぜならこの点は時間の最小単位のあいだだけ存在し、つまり常に揺らいでおり、世界全体が常に震えていることになります、さらにユークリッド幾何学においては線は太さがなく、常に半分に分割できるとされていますが、僕たちが新たに見出した線は点ひとつ分の太さがあり、偶数個の点からなっている場合にのみ半分に分割することが可能なんです、そして僕たちの空間と時間が実際にこうした点や瞬間からできあがっているのなら、完全な正方形は存在しないか対角線が存在しないかのどちらかです、なぜならどんな数の点を並べてもぴったり収まらないからです、つまり、ある最小時間単位には正方形はある方向に歪んでいるし、次の最小時間単位には別の方向に歪み、そこで正方形は揺らぎ、世界全体も震えることになります、さてユークリッドにとっては、彼の図形の性質は大きさとは無関係で、ユークリッドにとっては小さい円も大きい円と同じように理想的な円形ということになるのですが、僕たちにとってはπの値さえ常に変動するでしょう、なぜなら円が非常に小さく円周がたった六個の点から構成されているような場合にはその円は六角形になり、そのようなちっぽけな六角形的円においてはπの値は正確に二になりますが、こんな円もまた揺らいでいるのか、それとも揺らぐのをやめるのかはまだわかりません、そういうことは思索によっては発見できず、発見によって発見されなければなりません、ですから僕は数学者じゃなく物理学者になるべきなのかもしれません。おじさんにもわかると思いますが、十二歳の子供は大学に行くには幼すぎると言う人もいるんです、でも宇宙には発見すべきことが多すぎて、人生はあまりにも短い。僕が物理学者になったら、最短時間単位である〝一瞬〟あたりの最小空間単位である〝ひとつぶの点〟こそ、宇宙における唯一の速度だとつきとめられるかもしれません、遅い速度というのは、二個の点が前方に、一個の点が後方に進むことによって、あるいは十個の点が前方に、九個の点が後方や横に進むことによって生まれるのであり、さらには宇宙全体がそうした揺らぎによって作られており、〝完全な安定状態〟と呼ばれるのは一個の点が前方に、一個の点が後方に進んでいる状態なのだと証明できるかもしれません、そしておじさん、たぶん僕は異母姉——ズッパ公爵夫人——の友人、例の枢機卿の計算が正しいのだとつきとめられるかもしれませんよ？　人間の卵子は、当然のことながら宇宙の中心のどこか、二つの無限すなわち最大と最小のあいだに存在すると枢機卿は主張しています、そして人間の卵子の半径は宇宙の半径の十の三十乗分の一なのですから、最小空間となる点は人間の卵子の十の三十乗分の一、あるいは十のマイナス三十二乗センチメートル、これはいわゆるプランク長すなわち十のマイナス三十三乗センチメートルにきわめて近く、ですからもし僕の考える最小空間である点がプランク長と等しいなら、ひょっとすると僕の考える最短時間である瞬間はプランク時間すなわち十のマイナス四十四乗秒と等しいのではないでしょうか、だとすると僕たちは今や、あらゆるものを点と瞬間によって計測できるのではないか、つまり一センチメートルの空間には十の三十三乗個の点があり、一秒の時間には十の四十四乗個の瞬間があることになる、でもおじさん、こうしたことは車椅子にふんぞりかえった哲学者が高みから《エクス・カシードラ》決められることじゃありません、物理学者によって発見されなければなりません、いやそれですら不充分です、だって僕たちはそういう発見をする物理学者の中味がどうなっているのか知らないんですから、だからひょっとして僕は宇宙について研究する物理学者について研究する生物学者になるべきなのかもしれない、でもダメだ！　僕には無理だ、だって生物学は血まみれで、ごちゃごちゃしていて、醜いからです、あらゆる生命は、あまりにも醜い……」少年は高ぶって繰りかえした。「あまりにも醜い！」

「そうかい？　ほら、空飛ぶ鳥をごらん、日光浴をしている人たちや泳いでいる人たちをごらん……みんな美しいだろう、ね？」

「ええ、おじさん。見ているぶんには美しいですよ。だけど皮膚を一枚めくれば、みんな醜い。血とはらわたと腺と、殺して戦って貪って成長して死んでいく細胞。みんな醜いです。倫理的に醜い。僕の言いたいこと、わかるでしょう、おじさん」

「ああ、わかるよ、本当にわかるとも、それから僕のことはティムと呼んでくれ、お願いだ、だって友達だろ、さあ今度は僕がおごるよ。もう一杯オレンジジュースでいいかい？　それともアイスクリームにする？」

　しかし、少年には質問が聞こえていないようだった。

「ティム？」

「なんだい、イアン？」

「もしあなたがエマに、僕がエマのことを〝愛してる〟と伝えてくれるとしても、そのときに僕がエマのことを〝好き〟ではないっていうことまで言う必要はありませんよね？」

「もちろんだよ」

少年はサンダルを脱ぎすてた。

「泳いできます」

「いいのかい？　泳ぎは禁止されてるんじゃなかったっけ？」

「波打ち際でちょっと水遊びするだけですから」

しかしそう言いながら、少年はすでにTシャツを脱いでいた。青白くつるりとした肌は、初めてマヨルカ島の明るい日差しを浴びるみたいだ。

「イアン？」

「なんです？」

「この本、結末まで読まなくていいのかい？」

「あなたが読み終わったら借りますよ」

「イアン？」

「なんです？」

「泳ぎに行かないでくれ、お願いだから。よかったら部屋においで。義足を見せてあげよう。技術的な観点からは美しいし、倫理的にも無害なものだよ」

しかし少年はゆっくりと海に足を踏みいれた。芝生沿いの波打ち際で水遊びなんてしない。まっすぐ海に入って、肩まで水につかるところに進んだ。そして立ちどまって両腕を持ちあげた。「なんだ、結局泳ぐつもりなのか」ティモシーは思った。しかし少年の動きは不自然にぎこちなく、ティモシーはぎくっとした。少年に向かって走り出さんばかりに、体は車椅子から跳ねあがったが、脚がない。だから右を向いて大声で呼んだ。「ドン・ホセ！　見ろ！　あの子！　助けなきゃ！」ドン・ホセはすでにカウンターを飛び越え、少年が水中に消えた地点まで波を切って泳いでいた。ほんの数秒の出来事だった。ドン・ホセは少年を腕に抱えて戻ってくると、車椅子の横の芝生にそっと横たえた。「人工呼吸を、早く！」ティモシーは言った。だがドン・ホセはなすすべもなく、涙ぐんで立ちつくすばかり。「僕を降ろせ！」ティモシーは命じた。ドン・ホセは車椅子からティモシーを抱えあげ、芝生に下ろした。ティモシーは少年の口を開き、深呼吸すると、唇で少年の唇をふさぎ、鼻をつまみながら空気を少年の肺に吹きこんだ。何度も何度も。四秒ごとに。

それからドン・ホセが医者を見つけてきた。そのドイツ人女医《エールツティン》は大柄なアスリート体型のブロンド女性で、水着の上からローブを羽織ったままだった。ひざまずいて少年の胸をピシャリと強く叩く。それからティモシーを手で追い払い、唇を少年の口に押しつけ、同時に胸骨の下半分をリズミカルに押した。一回空気を吐き出して肺を膨らますごとに、肋骨の下部を六回押す割合で。

「この子の心臓はとても小さくて、しかも右側にあるんです」それが重要な情報なのかどうかもわからずにティモシーは言った。

女医は聞いてもいなかった。英語が通じないのか？　錆ついたドイツ語で言い直してみた。「デス・クナーベス・ヘルツ・イスト・クライン・アーバー・エス・イスト・アン・ザイネ・レヒト・ザイテ」

どうして「しかも《ウント》」ではなく「しかし《アーバー》」と言ってしまったのか、わからなかった。英語なら、こんな言いまちがいはしなかっただろう。

八　〈ダンシング・レディーズ〉

〈ダンシング・レディーズ〉は、正確に夕方四時半になると五時のお茶をするのが日課だった。ただし土曜日だけは別のしきたりがある。土曜の午後には昼寝をして、夜にホテルのホールで踊るために英気を養うのだ。お茶はダージリン、カーサ・ヌエバ村のカサノヴァ大尉の店で買ったものを由緒ある銀のティーポットから注ぎ、同じ店で買った大きな丸いブリキ缶入りのビスケットの詰め合わせを添えて出す。「いらっしゃいな、ヴェロニカ。うちに寄ってくれなきゃ。あのホテルは、正しい紅茶の淹れ方ってのがわかってないんだから。来たくなったらいつでもいらっしゃい。大歓迎よ」

　ヴェロニカは彼女たちの家で三回お茶をした。一度目は悲しく、楽しかった。二度目は可もなく不可もなし。三度目になると恐ろしかった。

　初めて二人の家を訪れたとき、彼女たちはヴェロニカに爆弾のことを尋ねた。二人とも事件については何も知らなかったから、これは悲しいことだった。なぜなら実際、悲しい出来事だったのだから。しかし同時に楽しいことでもあった。なぜなら物事を言葉で表現し、新聞で読むニュースのように他人事として語れて気が紛れたから。

「で、犯人たちは捕まったの？」

「いいえ、まだ」

「だけど、警察じゃ誰がやったかわかってるんでしょ？」

「たぶん。でも教えてくれないの」

「で、死んだ青年は？　誰だったの？」

「あら、知ってるはずよ。会っているもの」

「まさか！　どうして？」

「だって、ここに来たんでしょ、ちがうの？　ティムはそう言ってたわ、警察も。その気の毒な青年は、あなたのご主人に関する論文を書いていて、それであなたと会ったって」

「まあ！　じゃあ、あの人だったの。死んでしまうなんてねえ。覚えてる、マージョリー？」

「もちろん覚えてるわ。文豪の瞳の色を知りたがってた。わたしたちは思い出せなかったけれど」

「そうなの？」

「ええ」

「わたしに訊いてくれればよかった。覚えてるのに」

「覚えてる？」

「ええ」

「じゃあ、教えてあげたわけ？」

「無理よ。結局その人とは会わなかったもの。あ、生きているときには会ってないってことね」

「会ってないの？」

「ええ。その日の朝、エマを学校に送ったあと美容室に行って、髪をセットしてもらっているとき、救急車とパトカーと消防車が走っていくのが聞こえたんだけど、まさかうちに向かってるなんて思いもよらなかった」

「おそろしいこと！」

「まったくよ。それに亡くなった青年のご両親。マクファーソンご夫妻。あんなに素敵な老夫婦がねえ。二人とも背が低くて、まったく同じ大きさなのよ、白髪の量もおんなじで、そっくりなピンク色の顔をしてて、夫婦というより兄妹みたい、それどころか双子みたいだった。はるばるカーライルから遺体を引き取りに見えたの。息子さんのガールフレンドも一緒。婚約してたんですって。ミセス・マクファーソンはその子が妊娠していると思っていて、どうか生んでちょうだい、生まれたらわたしに育てさせて、と必死で頼んでいたわ」

「でも、それが息子さんの子供だって、ミセス・マクファーソンはどうして確信できたのかしら」

「マージョリーってば、失礼でしょ」とヴェロニカ。

＊

次にヴェロニカがお茶に呼ばれたとき、文豪の未亡人は文豪の秘書のほうを向いて言った。「ねえマージョリー、もしわたしが、あのころときどき考えていたみたいにティムと結婚していたら、ヴェロニカのほうが文豪と結婚して、今ごろは彼女が文豪の未亡人になっていたのよ」ふざけて溜息をつき、付け加えた。「そうすれば気の毒なマクファーソン青年も、文豪の瞳の色を知らないいま死なずにすんだでしょうね」

「面白くない冗談よ」とヴェロニカ。

「冗談のつもりなんてないわ、ヴェロニカ。この世界のしくみについて、わたしなりに哲学的に考えた結果なの。文豪がうまく言葉で表現していれば、今ごろは母国の一流文芸誌のあれやこれやに引用されていたでしょう」

「あなたたちは母国が懐かしくなったりしないの?」ヴェロニカは尋ねた。

「ちっとも」マージョリーはあっさり答えた。

「母国で必要なものは、カサノヴァ大尉のところで買えるし」未亡人が言った。

「でも……」

「紅茶のおかわりは?」というマージョリーの言葉が、まるで〝余計なお世話〟というように聞こえた。

「でも……」ヴェロニカは未亡人のほうを向いた。「お子さんたちはまだあちらに残っているんでしょう?」

彼女が「お子さんたち」と言ったのは、名前を度忘れしていたからだ。

「へその緒は切られたのよ、ヴェロニカ」と未亡人。「ヴェロニカ」と言いながら、彼女が見ていたのはマージョリーのほうだったけれど。二人の女性が常にたがいのことを見つめ、ヴェロニカに話しかけているときでさえ目を逸らさないのは滑稽だった。少々滑稽だとはいえ、いささか落ち着かない気分にもさせられた。「子供たちは自立した人生を歩んでいるのよ、ヴェロニカ。娘はオレンジのタイツとオレンジのショーツとオレンジのスーティアン・ゴルジュ（ブラジャー）を五枚ずつ買ってインドに行った。自由に使えるお金をけっこう持っていたから、導師《グル》の目に留まったのね。息子のほうは……幼いころは、父親に反発していたわ。父親が死ぬと、今度はわたしに反発してる。わたしの再婚にね」

「あなた再婚してたの？」ヴェロニカは尋ねた。

「もちろんよ、マージョリーと結婚してるじゃない」

＊

三度目に訪れたとき、二人がドアを開けた瞬間から、ひどいことになるとヴェロニカは確信した。その日が土曜日だということを忘れていた。土曜の午後は、夜のダンスにそなえて二人が体力を温存する時間なのだ。すぐに辞去しようと思ったが、二人は「いいのよ、入って、どうせお茶は飲むんだし」と言う。むせ返るほどの甘ったるいラベンダーの香りと、心地よい暖房と、一人はバラ色、一人はラピス・ラズリの薄い化粧着《ペニョワール》をまとってふくよかに成熟した裸体が、ヴェロニカを否応なく包みこむ。この日は、いつもとはちがって庭に面したテラスでお茶をしなかった。彼女たちが「憩いのプチ・サロン」と呼ぶ小さな客間に紅茶が用意された。その部屋は風変わりな形をしていた。五角形だったのだ。

　二人はヴェロニカを壁際のシェラトン式椅子に坐らせ、それから丸テーブルをヴェロニカのほうに押しやったので、テーブルの縁《ふち》が腹にあたり、おまけに一人はヴェロニカの左、もう一人は右に腰を下ろしたために、ヴェロニカは罠にかかったような気がした。テーブルを動かすか、ペニョワールを着た二人にどいてもらうか、背後の壁をぶち破らないかぎり、身動きがとれない。ヴェロニカは卓上の銀のティーポットに映る自分の顔がこちらを嘲り笑っているようなのを見て、いたたまれず目を上げた。すると、庭からの緑の陽光で満たされた二つの狭い窓のあいだに、一枚の絵がかかっているのに気づいた。知っている絵だ。《浴槽の貴婦人たち《レ・ダム・ア・ラ・ベニョワール》》。ベニョワールとはむろん浴槽のこと。とはいえ、上方に襞になって垂れているカーテンのせいで、浴槽ではなく劇場のボックス席が描かれていると考えるほうが刺激的だと思った。ロイヤルシートに絶世の美女が二人、トップレスで坐り、左の女性（ガブリエル・デストレ？）が、この上なく優渥なしぐさでもう一人の女性（ヴィヤール公爵夫人？）の右の乳首に触れている——いや、触れているというより、親指と人差し指で乳首をつまんでいる（以上の描写からはルーヴル美術館所蔵のフォンテーヌブロー派《ガブリエル・デストレとその妹ヴィヤール公爵夫人》を指すと思われる）。ヴェロニカは赤面した。マージョリーと文豪の未亡人は、バスルームでこんなことをしてるのかしら？　そう考えて赤面し、それから自分でも意外だったが、新聞配達の少年が郵便受けから覗いているのに気づいたとき、自分がどうふるまったかを思い出して——またもや顔が火照《ほて》った。

「テレパシーがあるんでしょう、ヴェロニカ」文豪の未亡人が言った。

「どうして？」

「だって、質問しようとしたら、口も開かないうちから赤くなってる」

「この人が何を訊くつもりか、わたし知ってるわ」マージョリーが言った。

「黙ってて、マージョリー」と未亡人。

「カサノヴァ大尉が、さっそくあなたにも色目をつかったんじゃないかって訊くつもりなのよ」と
マージョリー。

「なぜそんなこと言うの？　どうしてあの人がわたしなんかに？」

「ヴェロニカったら」未亡人が言った。「カサノヴァ大尉は、村にきれいな女性客が来ると、きまって口説くのよ。店のドアに鍵がかかっているときは、二階の寝室にどこかのご婦人を連れこんでると思ってまちがいないわ。マージョリーが証言してくれる」

「あはは」とマージョリー。

「でも、忠告しておくけど、カサノヴァ大尉は同じ相手と二度はセックスしませんからね」

「そのほうが安全だと思ってるのよ」とマージョリー。

「ちがうわ」と未亡人。「彼は、一度だけなら数に入らない、と思っているのよ。同じ女と何度もすると、奥さんを裏切っているような気持ちになるんだわ」

「あの人、結婚してるの？」とヴェロニカ。

「そうとも言えるし、そうでないとも言える」

「どういうこと？」

「奥さん、十二年ぐらい前に亡くなってるのよ。だけどあいかわらず、セックスのこととなると既婚者として良心がとがめるってわけ」

「あの人が奥さんを殺したんだから」とマージョリー。

「バカなことを言わないの。あれは事故だったのよ。ま、とにかく忠告はしましたからね」

「忠告してもらう必要なんてないんだけど」

「もちろんよ。そんなこと夢にも思っていません」

「この人が考えてるのはティムのことよ、あなたのことじゃなくて」とマージョリー。

「なんのお話かさっぱり」とヴェロニカ。

「でしょうね」とマージョリー。

「お茶のおかわりは？」と未亡人。

「いただくわ」

「あなたたちは素敵なホテルに泊まってるわね。居心地はいい？」

「ええ、最高よ」

「だと思った。一階に二部屋つづきの豪華な部屋を借りてるんでしょう？　ティムが片方の部屋に、もう片方の部屋にはあなたとエマが寝てる」

「ずいぶん詳しいのね」とヴェロニカ。

「エマはとっても賢い女の子だわ」と未亡人。

「まさかエマにあれこれ訊いたんじゃないでしょうね？」

「訊く!?　ヴェロニカってば、もちろん訊いたりしないわ！　ここじゃ、他人に質問なんかしなくていいのよ。こういう狭い村では、ただ単に知られてしまうの。人々がすべきでないことをしたり、すべきことをしなかったりしたときには、わかってしまうものなのよ」

「例えば？」ヴェロニカは尋ねた。彼女の中の何かが、この質問はしないほうがいいと警告していたのだけれど。

「そうねヴェロニカ、遠回しに言うのはやめましょう。ティムみたいな状態の男性は、ほかの人よりセックスを必要としてるってことがわからない？　自分が男だって主張したいってことが」

「彼女に言っても無駄よ」とマージョリー。「こういうタイプの人なら知ってるわ。宣教師《ミッショナリー・》みたいな姿勢《ポジション》でやるか、さもなければまったくしないかのどっちかなんだから」

「なんの話？」ヴェロニカは当惑した。「ティムは宣教師になりたいなんて言ったことないわ」

「やれやれ！」マージョリーは天を仰いだ。

「無知ですよ、マダム、純粋な無知です」未亡人は引用した（サミュエル・ジョンソンの言葉）。

「カマトトぶってるんじゃない？」とマージョリー。

「ヴェロニカったら」文豪の妻は言った。「あなたの蒙を啓くために教えておきましょう。〝ミッショナリー・ポジション〟というのは、キリスト教徒にふさわしい性交のやり方で、男性が女性と向き合って上に乗ることです。気の毒なティムは、どう考えてもそれとはちがうやり方をしてもらわなきゃいけないわけ」

「言っても無駄よ。そういう話には耳を貸さないんだから」とマージョリー。

「黙ってて、マージョリー」と未亡人。

「おまけに、わたしたちに旦那さんの相手をさせるつもりもなさそうだし」

「やめなさい、マージョリー」と未亡人。

「それくらいなら、旦那さんを車椅子でビーチに坐らせておいて、豊満な美女たちに囲まれてしこしこマスかいてもらってるほうがマシだとか思ってるんでしょ」

ヴェロニカは消えてしまいたかった。この地球の表面から消滅してしまいたかった。けれども、透明人間になる秘訣なんて知らない。だからせめて何かを自分の意志でやりたかった。しかし、彼女が目の前のテーブルを押したときも、ティーセットをひっくり返さないように、そおっと押すだけだった。それから立ち上がって玄関まで行くときに、何かを自分の意志で言いたかった。なのに、自分なりの言葉なんて浮かんでこない。「そろそろおいとましないと」彼女は言い、「お茶をごちそうさま」と付け加えた。他人の家を去るときにはそう挨拶するものだと、幼いころに教えこまれたとおりの言葉である。

九　カサノヴァ大尉

小型ワゴン車ははるばるパルマからやってきた。軽騎兵が操る馬のように潑剌とした走り、してみれば運転手はフサール（ポーランドの軽騎兵）といったところ、馬を繋ぐように車を停め、飛び降りると、新聞の束をかかえてカサノヴァ大尉の店の正面に走り寄った。

「ハーイ！」運転手は言った。テレビのアメリカ映画で覚えた挨拶にちがいない。

「ハーイ」カサノヴァ大尉も応える。

フサールは新聞の束をカウンターにどさっと下ろした。〈デイリー・テレグラフ〉〈タイムズ〉〈ガーディアン〉〈ル・モンド〉〈ル・フィガロ〉〈ジュルナル・ド・ジュネーヴ〉〈アルゲマイネ・ツァイトゥング〉。どれも二日遅れだ。

「返品はありますか？」

「いや」

カウンターの下の引き出しから、カサノヴァ大尉はコンドームを一箱取り出して、フサールに手渡した。これが毎週のチップ代わりだ。

「感謝にたえません」とフサール。「バイバイ！」

日曜日だった。日曜日は難しい。特に日曜の朝。なぜなら、日曜の朝にはわざわざ訪れる客もなく、店が空っぽだったから。彼はまわりに誰かいてほしかった。まわりに誰かがいれば、その人々が期待するような人間でいられるから。つまり自然に、苦もなく、人々が期待するような人間でいられるということだ。一人ぼっちでいると、そんなふうにうまくいくとは限らない。なるほど、店のシャッターの隙間から覗こうと、二階のバスルームの鍵穴から覗こうと、彼の見た目は変わらない。鮮やかなボーダーのTシャツ、カジュアルなスラックスとサンダルを身につけた四十代初めの伊達男。とはいえ兵隊あがりなのは隠しようもない。姿勢の良さは軍隊仕込み。威厳というか人に命令するようなオーラがある。にもかかわらず顔はあくまで人あたりよく、手はお客のためにドアを開け、ご婦人のハンカチを拾い、ワインを注ぐのにうってつけだ。だから誰もがこう思う――これこそ本物の男、本物の紳士だ。いざというときには頼りになるだろう。けれども、もし耳を澄ませば、彼がつぶやくのが聞こえたはずだ。「くそったれ政治家ども……」「くそったれ新聞め……」過去十二年のあいだ、彼の名前（本名）が新聞のトップページに黒々と載ったとき以来、日曜の朝、新しい新聞の束がカウンターに届けられるたびに、彼は「くそったれ政治家ども」とか「くそったれ新聞め」とつぶやいてきた。電気カミソリに切り替えなくてはならなかったほどだ、「くそったれ政治家ども」とつぶやくと、きまって手がびくっと動き、安全カミソリがちっとも安全ではなくなってしまうから。人生を楽しみ、外向的でオープンで精力的なのが彼の生まれつきの性質である。学校でも、軍隊でもそうだった。いや、今でもまわりに誰かいれば、なんの苦もなく自然に昔のままでいられた。難しいのは一人のときだ。一人でいるとき、特に日曜の朝は、物思いによって侵食されて、嫌な性格に作り変えられそうになる。他人がそんな性格をちょっとでも見せたら、虫酸が走り、軽蔑するのに。率直で不平をこぼさない本来の性格のままでいたければ、自分の心から自分を守らなければならない。一人でいるとき、心は不愉快な映像や騒音、断片的な言葉を過去から引き出して彼に浴びせかけ、まるで良心が咎めているような気分にするのだ、実際はちがうのに。彼が有罪であるかのように思わせるのだ、実際はちがうのに。もちろんちがうとも。あれが事故じゃなかったなんて、物理的に不可能だ。物理的に不可能……？　いや、物理的には可能だった、ただ心理的に不可能、それは確かだ、だって妻のことを愛していた、だからそんなことは不可能だった。それが彼の知っている心理的な事実。だが十二年前のあの運命の日、田舎道の電話ボックスの中で彼が知っていた物理的な事実は、この目で見たことだけだ。見えたのは、電話ボックス、救急車、パトカー、電話ボックスの入口に立った男の質問、**あなたは事故を電話で知らせたことを覚えていますか？**　いや、覚えていない。**事故があったことを覚えていますか？**　いや。どんな事故だ？　**あなたが傷ひとつ負っていない理由を説明できますか？**　いや。傷がないのは変か？　**運転していたのはあなたですか、奥さんですか？**　妻？　いったいなんの話をしてる？　**車が木に衝突して土手を転げ落ち、藪に突っこんでひっくり返ったとき、あなたはハンドルを握っていましたか？**　そ

れともその前に車から飛び降りたんですか？　木？　木だって？　どの木だ？　木なんて見たことない！　**この電話ボックスまでどうやって歩いてきましたか、土手を上ってきましたか、それとも道沿いですか？　靴底を見せてもらえませんか？　あなたは奥さん、レディ・コンスタンスが怪我をされているのに気づいていましたか？　亡くなったのをご存じですか？**　まさか、そんな！　記憶喪失という診断が下された。信じてくれた人たちもいたが、信じない連中もいた。くそったれ政治家である義兄は信じなかった。とはいえ、証拠は何もなかった。事故だという証拠も、故意だったという証拠も。そこで連中は動機を探しはじめた。なんらかの動機。彼は幸運だった（「幸運」だって！　なんて悲劇的な単語だ、はっはっは）、妻は全財産を兄に残していたのだ。だから金は動機ではない。動機。それでも連中はしつこくつきまとった。彼の妻はレディの称号を持つ女性だったし、妻の兄はくそったれ政治家だったので、この一件は法廷に持ち出される前からトップニュースになり、連中はあちこち嗅ぎまわり、とうとう彼女に愛人がいたという事実を探りだした、その愛人というのがくそったれの「敵国」からやって来たくそったれ亡命者で、そいつがくそったれ反体制派なのか、くそったれスパイなのか、それともどちらでもないのか、連中にはわからなかったけれど、まあそんなことはどうでもいいわけで、ともかく、ほら見つけた！　あったぞ！　動機だ！　とラジオや新聞が騒ぎたてたが、しかし連中には彼が愛人の存在を知っていたと証明できなかった、なのに専門家たちは彼が無意識のうちに妻の浮気を察知していたはずだとコメントした、何しろ妻を愛していたのだしと、確かにそのとおり愛していた、今でも愛している、畜生、彼女以外の誰を愛せるものか、そりゃもう死んだ、死んだ、死んでしまった、愛人がいようといまいと、とにかく連中は何ひとつ証明できなかったのに、遠回しにあれこれ言われるのが耳に入ってくる、ほのめかされているものはあきらかだった、そして結局、彼は、今ではカサノヴァ大尉の名で通っているブリッジウォーター大尉は軍を退き、国を離れ、みずから亡命者になってしまった、妻のくそったれ愛人と同じように、でも彼はイギリスの亡命者だ、これは大きなちがいだ、なぜなら亡命していようといまいとイギリス人のままで、そのことに誇りを抱いてる、帽子を手に物乞いをして回ったり、殉教者気どりで躍起になって祖国をののしったりはしない、そんな真似はしない、正しくてもまちがっていてもわが祖国じゃないか、それは精神なんだ、なぜなら彼にとって、亡命者カサノヴァ大尉にとっては、祖国とはくそったれ政府やくそったれ政治家のことではなく、上院でも下院でもなく、大企業でも大新聞でも労働組合の大立者でもない、彼にとって祖国とは女王陛下であり軍隊であり普通の人々なのだ、それが彼にとってのわが祖国だ、善かれ悪しかれ、彼は現にくそったれ亡命者だし、二度と母国に戻って税金を払うこともないだろうし、娘と美人の女房を連れて島に来たあの気の毒な車椅子の男みたいに爆弾で脚を吹き飛ばされることもないだろう、おや！　噂をすればなんとやら、彼女が来る……。

電気ポットのお湯が沸騰しはじめたのでスイッチを切り、顔を上げて店の入口の右側のショーウインドーに目を向けると、シリアルの袋とダイビング道具のあいだから、ヴェロニカが道をこちらに歩いてくるのが見えた。彼はポットを持ったまま眺めていた――彼女はこのまま店の前を通りすぎて丘を上っていくのか、それとも立ち止まるか？　彼女は立ち止まり、ドアを開けて店に入ってきた。

はっきり聞きとれなかった——彼女は「おはようございます」と言ったのかどうか？　だからだろう、彼は「おはようございます、おはようございます」と自分のあいさつに応えて繰り返した。名前はヴェロニカだと知っていたが、姓は思い出せない。Tシャツ、白のスラックス、青いスニーカーというでたちだ。最初に目に留まったのはTシャツだった。彼が着ているのと瓜二つのデザインなのだ。しかし彼女のTシャツのボーダーは、胸のふくらみに沿って異なるカーブを描いていた。彼女はまっすぐカウンターに近づくと、二脚ある木の椅子の片方に腰を下ろした。もう片方の椅子には太った赤茶色の猫が丸まっている。彼女は何も言わず、指先で猫のふさふさした首筋を撫でた。けれども心ここにあらずの様子。猫も同じく別のことを考えている風情で、動こうとしない。彼女は新聞の束にちらりと目をやったが、記事に興味はなさそうだ。視線は棚をさまよっているが、陳列された品を見ているわけでもない。買い物袋も持っていない。客として来たわけではないらしい。

彼は「何かお探しですか？」と訊きかけたが、代わりにこう言った。「ちょうどコーヒーを淹れるところでした。一杯いかがです？」

「ありがとう、いただきます」

「ブラック？」

「ええ」

「砂糖は？」

「ええ」

彼はちょっとためらった。それから聞いた。「ブランデーを少し入れましょうか」

「ええ、お願い」

二人は黙ってコーヒーを飲んだ。カウンターをはさみ、彼女は外側で、彼は内側で。

彼女が口を開いた。「たった今、頭のおかしな人と会ったんです。以前にも、どこかで顔を見た気がするんだけど、思い出せないの。あなたはご存じ？」

「どうして僕が？」

「その人、ここでサーディンの缶詰を買ったって言ってたから。昨日」

カサノヴァ大尉は棚の一角をちらりと見た。「ええ、確かに来ましたね……特徴のない男でした。英語はうまかったな。でも、そのとき初めて会った男です。そのあとも会っていません。不愉快な奴でしたか？」

「いいえ。礼儀正しい人でした。サーディン工場、つまりサーディンの缶詰の工場の場所を知りませんかと尋ねられたんです。そういうものはこのあたりにはないって答えたんですけど。ちがいました？　近くにあるのかしら？」彼女は訊いた。

「いや、あなたの言うとおりです。缶詰工場なんてありません」大尉は請け合った。

「でたらめを教えたんじゃなくてよかった。その人、ひどくがっかりしてたんです。ポケットからサーディンの缶詰を出して、ラベルに印刷してあることを読んでくれと言うんです。**ポルチマン工場・ペニシェ工場・シーネス工場・マトジニョシュ工場で製造。**そして**ここに書いてある場所ならどうですか？　どうすれば行けますか？**　だから答えました、『だけど、どれもポルトガルの町ですよ』。すると**ここはポルトガルじゃないんですか？**　わたしは答えました、『ちがいます』。すると彼は**なんておっしゃいました？**　だからもう一度言いました、『ちがいます。ポルトガルはもっとずっと西です。スペインをはさんで反対側。大西洋に面してます』。彼はしばらく疑わしそうにこちらを見ていましたが、やがて**信じますよ**と言いました。まるで世界中でわたし一人だけを信じることにしたとでもいうような声の調子でした。それからその人は言いました、北から来てバレンシアというところに着いたとき、ええそう言ったんです、**バレンシアというところ**って、ポルトガルに行くには右に曲がってまっすぐ歩きつづけろと教わったそうなんですよ、だけど僕はきっと左に曲がってしまったんだろう、だから座標上の誤った場所に来てしまったんだろうって、でも仕方がない、あなたたちの〝右〟と〝左〟を区別するのは僕には非常に難しい、**とてつもなく難しいんだ**、そう言いました。一分ぐらい、いえ二分、それとも三分くらいしてから、その人が変なことを言ったのに気づきました。バレンシアで左折してまっすぐ歩いてたらマヨルカ島に着いちゃったっていうんですよ。海を歩いてきたってこと？　百五十マイルも？　振り向いて問いただそうとしたら、その人はもういませんでした」

「まあね」カサノヴァ大尉は言った。「季節を問わず、ここには奇天烈な連中がやってくるんですよ。気ちがい帽子屋《マッド・ハッター》がね。たいていは無害な人たちです」そしてつけ加えた。「ところどころ狂ってるってだけで」

　近くの村から教会の鐘の音がかすかに響いてきた。あるいは丘の上に建つヴィラの一軒の窓辺に置かれたラジオの音か、それとも波間に沈んだ教会から聞こえるものか？　赤茶色の猫は椅子からカウンターに飛び移り、両耳をぴんと立てた。

「日曜の朝は教会に行くんですか？」彼女が尋ねた。

「いや。あんまり」

「わたしもなの」

彼女は青い目で大尉を見つめた。まるで彼がランダムに開いた本の一ページであるかのように
——それは小説、時刻表、それとも辞書？　最初に目をそらしたのは彼のほうだった。

「詩なんて読んだりします？」彼女が尋ねた。

「いや」

「わたしもなの。詩を読むなんて馬鹿げてる。詩は読むものじゃなくて、書くものだわ」

「詩を書かれるんですか」カサノヴァ大尉は訊いた。

「いいえ。書きません。こっちの地球は詩なんかなくてもいいくらいに偽物だから」

「こっちの地球？」

「ええ」

「つまり、この地球は本物《リアル》じゃないと？」

「まさか。リアルすぎるくらいよ。偽物はいつだってリアルでしょ。むしろそうでなくっちゃ。偽物っていうのは、本物が存在するっていう証拠なんだから。ピカソの贋作があるってことは、どこかに本物のピカソがあるってことじゃない。まず本物のピカソがなければ、偽物のピカソなんて生まれないでしょう？」

カサノヴァ大尉はピカソの話題について口をはさむ気になれなかった。

「こっちの地球についても同じこと」彼女は続けた。「この地球はぜんぶ偽物、そうじゃなくて？　つまりどこかに本物の地球があるってこと、そうでしょう？　本物の地球は空に浮かんで、太陽の周りを超高速で回っている小さな球体で、目には見えないんだって思っていたわ。一度か二度、裸眼で本物の地球を目撃したと思ったこともある。ずっと昔、いいえ、そんなに昔じゃないわね、数か月前、あんなことが起こる前、ご存じでしょう、爆弾のこと……」

「さぞ恐ろしかったでしょうね……」

「ええ、恐ろしかった」

ややあって彼女はつけくわえた。「今でも恐ろしいわ」

それから、一拍置くこともなく、同じ調子で彼女は続けた。「この店のドアに鍵がかかっていたら、二階の寝室にご婦人がいるということだと聞きました」

「噂を鵜呑みにしちゃいけません」

「でも事実なんでしょう？」

「まあ、たまにはそういうことも」

「じゃあドアに鍵をかけてちょうだい、大尉」

彼は彼女をまじまじと見た。いや、冗談を言っているんじゃない。彼女は立ちあがり、カウンターの端まで歩くと、この店の配置をそらで覚えているかのように回りこんで、小さなキッチンに入り、その脇にある二階に続く階段の下に来た。ためらうことなく彼女は上りはじめた。

彼女の頭の中や胸のうちをあれこれ推測するのは、彼にとって紳士としてあるまじきことだった。そして、自分の気持ちを吟味するにいたっては――軍人らしくない、イギリス人らしくない、不健全なことだ。彼は椅子に新聞紙の束を乗せて外に持ち出し、店の扉の前に置いた。上に重しの石を乗せ、新聞代を入れるための木の器も置いた。店内に戻り、ドアを閉め、鍵をかけ、掛け金をおろした。小さなキッチンで手を洗い、階段を上った。

無駄に長細く薄暗い、およそ店舗にふさわしくないこんな建物をカサノヴァ大尉が選んだのは、兵舎《バラック》を思い出させるからかもしれない。実際、彼が引っ越してくる前はバラックとして使用されていたらしい。彼がバラックに階段を付け足し、さらにその上に部屋を建て増したのだろうか、建築としては変わったつくりの部屋で、屋根裏でもなく、アントルソルやメザニンのような中二階でもなく、床は「バラック」の屋根より低く、逆に天井は屋根より高かったので、しゃがんで扉の下半分にはめこまれた小さなガラスごしに外を覗けば店の内部を見ることができたし、立ちあがれば扉の上半分のガラスから「バラック」の屋根と空を見ることができた――「バラック」の屋根と部屋の屋根をつなぐ階段の踊り場の上を覆う、数多くのパースペクス板（透明なアクリル製防風ガラス）の複雑な幾何学模様ごしに見えるのだ。

部屋は質素とはいえ陰鬱な雰囲気はない。唯一の窓は北向きだったが丘の緑の斜面を望み、朝の光が真っ白な壁に反射して室内を明るく照らしていた。窓の下にはタータンチェックのカバーをかけた狭いシングルベッド。ベッド脇のテーブルには、ティーメーカーとライトとアラーム時計と二局受信ラジオが一体化した電気器具（テレビは階下の店に置いてあった）。部屋に入ると最初に目につくのは大きな書き物机、飲み物類のキャビネット、本が並んだ棚がいくつか。机の前の壁には、数葉のスナップ写真をピン止めしてある中に、ヴィクトリア十字勲章が飾られているが、これは彼の父親に追贈されたものである。左を見れば南側の壁にワードローブと整理だんす、そのあいだにバスルームに通じる扉があり、手前には正方形の赤いカーペット。彼女は今、そこに全裸で立っていた。Tシャツとスラックスはきちんとたたんで書き物机の横の椅子に置かれ、靴は椅子の下でV字型にそろえてある。

「だめ、わたしには触らないで」彼が手も動かさないうちに彼女は言った。そして彼が口も開かないうちに「何も言わないで、大尉、お願い、ベッドに横になって、怖がらないで、傷つけたりしないから」と告げた。誰かに――ましてや女に！――「怖がらないで、傷つけたりしないから」なんて言われたのは、人生で初めてだった（少なくとも幼いころ、歯医者に連れて行かれたとき以来だ）。彼は愉快な気持ちになったが、笑みを押し殺して、素直にベッドに横たわった。彼女は笑っていない。彼の上に屈みこむと、顎のところまで彼のTシャツをめくった。彼は肘をついて上半身を一インチ持ち上げ、彼女の動きを助けた。それから彼女は彼のスラックスのジッパーをさげ、膝まで下ろした。「やめて」脱がせやすいように脚を上げようとしたが、彼女は制止した。「動かないで。今はこれでいいの。それ以上下ろさないで」膝のところでジッパーを閉じ、ベルトで彼の両脚を締めつけた。

「さて」彼は考えた。「お手並み拝見といこうか。愉快なことになるのかな？　それとも気ちがいじみたプレイ？」

どちらでもなかった。

青い目で瞬きひとつせずに彼をじっと見つめ、彼女は言った。「さあ大尉、どんなふうにすればかわいそうな夫を喜ばせてあげられるのか、教えてちょうだい」

＊

最初に新聞を買いに来たのはグラント判事（離婚裁判所）だった。店の扉が閉まっていたので、判事は椅子に置かれた新聞の束をめくってピンク色の〈フィナンシャル・タイムズ〉紙を探した。目当ての新聞が見つからず、判事は窓から店内を覗くと、カウンターに新聞が一部置きっぱなしになっている。扉をノックして、しばらく待った。応答がないから諦め、次善の策として〈タイムズ〉紙を手に取った。百五十ペセタを器に入れ（二日遅れの新聞の代金としては大盤ぶるまいだ）、ホテルに戻っていった。

世界のどこかで　一秒に一人
子どもが飢えのために死んでいる

新聞の束をめくっているときに目に入ったフレーズだろうか、それとも今朝のＢＢＣワールドニュースで耳にしたフレーズだろうか？　判事には思い出せなかった。

ゆっくり帰路をたどりながら、判事は歩数を数えはじめた。一、二、三、四、五……九十六歩で立ち止まる。九十六秒。この間に九十六人の子供が死んだのだ。いやいや、こんな事実にわずらわされるなんて、子供じみている。法廷でもこうした不適切な感情を抱くことがあった。裁判はまったく正常に進んでいるのに、何かがまちがっているとわかってしまうのだ。もちろん、そんな感情は押し殺さなければならない。自分が無力だと弁えているし、どこがまちがっているかを解き明かそうとしても無駄だと知っていた。それは人類の作り出したまちがいではないからだ。いや、そうなのか？　まあ、とにかく……自分は人間に何を求めているのだろう？　人が昼食をとることを望んではいないのか？　給仕を呼び、「カマレロ《ウエイター》！　わたしの昼食を包んで、アフリカかアジアの子供に送ってくれないか？」と言うことを望んでいるのか？

　判事席で、彼は腹の中で馬鹿笑いする術を身につけていた。でっぷりした体の内側で耳障りなほど哄笑しながら、外には聞こえないような笑い方だ。笑いは真面目さの一部なのだと判事は考える。少しも笑いを含まないような真面目さは、真の本物にはなりえない。判事の父親が生まれたころ、世界の人口は十五億人だった。判事自身が生まれたころは二十億人。それが今では五十億人だ。父親が生まれたころ、子供を持つことは望ましかった。けれども今では子供は悲痛のもとでしかない。判事はくっくっと笑った。独り笑いだ。彼は一人息子だった。そして彼自身にも娘が一人いるだけだ。だから個人的には、充分な食糧を得られない三十億の余剰人口に対して責任を感じない。そもそもそれが人類みずから作り出した問題だと認めているわけではない。ちがう。この問題に対して人間がとれる方策は、去勢か、余剰人口を淘汰することだけだろう。判事はにやりと口元を歪めた。それが論理というものだ。荒唐無稽、荒唐無稽、荒唐無稽！　人類の中から、例えば生物物理学者

を取りあげてみよう。彼らは洗練された実験室で動物を虐待する。けれども過剰な三十億人の負け
犬を不妊にする毒を持つ蚊やシラミやノミや南京虫を創り出してくれと頼まれれば、そうした学者
連中も二の足を踏むだろう。一方、蠅一匹殺すことができず、生肉を見るのも嫌で肉屋の買い物は
妻に任せているような核物理学者を考えてみよう。彼らはなんの後ろめたさも感じずに金を受け取
り、いっぺんに三十億人を消し去る危険な装置を造るだろう。そう、それが論理というものだ。

判事はかがんで左の靴を脱ぎ、入りこんだ砂粒をふるい落とした。黒いエナメル靴、黒い絹靴下、
縞模様の入った軽量の黒ズボン、黒いアルパカのジャケット、おまけに黒い蝶ネクタイといういで
たちで、判事が休暇中だということを示すのは、明るいカナリア色のベストだけである。靴ひもを
結びなおすと、苦労しながら身を起こした。懐中時計用のポケットから「三硝酸グリセリン」とい
うラベルの貼ってある小瓶を取り出して蓋を外し、小さな白い錠剤を舌下に置いた。予防のためだ。
「これが論理というものだ」判事は繰り返した。判事席で審理しているとき、彼は論理をことほい
でいた。論理こそが彼のミューズであり、導きの信号灯だった。

とはいえ判事の考えでは、論理には二種類ある。完璧な論理と善良な論理だ。両者がつねに一致
するとは限らない。ときにこの二つは歯車のように、プラトンの天国とダンテの地上界のように、
逆方向に回転する。彼の考える完璧な論理とは、確固たる信念から出発して、閲兵式の兵士のよう
に高くまっすぐ足を挙げ、何があろうと仮借なく前進して最終的な結論に到達するものだ。善良な
論理はそれとは別物である。公理が誤っていたときのための安全弁を備えているものなのだ。公理
は法令集に明記されている。それを変更できるのは議会制定法のみ。ゆえに、完璧な論理による結

127　カサノヴァ大尉

論が特定の男や女や子供に対して不公正に働く場合、判事である彼は議会制定法を変えることができないから、論理の展開を細切れにしてごまかし、それを「善良な」論理と呼んでいるのだ。なぜなら（ここでヴィクトリア女王を引用すべきだろうか？）「善良さとは価値を失わない唯一のもの」だからだ。判事はぼんやりそんなことを考えながら、同時にできるだけ早くホテルの部屋に戻り、横になって、妻にエナメル靴を脱がせてもらうことを夢見ていた。判事が足を速めようとしたとき女の声がして、二重の夢想から覚まされた。「おはようございます、判事さん」

判事はカナリア色のベストのチケット用ポケットから片眼鏡を取り出し、近視の目にはめた。

「やあ、おはよう、ミセス・マスグレイヴ」

挨拶してきたマンチェスターのご婦人の名前の綴りを、判事はmassgrave（「共同墓所」の意）だと正しく想像していた。「彼女の結婚前の名前はデ・アース（de'ath は「死」）だったんじゃないか」とも考えていたので、彼女がピンクの日傘でポケットに突っこんだ〈タイムズ〉紙を突っついたときに判事はぎょっとし、後ずさってから、くすくす笑いそうになった。

「あら、新聞を買えたのね、判事さん。てことは大尉のお店は開いてるの？」

「それがちがうんだ。店は閉まっていた。でも大尉は気が利くから、常連客のために新聞を店の外に出しておいてくれたんだ。セルフサービスってところだね」

「ドイツ語の新聞はありました？」

「ドイツ語の？　お読みになるんですか、ミセス・マスグレイヴ？」

「まさか。あのかわいらしいドイツ人の女医さんですよ。新聞《ツアイトウング》が読みたいんですって。それで、買っていってあげようと」

「親切なんですね、ミセス・マスグレイヴ」判事は言い、そこでいつもの意地悪い忍び笑いをもらした。

「親切だなんて、判事さん。むしろキリスト教徒らしい、と言っていただきたいわ」

「キリスト教徒？」

「キリスト教徒らしい赦しです。そろそろいい頃合いでしょう？　もう四十年近く経つんですからね」

「四十年？」

「あの人たちと戦ってから四十年ですよ。奇妙でしょう、判事さん？　でも本当のことなのよ。もう四十年近く平和な時代を過ごしているってことも、そしてそれが悪魔の爆弾のおかげだってことも。奇妙だけど本当のことでしょう、判事さん」

「ミセス・マスグレイヴ。まさか、われわれがドイツ人と戦争をせずにいられるのは核兵器の恩恵だとでもいうのですか。そうではなくて、フランス人自身、ドイツ人自身の努力の賜物でしょう？　彼らは国際連盟というレトリックに頼らず、軍拡競争にも頼らず、共通市場という現実主義に基づいてヨーロッパ共同体に入ったのですから」

ミセス・マスグレイヴのピンクの日傘が怒りをこめてぱっと開いた。

「曲解しないで、判事さん。ドイツ人のことなんか話していません。ロシア人のことですよ。もしわたしたちが核爆弾を手放し、連中がアジアからフランスの共産主義者のところまでガスパイプを建設しても、ロシアと戦争はしないだろうとおっしゃるつもり？　まさか、そんなふうにお考えじゃありませんよね」

「ミセス・マスグレイヴ、わたしがどう考えようと世界情勢に影響ないことはおわかりでしょう」

「とにかく、もう行かないと」彼女は言った。「それではまた《シー・ユー・レイター》」

「アリゲーター」判事はミセス・マスグレイヴが聞こえないくらい離れてからつぶやいた。得意げなうすら笑いを浮かべながら言ったのだが、とたんにそのことを恥ずかしく思った。

　教会の鐘がまた鳴り出したが、今度の残響は船のサイレンの音で引き裂かれてしまった。

　気の毒なミセス・マスグレイヴは判事との口論でひどく落ちこんでいた。はなはだ不愉快だった。みずから口火を切って、金と宗教と政治については友人と議論しないという、社交上の聖なるルールを破ってしまったことで良心が痛んだ。でも仕方ないじゃない！　あの判事さんてば、変わり者なんだから。あんな人見たことがない。本物の判事というより、テレビの司会者みたい。実際、本物の判事じゃないんでしょ？　本物の判事みたいに泥棒やスパイや暴行魔や人殺しを牢屋に送ったことがないじゃない？　離婚専門の判事ですものね？　まったく！　判事席でどれだけ多くの薄汚い話を耳にしてきたことやら!?　ミセス・マスグレイヴにもいくらか覚えがあった。彼女自身、離婚していたのである。でも、彼女を離婚させてくれた判事は本物の紳士だった。とはいえ彼女の場合、離婚は仮判決どまり。裁判の途中で哀れな夫が死んでしまったから、そうじゃない？　でも、なんであんな騒ぎになったのか、ミセス・マスグレイヴはもう覚えていなかった。ピンクの日傘を右手に持ち、左の手のひらをしげしげと眺める。どっちの手のひらが大事なんだっけ、左、右？

あの親切なミス・プレンティスが、ミセス・マスグレイヴの手相を観て、過去や未来を占ってくれることになっていた。親切なミス・プレンティスは、知り合いだから無料で観てくれるそうだ、もともとプロの手相見だったらしい、今はちがうけど、もっと若いころ、イアンを妊娠して力を失うまでは占い師だったのだ、彼女はミセス・マスグレイヴに全部打ち明けてくれた、イアンの父親の素性を除いては、おかげでミセス・マスグレイヴはイアンの父親が誰なのかと頭を悩ませた、なぜならミス・プレンティスは美しくたくましいアスリートタイプで、緑のビキニを着てモーターボートに引かれて水上スキーをしているくらいなのに、息子のイアンは痩せっぽちで色白なのだ、母子家庭に対して含むところはないけれど、ミス・プレンティスも世間の目をはばかってミスではなくミセス・プレンティスと名乗ればいいのに、そうじゃない？　それから理由も目的も意識しないま、ミセス・マスグレイヴは歩数を数えはじめた。左、右、左、右、一、二、三、四、五……。

何百万年ものあいだ、人間であれ人間以外であれ、いかなる生物もこの道のこの区間で歩数を数えたことなどなかった。それが突然、同じ朝に二度も起きたのだ。最初は判事、次にミセス・マスグレイヴ。唯一のちがいは、判事は帰り道に数え、ミセス・マスグレイヴは行きに数えたということだ。こんな偶然が百万年に一度しか起きないのは当然かもしれない。しかし、百万年に一度起きうることなら、それが百万年後ではなく今年だったのもおかしなことではない。とはいえこれは脱線である。もちろんミセス・マスグレイヴはこんなことに気づいていない。彼女は一歩から二十歩まで数え、そこで打ち切って、あとは数えず歩き続けた。

判事の言ったとおりだ。大尉の店は閉まっていたが、外に置かれた椅子の上に、何種類かの新聞が積んである。束のてっぺんから自分用の〈デイリー・テレグラフ〉を取り、ドイツ人女医用にドイツ語の新聞《ツアイトウング》（ドイツ語の新聞ならどれでもいいんじゃない、そうでしょ？）を抜き取った。ドイツ語新聞の代金としていくら器に入れておけばいいのかわからないが、〈デイリー・テレグラフ〉より高いってことはない、そうでしょ？　それに、もしちがったら、明日にでも女医が大尉に差額を払えばいい。鍵がかかっているのは百も承知だったけれど、ミセス・マスグレイヴは念のため店の扉を引っぱってみた。それから建物の裏に回ってみた。ガレージの入口は開けっぱなしで、大尉の車が停めてある。つまり大尉はそれほど遠くには行っていないというわけだ。まあ、もちろんわたしには関係ないわ、と彼女はいささか得意気に独り言をつぶやいた。そして片手にピンクの日傘、もう片方の手に新聞を二部持って、今来た道を戻りはじめた。人っ子ひとりいないその道を、一台の自転車がこちらに向かってくる。「しょうがない子ね」ミセス・マスグレイヴは舌打ちし、自転車が近づいたときに大声で注意した。「ここはイングランドじゃないのよ！　右側を走りなさい、エマ！」

少女は痩せた肩をすくめ、自転車はジグザグに走っていった。エマは一日最低十回は肩をすくめる年頃、年代、世代だったのである。そんなわけでエマは肩をすくめ、自転車をまっすぐに立て直すと、そのまま道の左側を通って大尉の店に走った。新聞を買うためではない。櫛が欲しかったのだ。エマは扉の取っ手をガチャガチャひっぱり、窓を叩き、自転車のベルを鳴らしたが、反応がなかったので肩をすくめた。なんで櫛を欲しくなったのか、自分でもわからなかった。誰のために買いたいのかはわかっていたが、それがなぜかがわからない。買うのはイアンのため。昨日の夕食の直前、エマはホテルのベッドに坐り、その隣にはイアンが坐っていた。馬鹿な少年はエマの唇にキスしていて、そうされながら彼女は、なぜかこの馬鹿な少年に櫛をプレゼントしようと思った。そのときヴェロニカが部屋に入ってきて二人の前に立った、室内はとても暑く、ヴェロニカは身じろぎひとつせず、冷たい大理石の彫刻のように立っていた。馬鹿な少年はベッドから跳びあがると、踵《かかと》をかちりと合わせて宣言した、「ヴェロニカ、誓います、恥ずべきことはなにもしてません。明日の朝、エマのお父さんに許しを得て、男同士腹を割って話しあうつもりです」。馬鹿な少年は〝回れ、右！〟して部屋を出て行き、ヴェロニカは黙ってそこに立ち、エマは口を開いた、「もう、馬鹿なことしないでよママ、あのお馬鹿な子ったら、お馬鹿な舌をちょこっとあたしの口につっこんでレロレロ動かしただけよ、そんなことじゃ妊娠しやしない、でしょ？　ママ」、でもヴェロニカは、何も見ず何も聞かなかったかのような様子だった、それからエマのほうに屈みこんで不自然な声で尋ねた、「あの二匹の雌犬《ビッチ》に何を吹きこんでるの、エマ！」母親が〈ダンシング・レディーズ〉のことを言っているのだと気づいたけれど、一応エマは訊き返す、「どこの雌犬《ビッチ》？」けれどもヴェロニカは背筋を伸ばし、ため息をついて「もういいわ」と言い、エマは肩をすくめた、そして今、店の中に誰かいるはずだと信じて、エマはもう一度扉をバシバシ叩いた、だってあの馬鹿な子イアンに櫛をプレゼントしたかったから、だけどやっぱり返事はなくて、彼女は手を後ろに回して木の器を覗きこみ、触らずにお金を数え、それから肩をすくめ、左を向き、ショーウィンドーごしに、箱のあいだの日だまりで眠っている赤茶色の猫にイーッと顔をしかめてみせたが、猫は気づくそぶりもなく、せいぜい鼻の周りを飛び回る蠅に向かっておざなりに前足を上げるだけ、だからエマは再度肩をすくめ、自転車に飛び乗ると、昼食にはまだ時間があったので、さらにペダルをこいで道を進んでいった。

この日曜の朝、丘の上にある下宿の管理人が、自分用に〈ル・フィガロ〉と〈コリエール・デッラ・セラ〉を買いに来たほかは、もう櫛を買う客も新聞を買う客も来なかった。太陽が天の頂を過ぎたころ、ようやくカサノヴァ大尉が二階から降りてきて、店の鍵を開けた。見回したが、道には誰もいない。人っ子ひとりいない。猫が、悪い夢でも見たのだろう、いきなり跳び上がり、途中でいくつかの箱をガラガラとひっくり返しながら店の隅に逃げていき、怒ったように低くうなった。

「大丈夫。今のは猫だ」大尉は上に声をかけた。

階下に降りてきて、開いた店の入口に彼と並んで立ったとき、彼女は彼の目をまっすぐ見つめて言った。「ありがとう」

大尉は言った。「俺は口下手だけど、あんたに言いたいことがある」

彼女は言った。「お願い、黙っていて」

「頼む、言わせてくれ」

「わかった」

「妻が死んでから十二年、初めて妻を裏切ってしまった気がするんだ」

「ごめんなさい」

「あんたが悪いんじゃない」彼は言った。「俺たちがこの世界をこんなふうに作ったわけじゃない。そう、俺たちのせいじゃないんだ」

彼女が去ると、大尉は扉に鍵をかけ、二階に戻った。空のワイングラスをつかんで床に叩きつけた。グラスは割れなかった。バスルームに行き、目的も理由もなく水を流した。バスルームの南側の壁には小さな窓があったが、天井に近く、浴槽に入らなければ届かない。だからカサノヴァ大尉はそうした。サンダルのまま浴槽に入り、窓から外を覗いたのだ。彼女はホテルへの道を歩いていたが、遠くまでは行っていなかった。彼は振り向いて浴槽から飛びだすと、急いで店に降りた。カウンターの裏には脚立があったが、それをどけて棚の上段に手を伸ばし、ジャンプして、埃をかぶった黒い革ケースをひっつかんだ。ツァイス製の双眼鏡。開店以来、誰も買おうとしなかった品だ。もう一度浴槽に戻り、道路へ双眼鏡を向けた。彼女はまだそれほど遠くまで行っていない。今度は彼女のTシャツの縞が数えられるほど鮮明に見えた。窓と海の中間地点より手前のところで、道路はわずかに左にそれ、彼女は〈ダンシング・レディーズ〉のヴィラを取り巻く木立の中に消えた。あの女たちに会いに行くのだろうか、とふと考えたが、彼女がそんなことをするとは思えなかった。一分もしないうちに、彼女はふたたびまっすぐな道に現れた。一回り小さな姿になっていたが、それでもほとんど双眼鏡の視野いっぱいの大きさだ。

　こんなことをするなんて、と我ながら複雑な気持ちだった。軍人らしい胸の内にはなんら邪悪な部分はない。善行しかなしえないし、そんな自分の心の動きを気に入っていた。しかし、彼は――もし他人がやっているのを見たら――「スパイ」と呼ぶであろうこの行為は嫌悪した。例えばフリート街（ロンドンの新聞社街、転じてイギリスのジャーナリズム界）のレポーターたちは王室の人々をスパイする。もちろん、レポーターたちは紳士ではない。連中は望遠レンズで写真を撮り、報道の自由の名のもとに売りさばく。だが俺はそんなことはしない。それにヴェロニカは王女じゃない。にもかかわらず、ホテルに帰っていく彼女を観察していると、不敬罪《レーズ・マジエステ》を犯している気分になった。その間ずっと、彼女が歩くのにあわせて彼の右足の親指は上下し、サンダルが浴槽のエナメル塗装をキシキシとこすった。四百五十二、四百五十三、四百五十四――そこで彼女は立ち止まる。

彼女が足を止めたのは、ホテルの正面の、道が広がってそのまま砂浜につながっているところだ。右に進めば道をはさんで十二ヤード向こうにホテルのエントランスがあるが、彼女はそちらには向かわない。彼は彼女の後頭部を見守る。彼女は身じろぎひとつせず立ちつくし、ほどいた髪が腰近くまで垂れていた。何かを注視しているらしい。何を見ているのだろうと、双眼鏡を少し上げ、彼女の頭上遠く目を向けると、水着、海水パンツ、ビキニ、日よけ帽の人々が、彼女と同じように身じろぎひとつせずじっとしている。浜辺は完全な沈黙に覆われていた。目に見える沈黙だ。彼は双眼鏡を少し右にずらし、そして発見する。注目を集めているのはミス・プレンティスだった。

ミス・プレンティスは、こちら向きで砂浜に立っていた。突き出された彼女のたくましい腕の上に、聖母の膝で眠っているような彼女の息子イアンのねじけた体が水平に横たわっていた。まるでもう一人の聖母――ミケランジェロの《ピエタ》像の聖母が立ち上がり、カサノヴァ大尉の双眼鏡の中でどんどん大きくなっていくようだった。しかしミス・プレンティスが身にまとっているのは白い大理石の襞のある服ではなく、緑のビキニだ。それに表情も《ピエタ》の聖母とはちがう。《ラオコーン》像の悲劇的に歪んだ表情とも異なっている。むしろ《ニオベ》像の静かな威厳があった。だがそれは、つい一時間前にはモーターボートの後ろで水上スキーを楽しんでいた、たくましい若い女性の現代的な顔でもあった。ミス・プレンティスがゆっくり前に進むと、一歩ごとに、だらんと垂れた息子の腕が振り子のように揺れた。

カサノヴァ大尉は目を閉じた。ふたたび目を開いたときには、ミス・プレンティスはヴェロニカとホテルのエントランスの中間地点まで来ていた。ミス・プレンティスは左を向いた。「誰かドアを開けてやれ！　さあ――急いで！」カサノヴァ大尉は囁き声で命じた。するとホテルのドアが内側から開いた。

双眼鏡を左に向けると、ヴェロニカはもうそこにはいなかった。双眼鏡をジグザグに動かしてあたり一面を見回し、大尉は芝生に車椅子を発見した。車椅子は空っぽだった。すぐそばの草の上に、腰をおろした〈ダンシング・レディーズ〉の二人組にはさまれて、ヴェロニカの夫、脚を失くした論理学教授のティムがいた。〈ダンシング・レディーズ〉が屈みこんで彼を抱えあげ、車椅子に乗せ、豹の皮のようなもので膝を隠していた。それから突然、〈ダンシング・レディーズ〉は姿を消した。たぶん、双眼鏡の視界をさえぎっているホテルの塀の裏に行ったのだろう。今度はヴェロニカが車椅子の前に現れた。ここで初めて、彼は彼女を双眼鏡ごしに正面から見ることができた。しかしごく短いあいだだけだ。彼女はすぐにひざまずき、豹皮に顔を埋めてしまったからだ。

ヴェロニカを見下ろして立つバーテンのドン・ホセ・マリア・ロペスが、格子模様のナプキンで目をぬぐっていた。

カサノヴァ大尉は便器のふたに双眼鏡を置き、店に降りて行った。ミス・プレンティスが一度だけ店に来て、スペイン語フレーズ集を買っていったことを思い出した。つまり彼女はスペイン語をまったく知らないのだ。つまり彼女はこの状況を乗り切るために多くの助けが必要なのだ。『警察を《ブスケ・ア・ラ・ポリシア》、救急車を《ウナ・アンブランシア》、医者を呼べ《ウン・メディコ》』みたいなフレーズは役に立つまい。彼女を助けられるのは、今は亡き文豪の秘書だったマージョリーと、ひょっとすると判事だけだろう。そしてもちろん自分、カサノヴァ大尉。彼はレジを空にして、ポケットに金を押しこんだ。裏口から店を出て、ガレージの車を出し、エンジンをかけて出発した。まず店の正面に回り、戸口で車を止め、新聞の上に置いた器の中の金を回収してからふたたび車を走らせる。二分後にホテルに到着。彼はその場の全員と顔見知りだった。まず支配人に会って「何があったんだ？《ケ・ア・パサード》」と訊かなければならない。支配人の部屋に行くにはレストランを通り抜ける必要があった。ちょうど昼食の時間帯だ。小さなテーブルがひとつだけ空いていた。ミス・プレンティスの席。もうひとつ、窓際に、車椅子が入れるように置かれたテーブルがあった。そこにはエマが一人で腰かけ、給仕のほうを向いてオードブルを注文していた。

第二部

十　ヒマラヤスギの小箱

毎朝、一台の車が日焼けした人々を空港に運んでいき、数時間後には青白い顔の新しい旅行者たち——一週間か二週間、海と太陽の近くで過ごす気満々の人々——を載せて戻ってくる。こんなふうにして、一週間ごとにホテルの滞在客の少なくとも半分は入れ替わる。ちょうど地球の人口が、三十三年かそこらで半分入れ替わるように。

ポール・プレンティス師は月曜日に到着し、カサノヴァ大尉の助けを借りて、甥のイアンの遺体をイングランドに送るよう手配した。師とミス・プレンティスは水曜日に発った。ドイツ人女医はすでに火曜日にホテルを離れていた。判事とミセス・マスグレイヴは木曜日に出て行った。金曜日、ティムとヴェロニカとエマがイングランドに帰った。土曜になると、ホテルの人々のあいだでは死者の記憶もかすかに残っている程度になり、いつもと同じように土曜夜のダンスパーティがホールで開催された。二人組の〈ダンシング・レディーズ〉が登場すると、あいかわらず他のカップルは二人のためにフロアの中央を空けた。二人のダンスもいつもと変わらない。どんなふうに体をくねらせ回転させても二人は互いに触れあわず、正確に同じ距離を保っていたので、この魅惑的なダンスは、二人の女性ではなく、二人を隔てる極小空間の形が踊っているように見えた。

　わずかながらホテルに残りつづける客もいる――二週間以上滞在し、二人のダンスを二回か三回見ている人々だ。そういう客のうちの一人がフランスから来たマダムB、セーヌ左岸の裏通りで書店を経営する婦人である。古典文学、アリストテレスの自然科学、デカルトの合理主義に通暁し、神が与えた精神と身体をたまさか繋ぐための輪を完成させる点においてフランス人が卓越していると信じ、サッチャーのマネタリズムを信じていた。

「聴いて《エクテ》」と彼女は言った。「マダム、あの蛇のような姉妹〈ダンシング・レディーズ〉のことだ）は、大地の娘たち《フィーユ・ド・ラ・テール》、復讐の女神エリーニュエスだと思いませんこと？　オレステスの裁判のあと罪人を苦しめるのをやめ、罰を与えるためにやってきた恐ろしい犯罪《クリーム・テリブル》の記憶を忘れて、今、慈悲深い女神エウメニスになろうとしているみたいだわ」

　マダムBの声は高慢で、姿勢も高慢だったが、他人への軽蔑を含まない高慢さだった。もし軽蔑が含まれていれば、耐えられないほどの高慢さだったろう。

「ごらんなさいマダム」とマダムBは続ける。「二人の踊る蛇の女神の近くで、あわれな人々が魅惑されているわ。あの年長の蛇女（文豪の未亡人のこと）をごらんなさい。あなたは観察力不足よマダム、控えめすぎるの。神秘を見ようとしないんだわ。この場所は神秘に満ちているのよマダム。あらゆる偶然の一致を読み解くためには、シムノンのような人がいないと……なんですって《パルドン》？　シャーロック・ホームズ？　とんでもないわマダム、シャーロック・ホームズなんて紙の張子《パピエ・マシエ》のお人形さんじゃないマダム。ホームズものをちょっと書き換えてみれば、彼がいつもまちがった容疑者を犯人扱いして、真の犯罪者をみすみす逃がしていることを示してやれるでしょうよ。だめだめ。あなたのお国のシャーロック・ホームズはなんにもわかっていません。特に女のことはね。シムノンをお嫌いだっていうのなら、じゃあマダム、ひょっとしてゾラも？　モーパッサンも？　モーリヤックも？　もちろんそうよね《プルクワ・パ》？　ラシーヌも？　コルネイユも？　あなたはお国のブラウン神父、つまりチェスタトンがお好きかしら、それともこんな比較は突飛すぎるかしら？　それにしたって、彼が――シムノンが――最適任者じゃないかしら、あの人が泣かなかった理由を解き明かすのには。気の毒なミス・プレンティスのことよ。彼女、涙ひとつこぼさなかった《エルナ・パ・プリュレ・デュ・トウ》。堂々たる尊厳を見せていたわ。ド・ゴール将軍のように、ムッシュ・ジスカール・デスタンのように、そうよ《ウイ》、そのとおり、マダム、でも《シ》、それにしたって《エ・プルタン》、それにしてもよ、彼女はお馬鹿さんだわ《エレ・フオリ》マダム、気の毒な息子さんの遺体をイングランドに送ったのに、そこに埋葬するんじゃなくてねマダム、そうじゃなくてポーランドに埋葬したいっていうのよマダム、あの子の父親がポーランド人だからって！　それにしてもなんてお馬鹿さんなの《メ・ケル・フオリ》マダム！　ポーランドなんて行ったら、もしあの子が死んでいなければ、生きたまま食い物にされるってことがわからないのかしら。シャーロック・ホームズにはこういう女《ユヌ・ファム》を理解できる？　あなたはどうマダム、たとえミス・プレンティスをよくご存じだったとしても、理解できる？」

　レディ・クーパーはマダムBの目を覗きこんでみたが、意地悪で言っているのか本当に知らないのか判然としない。

「こんなに察しのいい人なのに、ミス・プレンティスとわたしが昔からの知り合いだってことに気づいてないのかしら?」レディ・クーパーはひとりごちた。

＊

ヘリコプターの高度はそれほどではなかったが、空は雲ひとつなく青かった。眼下の森は、鮮やかな緑色。

「ここらでいいですか?」パイロットが尋ねる。

全員がミス・プレンティスに目を向けた。彼女は答えない。適切な高度というものがあるのだ。もちろん適切なタイミングもある。極端に上昇すると、眼下の光景は現実感を失う。一枚の地図に、抽象絵画になってしまうのだ。逆に、森をかすめるほどの低空飛行では、目に映る現実があまりにも精確無比かつ卑小すぎて、今回の目的にはふさわしくない。まるで森の中を歩いているみたいに感じられるだろう。そしてもちろん、適切なタイミングでなければならない。ヘリコプターの高度だけが重要なのではない。何をおいても、すべてはミス・プレンティス次第。彼女の胸の中で起こることにかかっている。しかし肝心の彼女の表情からは何も読み取れなかった。

彼女はレディ・クーパーの左に坐っていた。彼女たちの前にパイロットのミスター・ミレク。そしてレディ・クーパーの右にドクター・クシャク、人呼んで《些末大臣《ミニスター・オブ・インポンデラビリア》》。目の前で彼をそう呼ぶ人はいない。「インポンデラビリア」という言葉自体が、あまり好ましくない連想を呼ぶからだ。年寄りの中には、かつて――おとぎ話ふうに「むかしむかし」と言いたいところ――この言葉が、ピウスツキ元帥によって、一九二六年のクーデターの直前（いや、直後だったか？）に使われたことを思い出す者もいる。

「じゃあ、このあたりでどうです？」パイロットはあらためて尋ねる。

この質問を発するたびに、パイロットは目を見開いてミス・プレンティスを見つめた。彼女が理解不可能な異世界からやってきた亡霊であるかのように。ドクター・クシャクはといえば、パイロットと同じ驚嘆のまなざしで、一時も彼女から目を離さなかった。それは、息子を亡くして悲しみにくれる姿を予期していたにもかかわらず、実際には落ち着き払った彼女の様子に、男たちがすっかり魅了されているからだろうか？

「ここはどうです？」

「ええ、おねがい」ミス・プレンティスはとうとう言った。たった二語――ええ、おねがい。

パイロットのミスター・ミレクは十字を切った。

レディ・クーパーはヒマラヤスギの小箱を膝に乗せていた。

彼女はその蓋を外した。

「代わりにやりましょうか？」彼女はミス・プレンティスに訊いた。

「まさか、そんな」ミス・プレンティスは言った。けれども箱を受け取ろうとはしない。彼女は中に手を入れると、ひとつかみの灰をすくい、窓から空に撒いた。宙に散っていく寸前、灰は太陽の光に照らされて燃えあがるように見えた。それから一陣の風が吹いて細かな灰をヘリコプターの中に押し戻した。その一片がレディ・クーパーの目に飛びこんだせいで、刺すように痛んだ。次の灰を撒く前に、ミス・プレンティスはハンカチを取り出し、レディ・クーパーのまぶたを持ち上げて、灰のかけらを取り除いた。

*

レディ・クーパーがミス・プレンティスと知り合ったのはずいぶん前、ミス・プレンティスがまだ学校に通う娘だったころのことだ。当時から人々は彼女をミス・プレンティス――あるいはごくまれに――ミス・プルーデンス（賢明）と呼んでいた。彼女を「プルー」と呼ぶのは実の兄だけだった。彼は二つか三つ年上だった。そのころはさすがに将来、妹がプロの手相占い師になるとか、兄が聖職につくなど、誰ひとり思いもしなかっただろう。とはいえ実際、妹の手相占いも兄の聖職も、普通の進路とは言えなかった。

神がいる宗教もあれば神のいない宗教もあるが、中には信仰のない宗教まである。ミス・プレンティスの兄ポール・プレンティス師の宗教はそれだった。彼の宗教は独特なものだが、「人類教」や無神論や不可知論と混同してはならない。神を信じる人々は、たいてい自分たちが神を信じていることも信じているものだ。ポール・プレンティス師の場合は、神の実在を信じていたけれど、自分の信仰心を信じていなかった。他の人々が、しばしばあきらかな誤りを信じ、実在しないものを信じていることを彼は知っていた。他の人々がそうなのだとしたら、自分だけが例外だと確信をもって言えるだろうか？　というわけでポール・プレンティス師はみずからの信仰心を信じようとはしなかった。

　レディ・クーパーがミス・プレンティスをはるか昔から知っているという事実自体は決して驚くべきことではない。ミス・プレンティスが将軍と出会ったという事実もまた驚くべきことではなかった。しかし、二つの事実が合わさってみると、レディ・クーパーとしては、世にいう「偶然の一致」の裏に潜んで、運命の女神がいたずらを仕掛けているのだと感じてしまう。

　レディ・クーパーが彼女のカントリーハウス（彼女はいつもそれを夫のカントリーハウスと呼んでいたが）で過ごすときは、近くの海岸リゾート町に買い物に出るついでに、ミス・プレンティスと彼女の兄の家に寄るのが習慣だった。そんなわけだから折に触れてミス・プレンティスの人生の節目となるさまざまな出来事を目撃してきた。ミス・プレンティスがウェールズの聖心女子修道院から手相学の学位を取得して帰ってきたこと、ミス・プレンティスがピェンシチ将軍と初めてディナーをした当日のこと、数か月後、ミス・プレンティスが将軍の死をしおに帰国したこと、さらにその一週間後、ミス・プレンティスが〈ホワイト・パーム（白い手の平）〉の看板をふたたび窓に掲げ、手相見稼業を再開しようとしたこと。

　復帰して最初の客は地元で肉屋を営む一家のおかみだった。

「帰ってきたって聞いたから、あんたと兄さんに、特大のポーターハウス・ステーキ肉を持ってきたよ」おかみはそう言ってミス・プレンティスの向かいに腰を下ろし、ステーキ肉二切れと、両手の手のひらを目の前の小さなテーブルに置いた。二人の膝はくっつくほどだった。「それで、どうだい」肉屋のおかみは満面の笑みを浮かべ、全身を耳にし、ミス・プレンティスの唇を食い入るように見つめて待ったが、しばらくしても言葉が出てこない。「どうしたんだい」おかみは尋ねた。

「あたしの手相がどうかした？　なんか恐ろしいことでもあるってのかい？」

「いいえ」ミス・プレンティスは言った。「あなたの問題じゃなくて。ごめんなさい……ただ……あの……わからない。手のひらを見ると手相が目に入るんだけど、何も感じられないの。ごめんなさい、理由はわからないけど、できないの。ひょっとしたら占う力を失ってしまったのかも」

　肉屋のおかみは立ち上がった。

「いいのよ、あんた。気にしないで。正直に言ってくれてよかったわ」それからミス・プレンティスのほうに屈みこんで共犯者のようにささやいた。「ステーキはとっておきなさい。あんたおめでたなんでしょ、ちがう？」

「ええっ？」妊娠しているかも、なんて思いもしなかった。このところ気分がすぐれないのは将軍が死んで憂鬱になっているせいだと考えていたのだ。

　ピェンシチ将軍は彼女にとって最初の愛人ではなかった。最初の愛人は兄のポール・プレンティス師だった。幸い、二人そろってそんなことはすっかり忘れていたものの、ずっと昔、二人がまだ十代だったころの話である。当時はそうなることが至極当然に思えたのだった。二人の関係はなんの問題も起こさなかった。誰も目撃せず、誰も知らなかったからだ。神を除いて。だからといって、天にましますし覗き屋に不道徳な関係を見られたのが原因で、ポール・プレンティスは神学校に進み、妹はウェールズの聖心女子修道院で二年間手相見を学ぶことになったのだ、などというのは馬鹿げた邪推だろう。

将軍が死んで八か月後、イアンが生まれた。それ以降、レディ・クーパーは前より定期的にミス・プレンティスを訪ねるようになった。彼女はミス・プレンティスがドクター・ブジェスキと一緒にいるのを二度、目撃した。ドクター・ブジェスキは将軍の未亡人の親しい友人である。未亡人は、将軍がサッカー賭博で当てた巨額の懸賞金を相続し、今は利息にかかる税金を逃れるためにチャネル諸島で暮らしている。ドクター・ブジェスキがミス・プレンティスに対して、おそらくは少しばかりの罪悪感を伴わないでもない好意を抱いているのを、レディ・クーパーはすぐさま見て取った。将軍の（かどうだか、怪しいものよ、と未亡人は匂わせていたが）息子である（とドクター・ブジェスキは確信していた）イアンには、遺産がまったく入ってこなかったからだ。ミス・プレンティスに、息子さんは心臓の位置が逆で、おまけに血管転位症なのだと告げる気が重い役目を果たしたのも、このドクター・ブジェスキだった。

しばらく後、レディ・クーパーがローマに行き、信じがたいほどの年寄りであるペトゥーオ枢機卿を訪ねたとき、そこで猊下の親友であるズッパ公爵夫人と、公爵夫人の親友であるドクター・ゴールドフィンガーに出会った。枢機卿の指輪にお別れの口づけをしてから、三人は通り《ヴィア》の向かいにあるズッパ公爵夫人のお屋敷《パラッツォ》でお茶を飲んだ。レモンティーがガラスのタンブラーで出てきた。「ドクター・ゴールドフィンガーのノスタルジーなんですよ」ズッパ公爵夫人が説明した。「愛する祖国ポーランドでは、みんなこうやってお茶を飲んでいたって言うんです」

暑い午後の陽射しは、開いたいくつもの窓にはためく無数のすだれやカーテンのおかげでほどほどに心地よく、歴史の女神クリオを象った大理石像の足元に腰かけて、気楽な——他愛ないといっていい——会話にふけると、心がなごんだ。話の途中でレディ・クーパーが、なんの気なしにドクター・ブジェスキの名前を口にした。

「なんてことだ」ドクター・ゴールドフィンガーが叫んだ。「まさかイェジ・ブジェスキ、いやジョージ・ブジェスキのことじゃありませんよね？　金髪の巻き毛と巨大な耳の」

「ええ、確か名前はイェジだったかジョージだったか、やけに大きな耳をしてて。でも髪の毛はありませんよ。禿です」

「ああ、そりゃそうでしょう。わたしとまったくの同い年ですからな。昔、親友だったのです。戦争が始まるころ、一緒に医者の勉強をしていたんです……教えてください、彼は元気ですか、うまくやっていますか」

レディ・クーパーは教えてやった。

するとドクター・ゴールドフィンガーは思い出を語りはじめた。「いやはや馬鹿げた話ですよ！大昔の話です。平和な時代がまもなく終わろうとしていた。当時、医学校の大教室の席は、左側がユダヤ人、右側がスラブ人と分けられていました。でもユダヤ人たちは隔てられた席に坐るのを拒み、立ったまま聴講していたんです。あわれなジョージ・ブジェスキは途方に暮れてしまった。右側の差別主義者と席を並べたくないし、ユダヤ人と一緒に立っている気にもなれない、かといって誰もいない左側の席に、ひとりぽつんと坐るのも馬鹿みたいだ。それで講義に出なくなってしまいました。実にいい奴ですが、それにしたってやっぱり馬鹿げてる。さらに笑えるのは……」

「笑える、ですって？」ズッパ公爵夫人が訊き返した。

「ええ、そうですよ。決まってるでしょう」彼は軽く受け流して、もう一度言った。「さらに笑えるのは実習室、死体解剖の実習をやる部屋ですね。学生たちは、キリスト教徒の死体ばかりじゃないかと不満を述べていたんです。というのも、旧約聖書を信奉するユダヤ人たちは〈最後の典礼協会〉というのを結成して、引き取り手のないユダヤ人の死体をかっさらい、きちんと埋葬してしまうんですね。いやはや笑えるじゃないですか、だってそれからまもなく、世界中の医学生に充分いきわたるほどの、何十万何百万という、おびただしいユダヤ人の死体が手に入ることになるんですから……」

「笑える？　どこが面白いのか、やっぱりわかりません」と公爵夫人。

「面白いのはね、わたしがその中の一人じゃなかったということですよ」ドクター・ゴールドフィンガーは言った。

「医学生じゃなかった？」

「ちがいますって」医師は言った。「わかってませんね。死体にならなかった、ってことですよ。それというのも、ちょっとした運命のめぐりあわせからでした。開戦間近のある日のこと、天井裏のガス管に穴があいてガス漏れしているらしいというので、脚立を使って覗いてみたんです。暗かったのでマッチを擦ったとたん、顔の真ん前でドカン。結局、退院したとき、わたしの鼻は十二ミリも低くなってました。つまり完璧なアーリア系・スラブ系のつんと尖った《ルトルーセ》鼻ってわけです。おかげで戦争を生き延び、終戦時にはローマにいました。そこでアメリカ人たちに庇護してもらい、今度こそ教室で着席して、医学の勉強を終えました。さあ、わが遍歴を赤裸々に打ち明けましたぞ、レディ・クーパー、もしドクター・ブジェスキにまた会うことがあれば、ぜひわたしの話をお伝えください」

ドクター・ゴールドフィンガーは金色のフルーツナイフでリンゴの皮を剥いていた。レディ・クーパーは魅入られたように、医師の細く長い指をながめた。何年か前、枢機卿の喉から巧みに魚の骨を取り出した指である。

「は、は」彼は笑った。

二人はなぜ笑ったのかと訊かなかった。医師も説明しなかった。

しばらくしてレディ・クーパーが暇乞《いとまご》いをするとき、ズッパ公爵夫人は荷物を引き受けてくれないかと頼んできた。ロンドンから郵送するか、それよりもできればじかにミス・プレンティスに渡してほしいという。「イアン坊やのおもちゃよ。わたしの異母弟のイアン坊や」

公爵夫人はレディ・クーパーに射るような視線を投げかけると、言い添えた。「わたしにはもう一人異母弟がいるのよ。黒人との混血で、アフリカのどこかの部族の独裁者になってる弟が」

こうしてレディ・クーパーは、ズッパ公爵夫人もまたピェンシチ将軍の落とし胤《だね》だと知ったのだった。

＊

イアンが命を落とした運命の夏、レディ・クーパーとミス・プレンティスがマヨルカ島の同じホテルに泊まっていたのは偶然ではなかった。しかし一年後、ロンドン（ヒースロー空港）からワルシャワ（オケンチェ空港）に向かう同じ飛行機に乗り合わせたのはまったくの奇遇である。レディ・クーパーはヒースローに遅れて到着し、ワルシャワ行きの飛行機にぎりぎりで乗りこんだ。そのため、離陸からしばらく経ち、飛行機がロンドンを遠く離れて空高く飛んでいるときになって、ミス・プレンティスが同乗していることにやっと気がついた。レディ・クーパーは飛行機の前方に行って挨拶しようと、勢いこんで席を立とうとしたが、シートベルトを外すのを忘れていたため、座席に引き戻されてしまった。それで彼女は考えを変えた。席についたまま、遠くから座席の背もたれの頭部を観察することにした。その脇からミス・プレンティスの右向きの横顔がちらちら見えたのである。二時間ほどの空の旅の大半、レディ・クーパーはミス・プレンティスについて考えこんでいた。ワルシャワに向かう飛行機の中で、この女性、驚くべきミス・プレンティスはいったい何をしているんだろう？　驚くべきだって？　どこが驚くべきだというのか？　レディ・クーパーはゆっくり時間をかけてジントニックを味わい、自分の考えがおかしくて笑みを浮かべた。ミス・プレンティスがどうして驚くべき存在だと言えるのか、もちろんレディ・クーパーにはわかっていた。ミス・プレンティスが驚くべき存在なのは、驚くほど正常だからだ。彼女が不可解に見えるのは、何ひとつ謎めいたところがないからだ。彼女は見たままの女性。それ以上でもそれ以下でもない。

あら！　すると、ミス・プレンティスはサー・ライオネル（レディ・クーパーの亡夫）の妹デイム・ヴィクトリアにちょっと似てるのかしら。ミス・プレンティスが、デイム・ヴィクトリアのように、火かき棒を片手に、朝食のトレイを反抗心旺盛な孫娘のところに運ぶ姿なんて想像もつかないけれど……だけど――わかるもんですか。デイム・ヴィクトリアとミス・プレンティス、片方はすごい年寄りで、もう片方はその半分もいかない若さだけれど、二人ともどんな状況であれ、「やっていいこと」と「いけないこと」をちゃんと知っている。理屈なんかつけないでも。彼女たちの知識はドグマや原則や公理や戒律に基づくものではない。受け継がれたものであり、歴史によってあらかじめ判断されたものであり、普通とは逆に、事後的に《ポスト・ホック》、さかしまに《ア・ルブー》経験から演繹されたもの。とはいえ、二人のあいだにはちがいもある。デイム・ヴィクトリアは物事によく気づく。とても鋭い。ミス・プレンティスは気づかない。物事に気づかないという点で彼女の右に出る女はいないだろう！

ミス・プレンティスが聖心女子修道院で手相を学んだのもそれと関係があるのだろう。直接的ではないにせよ修道院長の影響があったにちがいない。院長は、若いころ、オックスフォード大学セント・ヒルダ・カレッジで、ラッセルそして／あるいはウィトゲンシュタインではなく現象学者の著作を学んだのだ。「現象学」という言葉そのものが刺激的だった。それに現象学の中身は、修道院長の解釈によれば、誰もが納得するような好ましいものだった。ブレンターノやフッサールやサルトルといった現象学の泰斗たちは、彼女の考えを相手にしないだろう。彼女の考えとは、すなわち、外見とは背後に存在する事物の本質をスクリーンのように覆い隠すものであり、ただ（直観というものがあるおかげで）われわれの意識は事物の本質を直接的に見ることができるということだ。それがたとえ象の本質だろうと（その形状はＤＮＡらせん上のメッセージによって決定されている）、一角獣や悪魔の本質だろうと（それらの形状は人の想像力によって形成されている）、見てとることができるのだ。手相占いは（物理学とちがって）本質を扱うものだから、つまり、はっきり言えるのは――そういうことになりますよね？――手相を見るためには、外見というスクリーンを残らず取り除かなくてはならない。「でも、どうしてなんですか、修道院長？」「お馬鹿さんねえ！　だって人間というのは、他人に見られているように自分のことを見るからですよ。これが人間の悩みの種なの。例えば自分を父親だと思っている人がいるでしょ、そりゃ確かに息子や娘にとっては父親だけど、自分にとって自分は父親じゃないでしょう。同じように、みんな自分のことを歯医者だとか校長だとか炭坑夫だとか漁師だとか弁護士だとかスチュワーデスだとか善人だとか悪人だとかいろいろに思っているけど、すべて他人から見たときのことで、自分にとってじゃないわよね。鏡を覗きこむと、世界が顔に貼りつけてきた無数のレッテルが見えるから、みんな混乱しちゃうんだわ。だから誰もがときどき立ち止まって考えるのよ、もし〈世界〉が消えて、ついでに自分に貼られたレッテルも全部まるごと消えてしまったら、いったい何が残るんだろうって。何かは残るはずでしょ、ちがう？　残るのは何か？　その答えを知りたくて、人は手相占い師のところに行くの。だからこそ（と修道院長は言った）、いい手相占い師になろうとするなら、物事に気づかないようにしなければなりません。だって感覚を通じて気づく物事なんて、お客が知りたがっている本質を隠す仮面なのだから。だから、あなたはお客の向かいに坐り、彼または彼女の手のひらの線が描く幾何学模様に集中しなければなりません。線そのものに決定的な情報があるわけじゃないのよ。手相は見知らぬ国の地図のようなもの。どの国かは問題じゃない。そこには川があり、湖があり、山があり、町があり、村があり、道路がある。なすべきことは、手のひらの線や模様や隆起に生命を吹きこむこと。木々を育て、川を流れさせ、教会の鐘を鳴らすこと。それから賢くなりすぎないよう注意しなさい。計算してはだめ。考えてはだめ。あなたはコンピューターじゃない。直観に想像力を導かせるのです。そうはいっても、想像力がいつも真実を告げるというわけではありませんよ。もちろんちがいますとも、でも、もしそれが本当に真実なら、すぐわかるはず。だってブレンターノが言うように、真実の基準は自明なのですから。そして自明の真実がみずからをあきらかにするときは、膝がチクチクするのがはっきりわかるはず。きっとわかりますとも、だってあなたとお客の膝を隔てる四分の一インチの隙間に電流が走るから。お客が男でも女でも同じことです。膝と膝のあいだの時空の性質そのものが、ほんの数秒間にせよ変わって、何か別のものになるでしょう。それは、神が伸ばした指先と、目覚めたアダムの指先のあいだのささやかな空間、ミケランジェロの描いたシスティナ礼拝堂の天井画で、天地創造への讃歌を歌っているあのささやかな空間のようなものになるでしょう」

膝に生じるというこのチクチクした感じが、自明の真実が意識によって直接把握されるすぐ前に起こるのか、すぐ後に起こるのかという点に関しては、修道院長は明確には答えなかった。けれども修道院長は、若いころオックスフォード大学セント・ヒルダズ・カレッジで学んだ現象学についての独自の解釈に固執し、現象が現象であるのは、それが記録されないあいだだけだとも主張した。ひとたび記録されてしまえば、現象は科学的なデータとなり、背後にある現実をスクリーンのように隠してしまう。だからこそ手相を見るためには現象に気づいてはいけないというのだ。

ミス・プレンティスは物事に気づかない能力を生まれつき身につけていた。聖心女子修道院で学んでいるあいだに、その能力はいっそう研ぎ澄まされた。手相占いを理論面でも道徳面でも支える立派な能力であると、修道院長が哲学的にお墨付きを与えたからだ。ミス・プレンティスは天性の手相占い師だった。手相見をやめて将軍とつきあっていた時期にはまだ占いの力を持っていたのか、将軍の死後、妊娠していることに気づき肉屋のおかみさんの手のひらの線を見ても何も感じられなかったときに初めて占いの力がなくなったのか――レディ・クーパーにはわからなかった。いずれにせよミス・プレンティスは占い稼業からきっぱり足を洗い、十二年間を息子イアンのために捧げたのだ。そこまで考えたとき突然レディ・クーパーは、マヨルカでの運命のあの日、イアンが死んだあの日に、頭の中に否応なく浮かんだ意地悪な考えを思い出した。「さあ、この人はいつ馬鹿げた手相占い稼業に戻るのかしら？」こんなことを考えるのは不謹慎だ。よりによってこんなときに。レディ・クーパーはただちにその考えを頭から追い払った。不謹慎な考えが思い浮かんだとしても、それをすぐに追い払えば――と、今、飛行機の中でレディ・クーパーは自分に言い聞かせる――罪悪感を抱く必要はない。夢に罪悪感を抱かないのと同じことだ。いまいましいフロイト派の連中は、頭を一瞬よぎるだけの思いつきをあっさり振り払うことを認めないせいで、どれだけ多くの害をなしているか気づいていないのだ。とはいえ、レディ・クーパーはやはりどこか居心地が悪い。何が原因だろう？　それは彼女の外側にあるのか、内側にあるのか？　その正体はわからなかった。しかし、この小さな違和感が、彼女の思索の中でそれなりの役割を果たしているのは確かだった。

レディ・クーパーは立ちあがって、座席のあいだの細い通路を歩いていった。

「プルーじゃない」彼女は声をかけた。「こんなところで何してるの？　すごい偶然ね！　あなたと会うなんて、夢にも思わなかったわ」

ミス・プレンティスは驚いている様子を見せなかった。レディ・クーパーのほうを見ると、たった三語だけを口にした。こう言ったのだ。「あら、レディ・クーパー！」

レディ・クーパーに会えて喜んでいるのだろうか？　もちろんそうに決まっている。彼女らしく、静かに喜んでいるのだ。しかし、ミス・プレンティスの表情からはそれはうかがい知れなかった。彼女は「今、ここ」で起きることにはまったく関心がないように見えたが、それでも万事を見通す目でたいていのことを見逃していないのは明白だ。これは矛盾ではない。しかし説明するのは難しい。言うなればミス・プレンティスは二つの種類の知識、浅い知識と深い知識を持っているのだ。浅い知識とは、日常生活に不可欠な実践的、行動的、現実的なもの。深い知識はそうではない。深い知識とは、「すべてを理解することはすべてを許すこと《トゥ・コンプランドル・セ・トゥ・パルドネ》」というのに近いものを指す。けれども誰を許すというのか？　おそらく神を除くあらゆるものを。なにしろ神は、なぜ彼女からイアンを奪ったのか、説明しようとさえしないのだ。あるいは、深い知識とは「すべてを理解することは《トゥ・コンプランドル・セ》、決して笑わず、決して泣かないこと《ジャメ・リールエ・ジャメ・プリュレ》」――これも、同じことを言い換えたにすぎない。

「そろそろわたしのこと、ヤドヴィガ（Jadwiga）と呼んでくれてもいいんじゃなくて」レディ・クーパーは言った。

「まあ……」とミス・プレンティス。「あなたにクリスチャン・ネームがあるなんて思いもしませんでしたわ、レディ・クーパー、じゃなくてイャドヴィーガ（Yadviga）……」

スチュワーデスがレディ・クーパーに駆け寄る。「どうぞ席にお戻りになって、シートベルトをお締めください」とはいえ着陸にはまだ間があった。飛行機は上昇し、それからエアポケットに落ちた。眼下に見える明るい雲は巨大で、たっぷり帯電しているようだ。地上（ベルリン？　東ドイツ？）からは、おそろしげな黒雲に見えたことだろう。

*

ワルシャワのオケンチェ空港では太陽が照っていた。二人は並んでタラップを降り――滑走路を横切ってパスポート窓口に向かった。

「タ・パニ・ト・パニ・ヴヌチカ？」

「ニエ」

職員は一瞬考えてから、二人のパスポートにスタンプを押した。

「あの人、なんて言ったんですか？」ミス・プレンティスは尋ねた。

「あなたがわたしの孫娘かって訊いたのよ」

ミス・プレンティスは黙っていた。

税関職員は中年男で、古臭い鼻眼鏡《パンス・ネ》と丁重な笑顔を顔に乗せていた。ミス・プレンティスにポーランド語で話しかけ、彼女が外国人だと気づかなかったことで自分にひどく腹を立て（たぶん外国人女性には金髪碧眼の美女である権利がないと考えていたのだろう）、スーツケースを開けるよう求めた。職員はのろのろと下着を取り出し、一点一点の端を両手の親指と人差し指でつまみ、鼻眼鏡の高さまで持ち上げてから悠然と並べていく。やがて部屋着の下からヒマラヤスギの小箱を見つけた。

「触らないでください」ミス・プレンティスが言った。

大きいが静かな声だった。強さが秘められていた。命令でも懇願でもない。現世のものとは思えない、合成されたようなその声が響くと、税関のざわめきが不気味に静まりかえってしまった。火薬の詰まった樽から逃れるように、職員の細い指が木箱からそっと離れた。

「どうしてです?」職員は尋ねた。

「それはわたしの息子だからです」

当然ながら、職員は英語力不足のせいで正しく理解できなかったのだと思い、不愉快になった。

「それは、なんですって?」

「その箱には息子の遺灰が入っているんです」ミス・プレンティスは噛んで含めるようにはっきりと言った。

制服を着た男が音もなく彼女たちの横に現れた。がっしりした赤い両手をゆっくり慎重にスーツケースに差し入れ、この上なく優しい手つきでヒマラヤスギの小箱を取り出した。

「お願い、開けないで」ミス・プレンティスは言った。

男は慇懃にうなずいた。

「ご心配なく、マダム。X線で調べますから……」男の言葉ははっきりしなかった。「X線で調べるだけです」と言ったのか、「X線で調べるところから始めます……」と言ったのか。そのあと、職員たちはミス・プレンティスに、自分たちの後について(というより自分たちを従えて)オフィスに来るよう告げた。この件を話し合いたいというのだ。レディ・クーパーは通訳として同行しようと申し出たが、職員たちはわれわれには通訳は必要ないと断った。

「わたしはホテル・エウロペイスキに泊まりますからね」レディ・クーパーは言った。

「わたしもそうします」ミス・プレンティスは言った。

十一　些末大臣

　あくる日、ナポレオンは軍を追いこし、ネマン川に着くと、ポーランドの軍服に着替えて、渡河する場所を選ぶために川岸に赴いた。（……）

「……さあ、進もう！　皇帝ご自身の指揮で活気が溢れだす……ほら！……あそこにおられる……皇帝陛下万歳《ヴィヴ・ランペリユール》！」

「皇帝陛下に栄光あれ！」ポーランド兵たちも、ナポレオンを一目見ようと隊列を崩して押し合いへしあいしながら、同じように熱狂的に叫んだ。ナポレオンは川を見渡し、馬を降りると、岸辺に転がっていた丸太に腰をおろした。無言で合図すると望遠鏡が手渡された。ナポレオンはその望遠鏡を、喜び勇んで駆けよって来た近習の背に乗せた。そして対岸をしげしげと見つめてから、丸太のあいだに広げた一枚の地図をじっくり調べた。ナポレオンは顔を上げないまま、何かを口にする。すると二人の副官がポーランド軽騎兵隊のほうに馬を飛ばした。

「なんだ？　皇帝は何をおっしゃったんだ？」ポーランド軽騎兵の隊列のあいだから、そんな声がしたとき、副官のうちの一人が近づいてきた。

浅瀬を探して渡河するように、という命令だった。ポーランド軽騎兵隊の隊長は年配の美男子だったが、興奮で顔を赤くし、どもりながら、浅瀬を探すのではなく部下とともに泳いで渡る許可をいただけないかと副官に訊ねた。馬に乗る許可を求める少年のように、拒まれはしないかと見るからに怯えながら、隊長は皇帝の眼前で川を泳いで渡らせてほしいと熱心に頼んだ。副官は、おそらく皇帝はそのような激しい情熱をお嫌いにはなるまいと答えた。

副官が答えるや否や、頬髯を生やした年配の隊長は、顔を輝かせ瞳をきらめかせながらサーベルを掲げ、「万歳《ヴィヴァ》！」と叫ぶと、ついて来いと部下に命じ、馬に拍車をくれて川へと突き進んだ。隊長は嫌がる馬を荒々しく蹴りつけて水中に飛びこみ、流れの速い深瀬に向かう。数百の軽騎兵があとに続く。川の中ほどは急流で冷たく、近づきがたかった。軽騎兵たちは馬から落ち、たがいの体にしがみつく。溺れ死ぬ馬もいたし、溺れ死ぬ者もいた。生き延びた者たちは必死に泳いで対岸に渡ろうとする。四分の一マイルほどのところに浅瀬があるのに、皇帝の目の前で泳いだり溺れたりすることを、軽騎兵たちは誇らしく思っていた。当の皇帝はと言えば、丸太に坐ったまま、軽騎兵たちのほうに目を向けてもいなかったのだが。

（……）救助の舟が出されたものの、四十人ほどの軽騎兵が溺れ死んだ。大半の兵は、出発したこちら側の岸に押し戻された。隊長は数名の配下とともに川を泳ぎきり、やっとのことで対岸に這いあがった。しかし、水が滴り体に張りついた軍服で陸に上がったとたん、彼らは一斉に「万歳《ヴィヴァ》！」と叫びながら、恍惚とした表情で、先刻までナポレオンが立っていたあたりを見つめた。ナポレオンはもはやそこにはいなかったものの、その瞬間、彼らは幸福を感じた。

夜になり、二つの指令——ロシアで流通させる偽札を急いで持って来るようにという命令と、フランス軍の配備に関する情報を含んだ手紙を持っていたザクセン兵を銃殺せよという命令——のあいだに、ナポレオンはもうひとつの指示を出した。まったく無意味に川に飛びこんだポーランドの軽騎兵隊長を、ナポレオンを長とする名誉軍団《レジオン・ドヌール》に加える、というものだった。

「神は、破滅させんとするものを《クオス・ヴルト・ペルデレ》——まず狂わせる《デメンタート》」

トルストイ『戦争と平和』第二巻、赤鉛筆の線が二本引かれたこの部分をドクター・クシャク、別名《些末大臣《ミニスター・オブ・インポンデラビリア》》が読んでいたとき、レディ・クーパーが訪ねて来た。

レディ・クーパーが会いに来たのは、もちろんミス・プレンティスのためだった。ヒマラヤスギの小箱はまだ返却されず、処在すらわかっていない。税関にあるのか、人民軍が持っているのか、どこかの法医学研究所か。ミス・プレンティスが誰に訊いても要領を得ない。

「ポーランドの人たちをご存じなんですよね、ヤドヴィガ。どうすればいいの、教えてください」

ミス・プレンティスは朝早くレディ・クーパーの部屋にやって来て、寝乱れたままのベッドに腰をおろしながら尋ねた。

レディ・クーパーはためらった。

「ええ、そうね、だけど……彼とはもう五十年くらい会ってないし……わたしにできるかしら……」彼女の中の何かが「いいえ、駄目よ」と警告してきたが、彼女はそれを抑えこんだ。レディ・クーパーは立ち上がり、ワードローブの鏡をしばらく見つめたあと口を開いた。「いいわ、昔の友情はまだ生きているはず。それに、あの人なら助けになってくれるでしょう……」

　実際、ドクター・クシャクは頼れる男だった。権力を行使するわけではない。そんなことはしない。確かに彼のことを〈灰色の背広の枢機卿《レミナンス・グリーズ》〉と呼ぶ人々もいるにはいる。彼は権力ばかりでなく、さまざまな反権力とも親しかった。彼が彼らを必要としていたのではなく、彼らのほうが彼を必要としていたのだ。彼らの完璧に計画された（あるいは計画に対抗して計画された）システムに、なんらかの人間的要因が非人間的な冷酷さで絡みついてしまった場合、彼らは彼に助けを求めた。彼自身について言えば、知り合いなら口を揃えて言うだろうが、強大な権力を求めるという滑稽な欲望とはいっさい無縁だった。〈灰色の背広の枢機卿《レミナンス・グリーズ》〉と呼ばれるのは、むしろ彼の存在を知る人がごく限られていたからだ。ドクター・ユゼフ・クシャクの名が新聞に載ることはなく、その顔をテレビで見ることもない。彼を知る人々の証言によれば、身長は七フィート（二メートル十センチ）を下らず、体重は二十ストーン（百二十キロ）、ただし脂肪はついておらず骨と肉ばかり、朗々たる声は、ささやこうが怒鳴ろうが、どんな広さの空間でも易々と響き渡るという。もちろん誇張が含まれているだろう。レディ・クーパーと親しかったのは、五十年ばかり前、彼が少年期から青年期にかけてのことで、その頃はのっぽで少し猫背、ときどき吃ったものの穏やかな口調の若者だった。しかしその後二人の人生は分かれてしまい、レディ・クーパーのほうはそんな昔のことを振り返りもしなかった。彼女が知っているのは、一九三七年十一月に彼が聖職につき、一九三八年十一月、彼と同じくらいのっぽの美少女と激しい恋に落ちて聖職を投げうち、そして——一九三九年十一月に——その少女が殺されたということだけだ。戦時中の彼の動静について、正確に知る者は誰もいなかった。噂では北極圏あたりで何かしていたらしい。そう、ツンドラ。戦争にも産業にも文学にも汚染されない、どこか遠いところ。

　彼の電話番号を探すのに手間取った（ワルシャワの電話帳には載っていないのだ）。ダイヤルを回すうちに、ためらいは消えていた。受話器の向こうから、温かく迎え入れるような声が聞こえてくるだろうという確信のようなものがあった。実際そのとおりだった。

「ジーザス、マリア、聖ヨセフ《ユゼフエ・シフイエンテイ》！」ドクター・クシャクは叫んだ。「ヤドヴィガ！　嬉しいじゃないか！　会いたいよ」わたしも会いたいわ、とレディ・クーパーは言った。「どこに泊まっているんだね？」彼女は教えた。「ふむ、今夜は空いてる？」彼は彼女の答えを待たず、「うちにおいで。車を回すよ。六時にロビーで待っていてくれ」住所を教えてくれれば歩いて行くけど、と彼女は言った。「いやいや、とんでもない！　運転手が迎えに行くから」

　運転手は六時きっかりにロビーにやって来た。灰色のネクタイ、灰色のシャツ、灰色のジャケット、灰色のズボン、灰色のスエード靴。瞳は黒く、ワレサ議長風の口髭も黒かったが、髪は灰色だった。帽子はかぶっていない。彼は黙って彼女を黒いセダンに乗せた。車内はあらゆる濃淡の灰色。運転手と車はピッタリの組み合わせだ。どちらも灰色と黒で、権威があり、静かだった。レディ・クーパーがこの荘重な共生関係に感嘆しているうちに、彼らを乗せた車は滑るように進んでいく。

　ワルシャワはすっかり様変わりしていたので、車がスピードを落として右折し、十九世紀に建てられた大邸宅の馬車出入口《ポルトコシエール》に入り、さらに中庭まで入っても、レディ・クーパーはそこがどこなのか確信が持てなかった。女性管理人の顔が、小屋の小窓ごしに覗いていた。「わたくしに御用のときは、管理人小屋におります」と運転手は言った。正確だが、ぎこちなく不自然な口ぶりだ。きっと、マダムか「あなた《パニ》」か同志か、彼女をどう呼ぶべきかわからなかったのだろう（ポーランド語でパニは女性への呼びかけ。男性の場合はパン）。それとも――そうでないと誰に言えるだろう？――いつもああいう話し方なのかもしれない。

運転手は彼女をエレベーターまで案内し、ボタンを押した。何階で止まったのか彼女にはわからなかった。エレベーターの扉が開くと、目の前には杖を手にした羊飼いの娘の彫像（それとも司教杖を持った若い司教か？）が、踊り場の壁龕《へきがん》に立っていた。運転手は左側の扉の呼び鈴を鳴らした。少し間をおいてブザーの音が響き、扉が自動的に開いた。運転手は回れ右して姿を消した。

「さあ、入った入った！」

レディ・クーパーは薄暗い長い廊下に足を踏み入れ、（ワルシャワ公国様式の）タペストリーが飾られた壁のあいだをゆっくりと歩いていった。

「こんばんは、ユゼフ」

「わが愛しのヤドヴィガ！　何年ぶりだろう！　何十年ぶりだろう！」

彼は書斎の入口に立ち、両腕を広げてレディ・クーパーを歓迎してくれた。彼女が近づくと、彼は身をかがめて彼女の両頬に口づけした。お返しの口づけはできなかった。そうするためには、彼女がジャンプをしなければならなかっただろう。

書斎の右側の隅には机、左の隅に近い扉の横にはラジオグラム（ラジオ付きレコードプレーヤー）、中央には二脚のウィーンチェアに挟まれて小さなチェステーブル、その向かいにはソファと二脚の安楽椅子が置いてあった。白塗りの壁には一枚の絵も飾られていない。あとで彼女も知ることになるように、絵はすべてもうひとつの部屋、すなわち寝室に飾ってあった。そこには、柱頭に真鍮の丸飾りがついた巨大な鉄製ベッドを取り巻くように全蔵書が床に積んであるのだ。

「街中で会ったら、おたがいのことに気づいたかねえ」彼は尋ねた。

「気づいたわよ、あなたの体形は伝説的だから」レディ・クーパーは答えた。

二人は腰をおろすと、時の流れを感じながら相手を眺めた。それから彼女はほとんどものの置かれていない机に目を留めた。やたらと広い机の上に、本が一冊ぽつんと伏せてあるだけだった。

「読書の邪魔をしちゃったみたいね」彼女は言った。

彼は立ち上がるとゆっくり机に歩みより、本を手に取った。そして開いたまま彼女に手渡した。開かれたページには赤鉛筆で線が引いてある。『戦争と平和』のロシア語原書だった。

「きっと君は憶えているだろう、親愛なるヤドヴィガ、わたしもかつては……いや、今でも、ロマンチックな人間だということを……しかしね……正直に言うと、今では、熱狂する若者たちが、勇敢とはいえ無謀なことをしでかすたびに、彼らの無意味な愚行に、心は躍りつつも理性は鬱《ふさ》ぎこんでしまう。そんなときにはこの本を開いて、このページを読みかえし、自分に言い聞かせるんだ。『目を覚ませ、ナポレオンは彼らがやっていることを見てもいないんだぞ！』とね」

「でも、現代の若者にとってのナポレオンなんているの？」レディ・クーパーが尋ねた。

「多すぎるくらいさ。西側に一人、東側に一人、南南西に一人、そのうえ、はるか上のほうにもう一人」と、彼は天井を指さす。

彼が上の階に住んでいる誰かを指しているのか、それとも天にまします神様を指しているのか――レディ・クーパーには判然としなかった。

「ひとつわからないのは……」彼は続けた。「熱狂していた昔の連中――皇帝の軍隊つまり軽騎兵に属していた連中は、領主や地主や有閑階級や紳士《ジェントリ》の息子たちだった。ところが熱狂している現代の若者たちは農民の子供たちで、都会に出て工場や会社で働き大学で学んでいる。なのに彼らのアドレナリンは、かつてと変わらず馬鹿馬鹿しいほど過剰な情熱を生みだしている。なぜだ？　なぜそんなことが起こる？」

彼は答えを待たなかった。彼女の手から『戦争と平和』を取り上げると、本を閉じてさっきと同じ場所、何も置かれていない机の中央に戻した。それからふたたび彼女と向き合うように安楽椅子に坐って口を開いた。「親愛なるヤドヴィガ、これから君に質問をする。いやなら答えなくていい。だが、もし答えてくれるなら「はい《イエス》」か「いいえ《ノー》」かで答えてくれ」

「あなた、なんだか怖い顔してるわ」彼女は言った。「それに秘密めかしてる」

彼はうなずいた。イエス、イエスというように、それからノー、ノーというように、そしてもう一度イエス、イエスというように。そして彼はまっすぐ彼女の目を見つめて言った。

「質問。君は外国のスパイか？　「はい《イエス》」か「いいえ《ノー》」か？」

「いいえ」レディ・クーパーは短く答えた。

彼は溜息をついた。

「思ったとおりだ」彼は言った。「しかし残念だよ」

「ええっ」彼女は叫んだ。「どうしてそんなこと言うのよ？」

彼女が驚いているのが、彼は腑に落ちず、なんとか理解しようとしているように見えた。

「簡単なことさ」彼は言った。「わからないかい？　われわれは、知的で誠実なスパイに来てもらって、わが国のありのままの姿を見てほしいんだ。われわれはひどく誤解された国民であり、ひどく誤解された国家だ。あちら側から送りこまれるスパイは底ぬけの阿呆ぞろいで、どうでもいいことをほじくり返すだけ。雇い主の期待に沿うものしか探さないし、雇い主が喜んで聞きたがることしか報告しない。われわれの最大の敵はスパイたちの無知なんだよ。連中は無知のスケールさえはなはだしく小さい。まだ知らないことが――わたしたちの頭上にある星空と内なる道徳律が――どれだけ大きいかすら知らないんだ」

彼は口をつぐんだ。身じろぎもせず坐ったまま、決め科白が相手の心に染みとおるのを待っているようだった。それからだしぬけに大声で笑い始めた。ズボンのポケットから大きな緑のハンカチを取り出して鼻をかみ、レディ・クーパーを見て、またもやげらげら笑った。「親愛なるカント翁をこんな文脈で引き合いに出すとは。とんだ無礼を働いてしまった！」彼は冗談めかして言った。それから、自分の発言をごまかしたいとでもいうように咳をし、笑いの発作を抑えるために深呼吸すると、ちょっと間をおいてから、体をかがめて軽くほほえみ、尋ねた。「さて、それで何が問題なんだね？　わたしが助けてあげられることかな？」

まったく不意打ちの質問だった。レディ・クーパーはここに来た目的を忘れてしまうくらい、彼のパフォーマンスに魅せられていたのだ。一秒の何分の一かのあいだ、彼女は嘘をつこうかと考えた。「大好きなユゼフ、何も問題なんてないわ。ただあなたにご挨拶したくて」と口にしそうになった。けれども、人が挨拶のためだけに自分を訪ねてくるなんて幻想を彼がまったく抱いていないのはあきらかだ。「ええ、残念ながら問題があるのよ」レディ・クーパーは、やけに長く感じられる沈黙のあと、やっと口を開いた。「あなたなら助けてくれると思って」

彼女は彼に、ミス・プレンティス（「その名前の綴りは？」と彼は訊いた）のことを打ち明けた。彼女は彼に、ミス・プレンティスの幼い息子イアンの死について打ち明けた。イアンは数学の天才児で、末はタルスキかウカシェヴィチかシェルピンスキかと目されていた。彼女は彼に、ミス・プレンティス（「〝ミス〟なんだね？」と彼は訊いた）が息子の遺体をポーランドに埋葬したがっているのだと打ち明けた。なぜなら息子の父親がポーランド人だからで、しかしミス・プレンティスが煩雑な手続きをこなしていくのは無理な話で――子供の遺体を抱えたままではいられないし、手続きは多い――それで遺体を火葬し、灰だけ持ってやってきた。ヒマラヤスギの小箱に入れて。なのにミス・プレンティスが到着するなり、税関の役人連中はそれを取りあげてしまった。今、彼女はホテルの部屋でただぼんやりと待っている。当局からのはっきりした答えは得られないままだ。

「で、父親の名前は？」彼は尋ねた。

「ピェンシチ将軍。子供が生まれる前に死んでる。彼女が妊娠していることさえ知らなかったはずよ」レディ・クーパーは言った。

ドクター・クシャクはポケットから取り出した紐の切れ端を弄《もてあそ》びながらレディ・クーパーの話を聞いていたが、ポケットに紐を戻すと、曲を奏でるように膝をトントンと叩きだした。

「音楽でもどうだい？」彼は立ちあがりながらそう訊いた。とはいえ、彼女の返事は必要なかったし、そもそも返事など期待していないようだ。彼はラジオグラムに向かって長身をかがめた。「ブランデンブルク協奏曲」と曲名を言ってからスイッチを入れた。「しばらく待っていてくれ」それから隣の部屋に通じるドアを開けると電灯をつけた。半分開いた扉ごしに、彼女が壁一面の絵画、床一杯の書物、中央の鉄製ベッド、そしてベッドの真ん中に置かれた電話を見たのは、このときだった。彼がドアを閉めて隣室に消えようとするとき――

「お手洗いをお借りできる？」レディ・クーパーは尋ねた。

「反対側の扉だよ」

＊

トイレはバスルームにあった。浴槽は通常の浴槽で、底の部分は長さ四フィート（約百二十センチ）を少し超えるくらいしかない。入浴のとき、彼は膝を抱えるか両脚を浴槽の外に突き出すしかないだろうし、いずれにせよあの巨体が入っていては浴槽に充分なお湯を張れまい。トイレも通常の人間サイズ。こんな子供のおもちゃじみた便座に彼の巨大な尻が乗っかっている姿を思い描くのは難しかった。一般人は、小人が日常生活で感じる不便さについては想像するくせに、巨人の日々の苦労は過小評価しがちである。巨人だというだけであまりに印象が強烈なせいだろう。しかし、巨人たちもやはり、われら平均的人間の世界においてはマイノリティなのだ。そう、われらが父なる神の家には、無数のマイノリティがおり、神は多くの色で彼らをお造りになった。昨晩、ホテルのロビーにいたとき、レディ・クーパーは片隅で話すカップルの会話を耳にした。男「**この国がいけないのは、僕たちがみんな似たりよったりだからだ。誰もが他の誰かに似ている。この国にはマイノリティがいない。ルター派も、ユダヤ人も、黒人も、火星人もいないから、不運の責任を押しつける相手がいないんだ。だからおたがいに非難しあってる**」これに対して、女「**ええ、あなたの言うとおりだわ、でも理由はちがうと思う**」女は小さなヴェールと羽根でできたポンポンのついた丸い黒帽子をかぶり、白い手袋をはめて、細長いシガレットホルダーで茶色の煙草を吸っていた。「**あなたの言うとおり、わたしたちにはマイノリティが必要よ**」女は女優めいた声で言った。「**でも、それはマイノリティが、マジョリティに偉人や芸術家や作家や科学者や優れた政治家を与えてくれることがあるからよ**」男「**馬鹿げてる**」それに対して女「**いいえ、馬鹿げてなんかいないわ**」そこで男「**へえ、それじゃあどんなマイノリティだよ**」女「**爵位を失った貴族。破産した富豪。キリスト教の洗礼を受けたユダヤ人。道を踏み外した聖職者。ルンペンプロレタリアート。赤毛。どもり屋。病弱な人……**」男「**僕はそういう連中をマイノリティとは呼ばないね**」女「**どうして？　じゃあ、あなたのマイノリティの定義を教えてよ**」――そのあとカップルは、マイノリティの定義を確定するという不毛な試みに突入してしまった。こういう議論は、定義できたと思うたびにさらに多くの疑問を招き、結局何ひとつ答えられないまま終わるのだ。だからレディ・クーパーは盗み聞きをやめた。そして今、このバスルームで、何がきっかけになって昨夜の会話を思い出したのか、彼女は忘れていた。蛇口をひねって手を洗う。洗面台の横には清潔な明るい黄色のタオルがタオルかけにぶら下がっていた。それを使う気にはなれなかった。彼女は見回してティッシュペーパーを探した。ないようだ。トイレットペーパーが一巻きあるだけ。長方形のシートのひとつひとつに、英語で**女王陛下の政府所有**と印字してある。面白い。ひどく奇妙だ。彼は一体どこでこれを手に入れたんだろう。イギリス大使から誕生日（命名日？）のプレゼントとしてもらったのだろうか？　そうじゃなければ何？　ふと見ると、洗面台の上の棚に、古風な折りたたみ式剃刀《カットスロート・レザー》と革製の剃刀《かみそり》砥ぎが置いてあった。彼女は懐かしい気持ちになった。ずっと昔、父親も同じタイプの剃刀を愛用していたからだ。父親？　そう、その頃はまだ、実の父じゃないとは知らなかったのだ。ちっとも。だけど薄々は……まあ、とにかく……彼女は父がそれを「わがオッカムの剃刀」と呼んでいたのを思い出した。

　諷刺とは研ぎすまされた鋭利な剃刀
　ひと触れで傷つける、感じられず見られず、こっそり

　この戯れ歌は、もちろん、オッカムのウィリアムが作ったものではない。「存在物を必要以上に増やしてはならない」という「オッカムの剃刀」の原則がレディ・メアリー・ウートリー・モンタギュ（一六八九—一七六二）のものではないように。けれどもこうして並べてみると、二つの警句は相反するものではない。

レディ・クーパーはバスルームを出ると、書斎を通って安楽椅子に戻った。ＬＰレコードはまだ回っていた。ゆっくりと。嘘かまことか、ナポレオンは十人の秘書に向かって十通の手紙を同時に口述していたという話を読んだことがある。また、ラッセルはエッセイを口述しながら電話で話せたという逸話も。それに比べて自分は、二つのことを同時にこなすのさえ無理だ――そう、音楽を聴くことと待つことすら同時にできないのだとレディ・クーパーは思った。そして流れているのがたとえブランデンブルク協奏曲であっても、今の彼女の優先事項は「待つこと」のほうだ。彼女は安楽椅子に坐ったままできるかぎりの伸びをして、天井を眺め、一匹の蠅が上下逆にそこを歩いているのを見つめた。蠅を見つめるのは待つことの妨げにはならなかった。音楽は邪魔になるのに。年のせいである種の高音が聞こえなくなっているのにレディ・クーパーが気づき、そのことを受け入れられるようになるまで長い時間、実に数か月を要したものだった。それまでのあいだ、高音は上音として低音の構成要素となっているので、彼女は演奏者の腕前やスピーカー――あるいはその双方――のせいにしていた。その歪みは自分の耳が原因だったというのに。いや、原因は耳なのか脳なのか？　脳なのか精神なのか？　蠅は天井から落ち、目にも止まらぬ素早さでアクロバットを演じたあと――驚くべき早技！でまたぞろ天井を歩いていた。ラジオグラムのレコードは朗々たるエンディングを奏でて止まった。すると閉じられたドアの向こうから、電話で話すドクター・クシャクのくぐもった声が聞こえてくる。しかし彼女には一語も理解できない。目を閉じて耳を澄まそうとしたが、そのときラジオグラムの全自動プレーヤーが次のレコードをターンテーブルに乗せ、またしても音楽の波が部屋を満たし、一瞬、「時間」がおかしなことになった。彼女が今見ている天井が、ついさっき見た天井なのか、これから見ようとしている天井なのか、わからなくなったのだ。過去の経験と未来の予想がたがいの鏡像《ミラー・イメージ》になり――記憶と予感が区別できなくなったかのようだ。彼女は怖くなった。どれくらいのあいだ、こんなふうに「時間」がおかしくなっていたのだろう？　変な疑問だこと。彼女は腕時計を見た。止まってる！　時計を耳に当ててみたが、いまいましい音楽のせいで何も聞こえない。ねじを巻き、振ってみる。そのとき不意に蝿が天井から飛び立ち、寝室のドアが開き、巨人が飛びこんできて、レコードプレーヤーを止め、部屋をずんずん横切ると、書き物机の前に腰をおろした。巨大な手には何枚かの紙片が握られている。机の抽斗《ひきだし》を開けるとその紙をしまい、抽斗を閉め、彼女を手招きして、机を挟んで向かい側の椅子に坐るよう促した。彼女は言うとおりにした。

「さて」ドクター・クシャクは言った。「いいニュースがある。しかし、はっきりさせておかなければならないこともある……」

「まず、いいニュースから聞かせて」とレディ・クーパー。

「いいだろう」彼は頷いた。「いいニュースは、当局はヒマラヤスギの小箱に入っている灰の分析を終え、それがまちがいなく人間の遺灰だと確認した、ということだ」

彼女は笑った。「それ以外、何が入っていると思ってたのかしら？　鳥の羽根？」

彼は笑わなかった。

「いや、羽根とはかぎらない」彼は答えた。「拳銃、爆弾、コロラド羽虫（害虫の一種）、悪臭弾。マリファナ、ヘロイン、コカイン、毒ガス。狂犬病のウイルス、黄色い花粉やカビ毒を含む蜜蜂の糞。金《きん》、銀、ダイヤモンド。盗聴器、身分証明書、ドル札。パンフレット、カセットテープ、詩——なんでもありうる……」

彼女は無意識に肩をすくめた。それでふと、かわいそうな小さなエマのことを思い出した。どうしようもない現実が降りかかってくるたびに、あの子は一日に何度も小さな肩をすくめるのだ。

「〝詩〟って言った？」

「ああ、言ったとも。詩は散文と同じくらい有害になりうるからね」口を挟まないで、というように大きな手を振り、同時に声の調子を変えて——彼女をとまどわせるような声音で尋ねた。「わたしがいきなり魔法で黒いプードルを出したら、君はなんて言う？」

「去れ、悪魔《アパジー・サタナス》めって言うわ」

「悪くないね」彼はうなずいた。それからさりげなく言った。「君はピフという娘を知ってるだろう？」机の抽斗を開けて中を覗き、抽斗を閉めて続けた。「ピフ、あるいはたぶんピフィン。変わった名前だ」

「もちろん知ってますよ」とレディ・クーパー。「夫の姪の娘だわ。その子の父親、つまり文豪でテレビ司会者だったバーナード・セント・オーステルを訪ねたとき、一度だけ会いました。そのときはまだほんの子供だったけど」

「今、彼女はインドのコミューンみたいなところに逃げこんでるんだってね？」

「インドにいるって話なら彼女の母親から聞いたけど。でも〝逃げこむ〟って言い方はしてなかったわ」

「その母親というのは、マヨルカ島で別の女性と暮らしてる？」

「ええ」

「で、彼女の兄は？」

「誰の兄？」

「ピフの兄だ」

「お兄さんについては何も知らないわ」

「そうか、それなら教えよう。兄は警察の一員になった」

「よくご存じなのね」レディ・クーパーは言った。

「当局がご存じなんだ」彼は訂正した。

「そんな些細な情報まで集めてるんじゃ、いくらお金があっても足りないでしょうね」

「まったくだ」彼はうなずいた。「しかし……ともかく、これらが現在判明している事実だ。さて、君はどう思う？　こんな夫婦から、つまり高名な文豪とレズビアンという夫婦から、一人は資本主義の法と秩序を守るのに尽くす者、もう一人は体制への反逆者という、まったく異なる子供が生まれるというのは、どういうことだろうね？」

「さあ、どうなのかしら。どんな組み合わせの夫婦からどんな組み合わせの子供が生まれても、別におかしくないんじゃないの？　子供が親に従順か反抗的か無関心か次第でしょ。この場合、どちらの子供もそれぞれちがう道筋で反抗したように見えるわ」

「兄は妹が、なんと言うか……雲隠れするのに手を貸したと思うかね？」

「わたしにわかるわけないでしょ？」

「そうだな」彼は言い、ふたたび抽斗を覗きこんだ。「君はマクファーソンという青年を知っているだろう？」

「ええ、会ったことはあるけど……気の毒な人。なんの理由もなく殺されて」

「理由もなく？」

「そうよ」

「本気でそう思ってる？」

「もちろん」

「それなら、なぜマクファーソン青年はあそこに行ったんだ？」

「どこに？」

「ほら、哲学の、というか論理学の大学講師の家にだよ。名前は忘れたが」

「ティム・チェスタトン＝ブラウン」

ドクター・クシャクはもう一度抽斗を覗きこむ。

「そうだ。車椅子の男」

「そのときはまだ車椅子じゃなかったわよ。マクファーソンさんが彼を訪ねたときには、まだ両脚があったはず」

「もちろんだ。しかし、なぜなんだ？」

「なぜって、何が？」

「なぜマクファーソン青年はチェスタトン＝ブラウンを訪ねたんだ？　なんの目的で？」

「簡単なことよ。文豪の瞳の色を訊きたかったの」

「ふざけているのか？」

「まさか」

「それは何かの暗号？　パスワードとか？」

「とんでもない。本当にそれだけの質問よ。マクファーソンさんは文豪についての博士論文を書いていて、文学上の論争を解決するために文豪の瞳の色を知る必要があったの」

「そして、海岸沿いに建つ、海に面したヴィラ……なんて名前だったかはどうでもいい、そのヴィラで、ああいうことが起こったというのか？　しかも近所には二軒の別のヴィラがあった。左に大使のヴィラ、右には元帥のヴィラ。まちがいないかね？」

「確か、そうだった。右とか左とかいうのが、南を向いたときのことならね」

「それでだ」彼は続けた。「爆発した黒いプードルは誤った指示を受けたか、あるいは何かの匂いで気をそらされたのであり、本来の標的は他の二つのヴィラのどちらかだった、という噂というか仮説があるらしい。まちがいないかね？」

「ええ、そんな感じの噂はあったわね」

「さて、問題はそこだ。どちらだったのか？」

「どちらって、何が？」

「どちらのヴィラが標的だったのか。左のほうか、右のほうか」

「ユゼフってば、わたしが知るわけないでしょ？」

「もちろん、君は知るわけがない」彼はうなずいた。「でも、事件が起きてから一年も経つというのにイギリスの警察はだんまりを決めこんでいる。なぜだ？」

「わたしに訊いてどうするの。きっと警察も知らないんでしょ」

ドクター・クシャクはほほえんだ。彼女が次第にこの「会話」に苛立ってきているのがわかったからだ。最初こそ面白そうで、喜んで乗ってみたけれど……まったく、もううんざり。でも、わたしはミス・プレンティスのためにここに来たんじゃないの？　ミス・プレンティスはこんな会話、一言隻句たりとも理解しないだろう。別の世界に住んでいるミス・プレンティス。自分だけの世界に。レディ・クーパーは溜息をもらした。そしてドクター・クシャクはそれに気づいた。前かがみになって、上機嫌で楽しそうに話を続けた。「ローマ滞在中、君は枢機卿を訪ねただろう、あのなんとかいう、発音できない名前の……」

「ペレトゥーオ」ウムラウトのついた母音をしっかり発音しながら彼女は答えた。

「そうそう。それから枢機卿の友人であるズッパ公爵夫人と、彼女の友人ドクター・ゴールドフィンガーにも出会ったはずだ」

「会いましたとも」とレディ・クーパー。「それがどうかして？」

「もちろん君は、ズッパ公爵夫人がピェンシチ将軍の非嫡出子だということを知っていただろう？」

「いいえ」彼女はかぶりを振った。「正確に言うと、彼女と顔を合わせたときにはまだ知らなかったわ」

「しかし、今は知っている?」

「もちろん」

「そして、彼女には、やはり将軍の胤《たね》で、アフリカのどこかで独裁者を気どっている半分黒人の異母弟がいるというのも知っているね?」

「ええ」

「よろしい」彼はうなずいた。「それでは不慮の事故で亡くなった不幸なマクファーソン青年に戻ろう。君は彼のガールフレンドに会っただろう?」

「ええ」

「彼女は妊娠していたんだよね」

「そうよ」

「そして気の毒な青年が死んだとき、中絶するつもりだった?」

「そういう噂は聞いたけど」

「しかし青年の母親ミセス・マクファーソンは中絶しないでほしいと懇願し、その子を引き取ると約束した。そして実際に引き取った。その子は……」彼は抽斗を覗きこみ、「……女の子。問題は、青年の父親であるマクファーソン氏のほうは、息子がその子の父親ではないと思っているということだ。さて、君の意見は?」

「ねえ、ユゼフ」彼女は言った。「秘密警察のゴシップ担当部門が優秀なのはよくわかった。だけどそんなこと、ミス・プレンティスや一握の灰が入ったヒマラヤスギの箱に関係あるの? 関連のないいろんな出来事や、無関係の事実や、あちこちに散らばっている人々についての情報を山ほどあつめたところで、なんの意味があるというの？　隠れた関係だろうとあからさまな関係だろうと、全部をつなぎ合わせることなんてできないのに」

「いや、それができるんだ」彼は言った。

「嘘」と彼女。

「本当さ」と彼。

「これだけバラバラな事柄をつなぐ何かがあるっていうの？　決定的な何かが？」

「そうだ」

「へえ、それは何？　その謎めいた〝何か〟って」

「〝何か〟じゃなくて〝誰か〟だ」

「人なの？」

「そのとおり」

「その正体を教えてもらえるの？」

「ああ」

「そう、じゃあ誰よ？」

「君さ」

レディ・クーパーは笑った。笑って、笑って、笑いが止まらなくなった。すでに頭の中で結論が出ていたことを考え直さなければならない状況に直面すると、人はつい笑ってしまうものだ。それが危険な状況でなければ。それが危険だった場合、恐怖に締めつけられて笑いは押しとどめられてしまう。しかしレディ・クーパーは相手の言葉に危険を感じなかった。だから彼女は笑ったのである。

「冗談はよして」彼女は言った。

「いや、本気だよ」と彼は答えた。

「ああそう、じゃあ教えて、どうしてそんなこと考えたの？　わたしが全員をつなぐ環になる女だとか、謎めいた共通項だとか何だとか……」

「君が全員を知っているからさ」

期待外れもいいところだ。彼女は溜息をついた。この溜息は、あくびに似ていなくもなかった。

「あのねえユゼフ」彼女は言った。「わたしは何百人という人と知り合いなのよ。わたしの友人もいるし、夫の友人もいる。老若男女さまざま。だからといって、その人たちがお互いにつながってるわけじゃない。たぶん、お互いの名前すら聞いたことがないでしょう。わたしはあなたのことだって知ってる。だからって、あなたがこの一連の出来事に関わってるってことにはならないわよね」

「わたしが関わっていないなんて、どうして君に言えるのかね？」彼は訊き返した。あまりに楽しそうな口ぶりなので、レディ・クーパーはまじまじと彼を見つめてしまった――彼女はまったく何も言えなかったのだ。「ほら、わかっただろう」彼は続けた。「君にはわたしが無関係だと断言できない。同じように、当局も君が無関係だという確信が持てないわけだ」

彼女は爪が手のひらに食いこんで痛くなるほど右手を固く握りしめた。そして手を開くと、その上に坐った。

「わかったわ」彼女は言った。「それじゃあ……わたしなりに推測してみましょう。わたしはあなたにミス・プレンティスと彼女の窮状についてお話ししました。あなたはご親切に手助けしてくれようとした。そして必要な電話をかけた。その結果、当局は記録を調べ、いくつかの無関係な、謎めいた噂話の断片を見つけたんでしょう。おそらく当局はわたしを呼びだして尋問したいんでしょう。でもあなたはわたしにそんな思いをさせたくない。だから質問役を買って出た。それで今みたいに、できるだけ穏当なやり方で話をしてくれた。それについてはお礼を言うわ。だけどあなたが何に関心を持っていようと、とりあえずミス・プレンティスが無関係だってことは納得したはずよ。政治的にも何も、彼女にはこれっぽっちも後ろ暗いところはありません。だから遺灰の入った小さな箱をすぐに返してあげて。そうすれば、わたしたちは心から感謝します」彼女は彼が超然とした無表情でいるのに気づいて腹を立てた、といっても彼に対してではなく、ただ単なる怒り、自己完結した純粋な怒りでいっぱいになったのだ。「ねえユゼフ」癇癪をおこすまいとしながら彼女は続けた。「今、わたしたちは心から感謝するって言ったけど、全然そうじゃない。こう言うべきだった。『わたしは心から感謝する』って。だって、ミス・プレンティスが感謝するかどうかなんて、わたしにはわかりませんからね。むしろ彼女にしてみれば、なんで感謝なんてしなきゃならないのか解せないでしょう。彼女は裏表のない人。自分の計画に何も問題はないと思っていて、だから今回の騒ぎで自分に落ち度はないし、感謝する筋合いなんかないと考えているはずよ」彼の顔は相変わらず――何を考えているのか読みとれない。「実を言えばね」レディ・クーパーは続けた。「本当のところ、彼女自身も――信じられないでしょうけれど――彼女自身も、あの灰の山にはちっとも執着なんてないのよ。わかる？　イングランドではね、人は火葬にしたものだろうとそうでなかろうと、死体を大げさに扱ったりしないの。性的に暴行を受けた死体と、新聞を喜ばすために掘り返した死体以外はね。新聞は殺人を掘り起こすのが大好きだから。ともかく、そうじゃなければ、死体は黒いロールスロイスに乗せられて、制限速度で運ばれるだけ。そういうのがイングランドの流儀で、だからミス・プレンティスは、別に病的な趣味でこんなことをするんじゃない。すべては彼のため――将軍のためなの。きっと将軍はそう望むだろうと考えたのよ。息子の遺灰を、母国の土に返してほしいだろうってね。逆に、将軍の同国人であるあなたのほうこそ彼女に感謝すべきじゃないの」ここで彼女は、口がすぎて相手の反感を買ってしまったかもと思った。それで彼と目を合わせずに締めくくった。「でも、ミス・プレンティスは素敵な人ですからね。とても礼儀正しいし、作法も立派ですから、あなたもきっとメロメロになるわよ。だからもちろん『本当にありがとうございます』とか『ご親切に、いろいろ面倒を引きうけて下さって』とか言うでしょうね。それしか言わないでしょう。彼女は別の世界の住人で、なんにも理解していないんですから。だけどわたしにはあなたの尽力がわかるし、心から感謝します」

彼は立ち上がった。彼女はあらためて、背が高く巨大な人だと思った。

「安楽椅子に戻ろう」彼は言った。「そのほうがくつろげるからね」

ひょっとしたら机にテープレコーダーを隠しているのか、それとも逆に安楽椅子にマイクでも仕込まれているのか、そんなことをふと考えて、レディ・クーパーは自分がやけに疑りぶかい人間のような気すらしてきたのだが、でもまあ、そんなの結局どうでもいいじゃない？　二人は机から離れた。彼は長椅子というかソファ（彼はカナパと呼んでいた）に坐ったものの、たった一人でそこからはみ出しそうだ。彼女のほうは――安楽椅子に坐った。

「心配なのは」ドクター・クシャクは穏やかで深みのある、大型テディベア声で切り出した。「心配なのはね」と繰り返して、「君がまだ状況を理解していないっていうことだよ、親愛なるヤドヴィガ」彼は何をすべきか思い出すヒントを探すように、思案顔であたりを見回した。そろそろ喉が渇き腹も減ってきていた彼女としては、彼がふと気づいて「そうだ、一杯やろうか？」とでも言ってくれないかしらと思ったけれど、そうはならない。ドクター・クシャクはポケットから小箱を取り出し、ピンク色の小さな錠剤をひとつ取り出した。ここで初めて、この頑丈な巨体が医療の助けを必要としていることが判明したわけだ。おかげで相手が少しだけ人間らしく見えた。水なしで薬を飲みこんでから、彼は言った。「ムシチシチシェフスキという名前に聞き覚えは（ムシチチ「復讐するの意」を連想させる滑稽な姓）？」

「いいえ、ちっとも」とレディ・クーパー。「誰なの？」

「非常に愛国的な紳士だ。おっと、まず教えてくれ。遺灰を返してもらったら、ミス・プレンティスはそれをどうするつもりかな？」

「さあ。教えてくれないのよ。もしかすると、教会の壁に小箱を埋めこんでくれって司祭に頼むつもりかもしれない」

「亡くなった息子さんはローマ・カトリック教会で受洗していたのかね？」

「可能性はあるけど、たぶんちがう。ミス・プレンティスの兄は英国国教会の聖職者なのよ。ローマ教会と折り合いがいいとは言えないし、そもそも信仰だって怪しいものだわ」

「そうか、じゃあだめだ。教会は、火葬された洗礼も受けていない遺灰の処分場にされるのを喜ばないだろう。たとえ君の友人が百万長者だとしてもね。彼女は金持ちじゃないんだろう、それとも金持ちかい？」

「ユゼフってば、人民共和国《ポーランド》にだって、無神論者として死ぬ人はいるはずよ。そういう人たちはどうしてるの？」

「墓地がある」彼は言った。

「そう、じゃあミス・プレンティスが一区画買うっていうのはどう？　一フィート四方もあれば足りるでしょう」

「手続きがね、手続きが……」

「あ、墓場に灰を撒くだけでいいかもしれない」

「いや、他人の墓の上に灰を撒くには、その人たちの許可を得ないと。だいたい、そんな目的で真夜中に墓地に忍びこむなんてとんでもない」

「あら、別に真夜中じゃなくてかまわないのよ。昼間にやったっていいでしょ？」

「いい質問だ」ドクター・クシャクはここでまたズボンのポケットから紐の切れ端を取り出し、ロザリオをまさぐるように弄びはじめた。「もちろん君は、将軍の未亡人を知ってるだろうね？」ややあって、彼はもの思いに耽るように問いかけた。

「イエスともノーとも言えるわね」とレディ・クーパー。「将軍が生きていたころ、一、二回会ってるはず。将軍が死んでからは一度も顔を見ていないわ」

「でも、未亡人が将軍の莫大な財産——なんだったかな？——サッカーくじで稼いだ金だかをすべて相続したのは知っているだろう」

「ええ」彼女はうなずいた。「全財産をね。例外は白いメルセデスだけ、未亡人はありがたくも、その車だけはミス・プレンティスに遺贈することに同意してくださったのよ」こう言いながら、レディ・クーパーは彼がまったく見当はずれの方向に向かっていることに気づいた。「ねえユゼフ」彼女は言った。「未亡人の情人《アマン》ドクター・ブジェスキは、ミス・プレンティスが将軍の息子を教育するための資金を援助していたわ。そのことを未亡人が知っているのかどうか。ひょっとすると、彼女もそれほど悪い人じゃなかったのかもしれない。すべて承知のうえで、見て見ぬふりをするほうが賢明だと思ったのかもしれない。だけど、ひとつだけ確かなのは、ミス・プレンティスは将軍が父親だという認知を求めなかったということ。イアンが死んだ今になって認知してほしがっているだなんてお思いなら、とんだ見込みちがいだわ。イアンが生きているあいだだって、彼女はそんなこと思いつきもしなかったくらいなのよ」

ドクター・クシャクは紐の切れ端に最後の一ひねりを加えて、ズボンのポケットに戻した。「さっき言ったとおり、君は状況を理解していないんだ」彼は言った。「例えば、ミセス・ピェンシチつまり将軍の未亡人が莫大な金を、ドルを、ポンドを、スイス・フランを、さきほど名前を挙げた愛国的な紳士ムシチシチシェフスキ氏に寄付したということを君は知らない。なぜ？　なんのために？　答えを当ててみるかい、それとも説明してあげようか？」

「説明して」とレディ・クーパー。

「いいとも、ヤドヴィガ、教えてあげよう。表向きの理由は、記念碑の建設のためだ。さて、誰の記念碑かわかるかね？」

「いいえ」

「やれやれ……」推理力の欠如を咎めるような調子で彼は言った。「よろしい。では何が作られるのか説明してあげよう。白馬に乗ったピェンシチ将軍のブロンズ像だよ。はっきり取り決められているんだ、白馬とね。ブロンズでどうやって白馬を表現するつもりなのか――見当もつかないよ。ま、それは実はどうでもいい。なにしろ現実にはそんな像は作れないんだから。馬を作れる彫刻家なんて誰も残っていない。将軍――これは作れる。だが馬――こいつは無理だ。将軍は、社会主義リアリズムでいけるから大丈夫。けれども将軍の乗る馬となると、新古典主義様式で作らないことにはさまにならない。現代では、誰も新古典主義の馬の像なんて作れないんだ。キュビスムの馬なら――作れる。新古典主義の馬――こいつは無理だ。そういう馬を作れるのはトルヴァルセンで最後だ。ほら、新古典主義の馬に乗った半裸のポニャトフスキ大公の像を作った彫刻家だよ。しかしトルヴァルセンは百年以上も前に鬼籍に入っているし、おまけにデンマーク人だ」

レディ・クーパーはそれ以上黙っていられなかった。「いい加減にしてよ」彼女は叫んだ。「白馬に乗ったピェンシチ将軍!?　信じられないわ。嘘でしょ？　あなた、チャーリー・チャップリン用に映画のシナリオでも書いてるんじゃないの？」

「チャーリー・チャップリンは死んでいる」

「そりゃそうだけど、あまりにも……」

「まだ話の途中なんだ……」

「そりゃそうだけど、あまりにも……」

「君の言いたいことはわかってるよ、ヤドヴィガ、でも君のほうはわたしが何を言おうとしているか知らないだろう？　だからともかく聞いてくれ。さて、先ほど言ったとおり、愛国者ムシチシチシェフスキ氏は騎馬像を建立しようとした。いいじゃないか、何が問題なんだ？　……しかし、われわれの国の愛国的な紳士はムシチシチシェフスキ氏だけじゃない。紳士だろうとなかろうと、他にもたくさんの愛国者がいるわけだ。そういう人々が、ムシチシチシェフスキ氏の計画に難色を示す。ピェンシチ将軍？　誰だ、そいつは？　聞いたことないぞ！　反対派は調査を始め、将軍の両親が労働者階級でも農民でもないことを発見する。それどころか恵まれた家柄で、田舎の、ほら、紳士の家系だった。正確な意味では貴族ではないし、真の貴族とも言えない。なぜなら真の貴族とは天性の貴族、すなわち労働者階級の出身者のことだからだ。ピェンシチ将軍の先祖は労働者階級ではない。それだけでも最悪なのに、さらにひどいことに将軍の二人いる祖母のうちの一人はフランク主義者（ユダヤ教の異端派）で、フランク主義者というのは多かれ少なかれ受洗したユダヤ人にほかならず、だから君にも想像できるだろうが、これは最悪なんてもんじゃない、最悪も最悪、ムシチシチシェフスキ氏本人さえ気まずくなるような展開だ。そう、これが今の状況なんだ。さすがに飲みこめただろう？　想像してごらん、こんな微妙な緊張状態のまんなかに、突然、素っ頓狂なミス・プレンティスが、将軍の私生児の遺灰を持って現れたら……」

「ミス・プレンティスはユダヤ人じゃないわ」レディ・クーパーはさえぎった。

「やれやれ！　君はまだ要点がわかっていないらしい……」

「いいわ、ユゼフ。きっとわかってないんでしょうね。一番わからないのは、そもそもなんで記念碑を作ろうとしてるのかってこと。将軍はポーランドに埋葬されてもいないのよ。墓がないから記念碑を作ろうって、シェイクスピアでもあるまいし。将軍とは知り合いだった。あなたが思っているより、ずっと将軍のことには詳しいのよ。感じのいい紳士でした。でも、わたしの印象では、勝利の英雄っていうタイプじゃなかった。むしろ逆ね、悲劇的な敗北のせいで、生涯残る傷を受けた人だって気がする」

「だからこそだよ、ヤドヴィガ。わが国の記念碑はおしなべて悲劇的な敗北と英雄的な自己犠牲を顕彰するために建てられるんだ。われわれはまさにそういうものを愛する。われわれは心浮き立つ勝利を記念したりはしない——ひょっとするとそれは、ちょうど三百年前、ウィーンを征服していたトルコ人をヤン・ソビエスキが追い払ってヨーロッパのキリスト教世界を救い、一方で自分の国を破滅させて以来、われわれがそんな快勝を経験していないせいかもしれない」

「大げさに言ってるんでしょ？」とレディ・クーパー。

「いや、大げさじゃない」彼は言った。

「へえ、それじゃあピウスツキはどうなの？　一九二〇年、栗毛の牝馬を駆ってキエフまで東征したでしょ？」

「あっさりヴィスワ川の国境まで戻ったがね」

「だけどその後、もう一回敵を東まで押し返したじゃない。そこが結局、カーゾン線（イギリスの外相カーゾン卿が定めたポーランド東側の国境）になったのよ」

「そのとおり」彼は同意した。「しかし、われわれはあれを勝利とは呼んでいない。奇跡と呼んでいる。〝ヴィスワの奇跡〟とね！　スウェーデン人を撃退したのも同じだ。あれは自力の勝利だと考えられていない。聖母の勝利、チェンストホヴァの黒い聖母の勝利と呼ばれている。そう、これも奇跡さ！　われわれは奇跡なしには生きていけない。愛国的な奇跡なしにはね」

彼は苦々しい口調になっていた。この奇妙な〝些末大臣〟を理解し、本心を知るのは難しいとレディ・クーパーは考えた。「おかしな話ね」ややあって、口を開き、「実際、不思議でしょうがないわ。将軍の祖母がユダヤ人だと知って、あなたの言葉を借りれば〝気まずくなる〟ような愛国者たちが、一方で、別のユダヤ人女性を熱烈に崇拝しているなんてね」。

彼は怪訝な顔をして彼女を見た。

「別のユダヤ人女性？」

「聖なるマリア、つまりポーランド王家を守る女王である聖母さまのことよ」

彼の拳が固く握られた。それ自身の意思を持っているように。彼とは無関係に。

「なあ」彼は言った。「そんなことを公の場で言おうものなら、君は吊るし上げられるよ」

「そうね」とレディ・クーパー。「そんな目に遭いたくありません。本当よ。わたしの望みはただ、ミス・プレンティスに灰を返してあげて、ってこと」

「それなら、余計なことを言わないようにと彼女に伝えなさい」

「わかった」

「誰にも、何も言わないことだ」

「わかったわ。だけど、なんでそんなに秘密めかすの？」

「まだ飲みこめないのか？　必要な情報は与えた。チェス盤の上に乗っている駒は全部見せたよ。なのに理解できない？　想像力ってものがないのかい？　ムシチシチシェフスキ氏の立場になってごらん。君が彼だったら、将軍の未亡人から受け取った資金のいくらかを節約して取っておこうと思うだろう？　私的に流用するためじゃない。大義のためだ。騎馬像は新古典主義や社会主義リアリズムのブロンズや大理石で作るのではなく、構成主義風のセメント製で行きましょうと、未亡人を説得したくなるんじゃないか？　鉄筋コンクリートさ。はるかに現代的だし、はるかに安上がりだ。さて、このときムシチシチシェフスキ氏が、ミス・プレンティスと遺灰のことを知ったとする。胎内回帰を果たしたヒマラヤスギの小箱をセメント像の中に塗りこめるなんて、いいアイデアだろう？　いや、いっそ哀れな少年の聖なる灰をセメントに混ぜこむか！　ありがたや、ありがたや、ハレルヤ！　アメリカのテレビ局がこの神聖なる混入作業を撮影しに訪れ、ＢＢＣのスタッフが偉大なる亡命者ピェンシチ将軍の記念碑の除幕式をスクープするためにやってくる。ムシチシチシェフスキ氏のような愛国者たちにとって絶大な宣伝になるし、ネタ枯れどきの西側諸国の新聞には絶好のニュースの種になる！　ほら、やつらがやって来た！　編集長に解き放たれたジャーナリストの群れが嗅ぎまわり、〝報道の自由〟向けに長く忘れられていたごちそうを掘り起こす。おぞましい話ならなお好ましい。さあ俺たちに教えてくれ、十四年ほど前、将軍はテムズ川べりの人気のない場所で一発だけ弾をこめた銃を撃ち、心臓発作で倒れた、彼は何をしてたんだ？――相手のチンピラたちは誰だ？　ただのフーリガン連中？　警察は再捜査すべきじゃないか？　十四年なんてそんなに昔じゃない、将軍の私生児だって十三歳になっていたはずだ、去年死んでいなければ……。でも、どうしてそんなに幼くして死んだんだ？　原因は？　主治医は誰？　ドクター・ブジェスキ？　将軍の未亡人の愛人じゃないか。まさか！　そんな⁉　なんて偶然だ。利発な男の子だったんだろう？　数学の神童。オックスフォードに――あの年で‼――入学を許可されてたんだ。なんとまあ。それがマヨルカの浅瀬に入っていって、それっきり。情報源は誰？　へえ！　それで、その子が生きているのを最後に見たのは？　車椅子の男？　なんで車椅子に？　足をなくした？　どうして？　大使のヴィラと元帥のヴィラのあいだでうろうろしていた黒いプードルが、ちょうど真ん中で止まったせい？　大使って誰？　元帥って？　そりゃ興味深い！　ねえミス／ミセス／ミスター何某、詳しく教えてもらえませんか、その黒いプードルっていうのは、レディ・ヴィクトリア（それともデイム・ヴィクトリアだったか）の行きつけの八百屋（それとも薬屋だったか）がいなくなったと報告しているプードルのことですか？　孫娘がインドの導師《グル》のところにトンズラしたっていう？　母親（導師の母親じゃなくて孫娘の母親）がレズビアンで、今は亡き文豪の女秘書とその同じマヨルカの村で同棲していて、そこはちょうど数学の天才少年が溺れたところで、同じ村に――うひょー！　なんて偶然！――滞在中の男が某枢機卿の伝記を執筆中で、その枢機卿の親友ズッパ公爵夫人もやはりピェンシチ将軍の落とし胤、しかも――におうぞ、におうぞ――彼女の別の友人ドクター・ゴールドフィンガー、彼は破綻したスペインのアンブロシアノ銀行に口座を持っていたんじゃないか？　なんだって？　ほんの五十万リラ？　五十万ドルと書いたっていいだろう！　バチカンIOR銀行、P2（イタリアの秘密結社）の支部、マフィアなんかを見出しにぶちこめ。強調こそ腕の見せどころ、そうじゃないか？　さて紳士淑女のみなさんお耳を拝借、ズッパ公爵夫人にはもう一人腹ちがいの弟、肌ちがいで腹ちがいの弟、将軍がアフリカでこしらえた私生児がいるんじゃないか？　現地じゃちょっとしたナポレオン気どり、東西両陣営から武器を買いつけ、口に金ピカの歯を、愛車ロールスロイスに金ピカの灰皿を備えつけた男が？　よし、シナリオライターを呼んでこい、ムシチシチシェフスキ氏のセメントが少年の遺灰を混ぜ合わせたように、事実と想像力を混ぜ合わせるセンスを持ったシナリオライターを連れて来るんだ、ああそれからもうひとつ忘れずに入れるんだぞ、文豪の瞳の色を知りたがって、そのせいで死ぬはめになった若者と妊娠した彼のガールフレンド、ただしお腹の子の父親は実は気ちがい帽子屋《マッド・ハッター》で、そいつはプロレタリアがサーディンをサーディン缶に詰めている工場を見学しにポルトガルに向かったわけだが、はたしてその正体は、KGBのスパイかCIAのスパイか他の惑星からやって来た単なる訪問者か」

「ブラボー！　びっくりするようなシナリオね」とレディ・クーパー。

「面白いと思うのかね」彼は尋ねた。

「ええ、とっても。あなたは面白くないの？」

「ちっとも」

「もしかして本気なの？」

「もちろん本気だとも」

「ミス・プレンティスがおとなしくしていないと、そんなことが現実に起きると思っているわけ?」

「ああ」

「だから、あなたの政府は秘密厳守を求めてるの?」

「いいかい」彼は言った。「わたしの政府じゃない。わたしは閣僚じゃないんだ。わたしの政府じゃなくて、わたしの国の政府だ。こんなとき、われわれの言葉の統語法が実に巧みにできていることがわかるだろう。〝わたしの国〟というのが、わたしが帰属している国を指すのか、わたしに帰属している国を指すのかを曖昧にしておくことによって、現代の二大哲学のどちらにも与せずにいられるんだからね」彼は息継ぎのために一拍置いた。話を再開したときは、穏やかなささやき声になっていた。姿を見ずに声だけ聞いたら、こんな巨体から発せられたとは誰も思わないだろう。「政府は……」彼は口をつぐんだ。「政府は」また途中で止めた彼が、三度目に同じ言葉を繰りかえしたとき、その声音にこめられた意味をレディ・クーパーははっきりと理解できなかった。「政府は、君の友人ミス・プレンティスのささやかで儚《はかな》い空想のような些末《インポンデラビリア》なことにかまっている暇はないんだ。頭を悩ますような巨大な問題をいくつも抱えているからね。昨日は、いかなる手段を用いれば、諸大国の軍隊に、新兵器や最新の戦術を試す実験場として、わが国ではなく別の国を選ばせることができるかを考えた。今日は西側の銀行に対する二百八十億ドルの借金をどうやって返済するのかを議論した。これがリアルな問題なんだよ、ヤドヴィガ。愛国者ムシチシチシェフスキ氏のような輩《やから》は、こういう世俗的な問題にわざわざ頭をひねったりしない。神や神の起こす奇跡に頼るんだ。そして結局は失望することになる。だってね、そう、神は戦場でなら奇跡を起こせる、一九二〇年にヴィスワ川で奇跡を起こし、一六五五年にはヤスナ・グラ修道院で奇跡を起こしたようにね、しかしたとえ神が全能だろうと、〝**我らは神を信じる**〟と書かれた、一ドルの価値を持つ緑色の紙幣を一枚だって作り出すことはできないんだ。ああ、神にはできない。そういう奇跡は起こせないんだ。なぜかって？　アメリカのドル紙幣には通し番号がついているからね。神は番号のついた紙幣を刷り増すことができない。不可能だ。なぜって、合衆国政府がすでに発行した番号と同じ番号のついた紙幣を作れば贋札になるし、架空の番号のついた紙幣を作ればインチキになるからだ。だいいち、神は贋金づくりや詐欺師じゃないだろう、ちがうかね？　かくして神は二進《にっち》も三進《さっち》もいかなくなる。神は絶望する。聖母は嘆願する、神の子イエスも懇願する、われわれローマ・カトリック教会を信奉する共産主義者たちの国が、ルター派の西側の銀行に負っている借金を返すのを助けてほしいと。それでも神には何もできない。ビッグ・バンなら起こせる、アダムなら創れる。イヴだって創れる。神は物理世界に関することならなんだってできる。けれども数字については奇跡を起こせない。もちろん、神は金属のドル硬貨を創ることならできるだろう。楽勝さ！　硬貨には通し番号はついていないからね。硬貨なら神は創れる。できたてのピカピカをね。しかし……『おお、わたしよ！』ギザギザの稲妻が光る中、神は叫ぶ――『二八〇〇〇〇〇〇〇〇枚の一ドル銀貨は、それぞれが二六・七三〇グラムであるからして、合計で七四八四四〇〇〇〇〇〇グラム、つまり七四八四四〇〇〇キログラム、つまりエッフェル塔七十四個分の重さの銀であり、それをわたしの住む蒼天からワルシャワの財務省に秒速二十五キロメートルで落としたら、周囲のすべてのものが熱で溶け、大気圏の上層まで埃が舞いあがり、クレーターを穿ち、そこからマグマが噴出するであろう!』」

しゃべっているうちに興が乗ってきたドクター・クシャクは、猫がクリームパンからチョコレートクリームを舐めとるように唇を舐めた。それからさらに続けた。「もしムシチシチシェフスキ氏が神に向かって、もっとゆっくりと奇跡を起こしては、と提案したとすれば……例えば神が一秒あたり一ドル銀貨一枚ずつ降らせたら、わたしたちの国の借金を完済するのに八八七年三一九日一時間四十六分四十秒かかる、そのあいだに加算されていく利息を考えに入れないとしてもだ。そのことをムシチシチシェフスキ氏は理解しているのだろうか?」

「は!」レディ・クーパーは声に出した。それからもう一回、「は!」と口にしたものの、それで自分が何を表現したかったのかはわかっていない。

「笑いごとじゃないんだよ、親愛なるヤドヴィガ。わたしは君に、われわれの支配者層が抱えこんでいる問題の規模を、数学的にわかりやすく表現してあげたんだ。ミス・プレンティスや彼女の灰なんかにかかずらっている暇が政府にあると思うかね? まさか。おとなしくしているようにとミス・プレンティスを説得してほしいと頼むのは、政府のためじゃない。君のためだ」

「わたしのため?」レディ・クーパーは大声をあげた。「何を馬鹿げたこと言ってるの!」

「馬鹿げてなんかいない。なあ、わたしは君を知っている。ずいぶん長いあいだ会っていなかったが、それでも知ってるんだ。君はあることないこと告白して、一ページ四千ポンドで〈ニュース・オブ・ザ・ワールド〉紙に売りつけるような人じゃない。とんでもない、正反対だ。お人よしで、質問にはタダで気軽に答えてしまう。君は訊問され、監視され、誘拐され、暗殺され、ブラックフライアーズ橋から吊るされるだろう……」

「ユゼフってば」彼女は言った。「気でも狂ったの？」

彼の目は彼女の目をまっすぐに見つめた。まるで、話したことの意味を変えたいというかのように。「取り消したい」ではなく、「変えたい」のだ。詩の一行のリズムによって言葉が意味を変えるみたいに。それからふいに、彼の目がやわらいだ。ほほえみによってやわらいだのだ。「人がどんなときに作り話をするか、知っているかい？」

「どんなときなの？」

「作り話をするのは」彼は言った。「真実を伝えるために嘘をつかなければならないとき」

「そういうことだったの……」とは言ったものの、ちゃんと理解したのかどうか自信がなかった。

「それで……」

「つまり」彼は言った。「わたしの話を信じてくれとは言わない。とりあえず今はこの話を受け入れてほしい、ということだ。いいかい？」

「いいわ」

「よかった」彼は言った。「じゃあ、ひとつ質問だ。ミス・プレンティスはどういう秘教的な儀礼や式典を望んでいる？」

「別に何も」

「象徴的な行為もなし？　大地に口づけするとか……？」

「彼女はそういう人じゃないの。万が一彼女が地面に口づけしたいと思うとしたら、空港の滑走路にじゃなくて、植木鉢の土にするわ」

「それはいいね」彼は言った。

「だから心配しないで。ミス・プレンティスはいたって現実的な人です。彼女にとって箱の中の灰はモノだから、あくまでモノとして、ピェンシチ将軍の母国の――こういう言い方をしていいのなら――生態系に戻したい、ということ」

彼はうなずいて賛成の意を示した。

短い沈黙。

それから、自信に満ちたほほえみを浮かべながら尋ねた。「息子さんの灰を、景色のいい森のどこかに上空から撒くというのはどうだろう。ミス・プレンティスは気に入ってくれるかな?」

「ええ、きっと」

「しかしね、女性の気持ちというのは読めないから」

「彼女に訊いてみます」

「頼むよ。それを確認して、それから報道関係者には近づかないよう彼女に忠告しておいてもらえるだろうか。もし彼女が同意しなければ、真夜中になるまえに電話をくれ。同意するなら電話は不要。連絡がない場合は、同意したとみなして、明日、君たち二人をホテルに迎えに行く。時間は約束できない。まだいろいろ手配しなくちゃいけないからね。わたしが迎えに行ったらすぐに出られるように支度しておいてくれ」

ドクター・クシャクは立ちあがった。

レディ・クーパーも立ちあがった。

二人はホールに通じるドアの近くに立っていた。

「ユゼフ……」

「なんだい？」

「あなたはもっとスケールの大きな仕事ができる才能の持ち主のはず。どうしてこんなふうにちっぽけでつまらない問題ばかり引き受けているの？」

こう尋ねたとき、彼はすでに巨大な手を彼女にかけて、お別れのキスをしようとしているところだった。質問を受けて、彼は手をズボンのポケットに引っこめた。さっきもてあそんでいた紐の切れ端に、また触れているのだろうか？

「ＯＫ」彼は言った（英語で「オー、カー」と発音した）。「君にはわたしの本当の動機――〝信念〟と呼んでもいい――を教えてもいいだろう」彼はドアの枠にもたれかかった。頭は戸口の上辺に触れていた。「オーカー」彼は繰り返した。「いいかい。まず、わたしが引き受けないタイプの依頼を教えよう。例えば、消防士が親指を火傷したと泣きついて来ても、わたしは追い返す。『めそめそするな。自分がどんな仕事に就いたかわかっているはずだ。火事に遭わないという条件で消防隊に入ったわけじゃないだろ？』それから、秩序の名のもとに〝くそ《シット》〟という単語を検閲で削られたと詩人が愚痴っても同じことを言って追い払うし、自由の名のもとにレンガで頭を殴られたという軍人、芝居小屋で諷刺されるのが不愉快だという大臣、闘争的だという理由で訴追されることになった反体制派なんかも同じこと。それがある程度の年齢の人間なら、わたしはさらにこう付け加える。『君が権力を握っていたころ、他人に同じことをしただろう？』若い相手にはこう言う。『いつか権力を握ったら、君だって他人に同じことをしたいだろう？』……」

彼は文を途中で止めるように口をつぐんだ。

「君は同意してくれるかな」彼は尋ねた。「われわれが〝倫理的なふるまい〟と呼ぶような行為は、ときとして道徳よりも趣味の良さに関わっている、ということに」

「ええ、もちろん」

「一部の人々はそういう趣味の良さを身につけている。おそらく、本来は大部分の人間に生まれつき備わっているものなんだろう。それが、考えたり感じたりしすぎて、いつしか失われてしまうんだ」彼はふたたび口をつぐんだ。「ちょっと説教くさいかな」

「ちっとも。話を続けて。今、あなたが引き受けないタイプの依頼を教えてくれたわね。じゃあ、どんな依頼なら引き受けるの？」

彼は躊躇した。どんな言葉を使えば誤解されないだろうか判断しかねているようだった。

「普通じゃない事態が普通の人々に影響する場合だよ」彼はやっと口を開いた。「普通の人々」彼は繰り返す。「あるシステムのために戦ったわけでも祈ったわけでも投票したわけでもないのに、そのシステムの歯車に捕らえられてしまった普通の男女のことだ。滑稽な言い草かね？」

滑稽に聞こえるとしたら、それは――と彼女は考える――この超巨大な象のような男が、笑われはしないかと怯えるように、静かな声でおずおずと話しているせいだ。彼は言葉を切って彼女の答えを待っている。

「ちっともおかしくないわ。続けてちょうだい」

「わかった」彼は話を再開する。「さて、あらゆるシステムには三つの要素が組み込まれている――聖職者、軍人、雇い主。システムが完全に完全な場合、こんなことが起こりうる――ある男が、聖職者や軍人にOKと言われたからではなく、自分がOKだと納得しているからOKだという状況だとして、そこで雇い主が支払いを拒否するかもしれない。つまり男はシステムの機械じかけに搦めとられてしまったわけだ」

「で、あなたはその男を助けようとする……」

「イエスでありノーだ！」彼は強く否定した。「そんな簡単な話じゃないんだ。わたしは人道的活動をするわけじゃない。慈善じゃないんだ。カルカッタのマザー・テレサじゃないんだ！」こう言いながら、彼は自分の性質の中のまったく異なる側面をあらわにしてしまったことに気づいていた。そうなって嬉しいのか、それともやはり隠しておきたかったのか？　内面で燃えているものを冷ますように、彼は大きく息を吸うと、ほほえんでみせた――それがおおらかな微笑なのか皮肉な微笑なのか、判然としなかったけれど。「いいかね」彼は静かに続けた。「完全なシステムはけっして完全ではありえない。完全であるためには、システムは不完全でなければならない。ちょっとした腐敗、ちょっとした賄賂、ちょっとした偽善、ちょっとした贔屓、ちょっとした脅迫は、むしろ有益なんだ。そういったもののおかげで、完全なシステムにちょっとした不完全さが加わり、そうして開いた小さな窓から新しい変化が飛びこんできて、きれいに整いすぎた庭に種を植えつける。それがなければ、運よく開いた小さな不完全さの窓がなければ、完璧に計画されたシステムは硬直してしまう。そして硬直したものはすべて、最後には大混乱に陥ってしまう。小さな窓がなければ、たった一つのささいな事実が、組み立てられた巨大な理論を崩壊させてしまうことだってある。計算上は無視できるような極小のもの、つまりごく些末《インポンデラビリア》なできごとが、聖職者や軍人や雇い主が池に投げこんだ小石が——無意味なほど小さな小さなさざ波を立て、それが一人の小さな一般人の心には大きな波を立てるのだが——全システムに想定外の倍音、増加した振動、重なり合う反響をもたらし、そこから大混乱がなだれこんでくる」

「だからあなたにこういうことをさせるのね！」とレディ・クーパー。

「誰が？　誰が何をさせるって？」

「お偉方よ」

「何をさせるんだ？」

「些末《インポンデラビリア》なものの救出作業。当局がそういうことをさせるのは、あなたの言うとおり、あなたがカルカッタのマザー・テレサのような聖人だからじゃない。そういう仕事をさせるのは、あなたがシステムの罠にかかった一般人のためじゃなく、システムのために働いているからなんだわ」

「マザー・テレサだって同じだよ」と彼は言った。「彼女は彼女のシステムを守るためにやっているんだ。だからといって、彼女の慈善活動の価値が下がるわけじゃない」少し考えてから、彼はゆっくりと話を続けた。「われわれはみな、最も完璧なシステムの美しい設計図と、実際には矛盾に満ちた世界——〝大きく、雑多なものを含む〟（ホイットマン「僕自身の歌」への言及）この世界とのあいだで捕らえられているようなものだ」

話しながら、二人は両壁に古風なタペストリーの飾られた薄暗い廊下に出てきていた。弱々しい年老いた女と、温和な年老いた巨人。

「ユゼフ……」彼女は言った。「大昔のことだけど……もう何十年も前のこと……思い出せないわ……わたしたち、実際にベッドでセックスしたことあったかしら、どう？」

彼の顔が赤くなった。

彼女はほほえんだ。「心配しないで。ご覧のとおり、わたしも覚えてないのよ」急いで続けた。「もうひとつ質問していい？」

「なんだい……？」

「あなたはこれだけの権力をどうやって手に入れたの？」

「権力なんてないさ」何も持っていませんよ、と示すように、彼は手のひらを上向けて両腕を広げてみせた。

「そう、じゃあ言い方を変えるわ――権力を持っている人たちに対して、大きな影響力を持っているのはどうして？」

彼はくっくっと笑った。

「教えてあげよう」彼は言った。「わたしが馬鹿みたいに大きいからだよ。笑わないで。本当にそうなんだ。わたしが近づくと衛兵は敬礼する。わたしが上司の部屋にずんずん進んでいっても秘書嬢は止めようとしない。デスクに坐った重要人物の目の前に立てば、彼は立ちあがり、椅子を勧める。そうすればわたしを見上げないですむからね。それに、けっして『出て行け！』とは言わない。もしわたしが抵抗したら、部下を集団で呼ばなければ手も足も出ないし、そんなことになれば自分がばかげて見えるということがわかっているからだ。ん？　どうして笑ってるんだい？」

「あなたの大きな体は、電話で話すとき、とても静かに話すとしても、やっぱり効果的よね、って思っただけ」

彼は大声で笑った。その笑いだけで返事のかわりになっているかのようだった。彼の左手はドアの取っ手に伸びていた。右手は彼女の手を取った。慎重に。彼の手に包まれると、彼女の手はまるで子供の手のようだ。彼は体をかがめてその手に口づけた。

「真夜中までに連絡がなければ、明日中にきみたちを迎えに行くよ」彼は言った。

「わかった」

「ところで」彼女のためにドアを開けながら、彼は尋ねた。「ミス・プレンティスなんだが……きれいな人かね？」

「そうね」レディ・クーパーは言った。「とってもきれいな人よ」

「よろしい！」そう言ってから、説明が必要だとでも思ったのか、こう付け加えた。「彼女が美しくなかったとしても、もちろん、やることはまったく同じだ。ただね、世の中には、美しいご婦人を手助けすると気分がいいという人間もいるんだよ。例えばヘリコプターのパイロットのような連中だね。彼らは人道主義者としてふるまうより、ロマンチックな騎士を演じるほうが好きなんだ。共産主義者のヘリコプターのパイロットであっても同じなのさ」

十二　公理は不滅ではない

こういう経緯で、あくる日、レディ・クーパーは木々の梢から数百フィート上空で、ミス・プレンティスを左に、ユゼフ――〝些末大臣《ミニスター・オブ・インポンデラビリア》〟――を右に坐らせ、ヒマラヤスギの小箱（いまは空っぽ）を膝に乗せていたわけだ。静かだった。彼女たちを空に浮かべているヘリコプターの羽根は、不快な爆音を轟かせていたけれど。

「さあ任務完了、帰ろうか」ユゼフが声を張りあげた。

パイロットはミス・プレンティスを見て意思を確かめた。

彼女はうなずいた。

森の木々の緑の梢が、海のように波打って広がった。天と地のあいだで轟音を響かせるこのヘリコプターの中では、気ちがい帽子屋《マッド・ハッター》が異星からの訪問者で、気の毒なマクファーソン青年の恋人を妊娠させたあげく、プロレタリアが働くサーディンの缶詰工場を見学しにポルトガルへ行ってしまった——などと考えるのも難しくない。いや、とても簡単だ。だけどユゼフはどうやってそんなことを知ったんだろう？　レディ・クーパーは不思議に思った。ユゼフの配下に、馬鹿げたゴシップのあれこれを逐一報告したのは誰なの？　ユゼフの話に出てこなかった人かしら？　誰が出てこなかった？　ヴェロニカ、フランスの婦人、それともカサノヴァ大尉……？

「大丈夫かい？」ユゼフが尋ねた。

「ええ、ぜんぜん平気よ」とレディ・クーパー。「どうかした？」

「いや、別に」彼は言った。「もうすぐ着陸だ」

女王蜂と新しい巣を作る旅の途中だった大量の蜜蜂を虐殺しながら、ヘリコプターは森の中に開けた草地にふわりと着地した。そこから数十ヤード離れたところにユゼフの黒いセダンが停めてある。三人がヘリコプターから降りるとき、パイロットのミレク氏は、口の開いたコカ・コーラの缶を四つ、手品のようにどこからともなく取り出した。

「どうもありがとう」ミス・プレンティスは言った。

彼女はコカ・コーラのお礼を言っているのか？　ミレク氏はそうは思わなかった。

「お礼を言うのはこちらです、マダム」彼は言い、恭しくその手に口づけた。「あなたのお役に立てるという大いなる特権を与えてくださったのですから。今日という特別な日の思い出は僕の胸の奥底に深く刻みつけられ、二度と忘れることはないでしょう、マダム」そしてカチッと踵を合わせて敬礼した。

レディ・クーパーはパイロットをかたわらに呼び、イングランドに帰国後、ミス・プレンティスはあなたにプレゼントを贈るつもりだと伝えた。何かお望みのものは？　「ええ、あります」と迷うことなく答えが返ってきた。「本です。パートリッジの『スラング辞典』。自分用じゃなくって」彼は説明する。「妹のためなんです」それから訂正した。「いや、正直に言うと、恋人のためなんです。彼女は言語学を学んでいます。大学で。英語学です。専門は十七世紀」

「ミス・プレンティスは願いを聞いてくれるでしょう」とレディ・クーパーは答えた。「本が着くには何週間もかかると思うけど」

「まったく問題ありません」彼は言い、コカ・コーラをぐびりと飲んでから、小声でつけ加えた。「自分が墓掘り人の役目を務めるとは思ってもいませんでした。だって、今やったことはまさにそれでしょう？　それにしてもきれいな人ですね。だけどあの灰、あれって本当にあの人の息子さんなんですか？　なんだか赤ん坊を亡くした母親らしくないんですよね、そうじゃありませんか？　それに……どうしてここまで秘密にするんです？　ひょっとするとあの灰は、偉大な亡命愛国者の遺灰だったりしませんか？　シコルスキ将軍の灰とか？　ちがう？　じゃあアンデルスとか？　それもちがう？　もしかして作家の遺灰ですか？　ゴンブローヴィチとか？　ちがう？　本当にあの人の息子さんの灰なんですか？　いくつだったんです？　十二歳？　そんな大きな子供がいるようには見えませんね。すこぶるつきのいい女だ。こんなこと言って、お気に障ったら申し訳ありません。スタイル。英語。長い脚。いいケツ。こんなこと言って、お気に障ったら申し訳ありません。素敵なオッパイ。その、あの人はドクター・クシャクのナオンですか？　僕だったら、彼女をベッドに縛りつけて離しませんね。こんなこと言って、お気に障ったら申し訳ありません。悪気はないんです。ええと、本題に戻って。お目にかかれて光栄でした、マダム」彼は彼女の手に口づけしてヘリコプターに戻った。

三人が車に乗りこみ、ユゼフはハンドルを握り（今回の遠出にはお抱え運転手を使わなかったのだ）、ミス・プレンティスは助手席、レディ・クーパーは後部座席に坐って、まさに出発しようとしたとき、パイロットのミレク氏が走り寄ってきた。ヒマラヤスギの小箱を両手に抱えている。

「棺をお忘れですよ」彼は言った。

レディ・クーパーは横の座席にそれを置いた。

＊

彼らは窓を全開にして車を走らせた。緑の草地と木々、ブナやカバやときおりオークが田舎道の両側に続いて百年前と変わらぬであろう風景を見せ、さわやかな空気も百年前と変わらぬさわやかさだった。ゆっくりためらいがちに進んでいくうちに、並木は片側がヒナゲシのまじった麦畑、片側がハシバミの木立へと変わり、やがて車は大きな道路に合流して、首都まで同じペースで走っていく。

行きと同じ道を走っていたが、すべてがちがって見えた。左に見えたものが右に、車の後ろに置き去りにして見えなくなった風景が今度はこちらに迫ってくる。

「ホテルのレストランでのディナーにあなたを招待したいの」レディ・クーパーは言った。

「なんだって？」ユゼフは訊き返した。

彼女はもう一度、声を大きくして繰りかえした。

「そうしましょう」とミス・プレンティス。

レディ・クーパーはバックミラーごしのユゼフの表情を見ることができなかったが、彼のつぶやきは、どうやら色よい返事ではないらしい。旅行客や外国の使節や自由主義経済のビジネスマンや闇市場の商人や裏稼業の人間だけが入れるような高級な店でフルコースのディナーを食べているところを見られたくない、ということのようだ。走る車の単調なエンジン音と窓の外の風は、子守唄のようで、だだだんだん眠くなりりり……どうやらレディ・クーパーはうとうとし、夢の中ならではの奇妙な考えに取りつかれていたらしい。まどろみながら見た幻想を振り払うように、こんなことを叫んだからだ。「ねえユゼフ、来世紀にはきっと、失業者たちの独裁が始まるわよ!」

彼女が何か口走ったことだけはユゼフの耳に届いたが、中身まではわからなかった。彼は車のスピードを落として提案した。「うちに来ないか。大したものはないが、わたしがスパゲッティか何かを作ろう」

「そうしましょう」とミス・プレンティス。

＊

ユゼフの部屋に着くと、彼らは三人そろってキッチンに行き、食べられそうなものを探した。冷蔵庫には、キャビア（二十五グラム）の入った丸い箱、ウオツカの小瓶（百グラム）だけ、他のものは何ひとつない。冷蔵庫の上の壁に打ちつけられた釘からクラコフスカと呼ばれる十二インチのソーセージがぶら下がっている。コンロにかけた深鍋の中には、黄色がかった膜の張った、冷めたミルク。戸棚には半切れの黒パンと少しばかりの塩、コショウ、砂糖、西洋ワサビ、ロシア紅茶の小さな缶、そしてゴシック文字で「KAFFE」と印字された大きな缶。中身は空だ。上の棚には、〈ワルシャワ生活〉の一ページに包まれた、スパゲッティの乾麺の長い束が三つ。ユゼフはその三つの長い束を巨大な手でつかむと、気まずそうに口元をゆがめた。「わたしが作ろうか？」

「お願いします」とミス・プレンティス。

「ユゼフ」レディ・クーパーは言った。「外でワインか何か買ってくるわ……」

彼は反対した。店は閉まっているだろうし、開いていたとしても買えるものなど置いていない。だけどわたしはイギリス・ポンドをいくらか持っているし、外国の通貨ならなんでも売ってくれるような店だってあるのよ、知ってるでしょ？　だめだ。それでも賛成できない。「でもユゼフ」レディ・クーパーは食い下がる。「こんな食事をする機会、めったにないんだから。お使いに行かせてちょうだい」

「行かせてあげたら」とミス・プレンティス。

ミス・プレンティスの口ぶりはレディ・クーパーの癪に障った。けれども、おかげでユゼフはかなり態度を軟化させた。

「そういう店はここから遠いよ」ユゼフは注意した。

「車を借りていい？」レディ・クーパーは尋ねてから、すぐに、こんなことを言うのは無礼だったと感じた。

「アダムチク君がいるかどうか確かめてみよう」彼はそう言ってキッチンを出た。

アダムチク氏は彼のお抱え運転手だった。管理人室に通じる内線が廊下にあることを、レディ・クーパーはそのとき初めて知った。

＊

アダムチク氏は階段の下、エレベーターの脇で待っていた。どこに彼女を連れていけばいいのかをすでに承知していた。街は暗かった。車もほとんど走っていない。どの店にもほとんど品物がないように見えた。ユゼフはどうやってあの巨体に必要なだけの食料を手に入れているのかしら？　レディ・クーパーはいぶかった。労働者には、質の良し悪しはあるだろうけれど、ともかく専用の食堂がある。作家、建築家、俳優といった人々にはクラブがあって、ディナーをとることができる。だけどユゼフはどこで食事を？　この単純で些細な疑問が彼女を悩ませた。彼女は運転手に話しかけた。曖昧な言い方ながら、運転手のほうでその気になれば彼女の疑問を解決してくれるように仕向けてみたのだ。けれども運転手の寡黙さはびくともしない。

彼女はその疑問以上に、自分自身に悩まされていた。自分の感情に。どうにも落ち着かないのだ。それがなんなのかはっきりしないし、落ち着かなさの正体もわからずにいたけれど、そのとき――突然――自分の唇が〝特権階級〟という言葉をつぶやくのを聞いた。ハンドバッグにポンド紙幣を詰めこんでいるわたしは、紛れもなく〝特権階級〟なのだ。そのことが気に食わなかった。ロンドンでなら、たとえエンバンクメント地区の路上で眠るホームレスの人々を見たとしても、良心に恥じることなくフォートナム・アンド・メイソンに買い物に行けるのに――彼女は不思議に思った――ここワルシャワで、華やかに灯りがともる外国通貨専門のいかがわしい店に入るのは、どうして後ろめたいのだろう。特権階級であることは、ある国ではOK、別の国ではOKじゃないとか？考えても納得のいく答えが出ないので、レディ・クーパーは肩をすくめた。肩をすくめるたびに、決まって小さなエマのことを思い出すのは奇妙だ――マヨルカ島のホテルのレストランでひとり大きなテーブルに腰かけ、小さな肩をすくめて、自分用のオードブルを注文している小さなエマ。OK、大丈夫、OK、いつかアトラスが肩をすくめて、わたしたち人類みんなの愚劣さも終わりになるだろう（アトラスはギリシア神話の巨神。空を肩に担いで支えている）。大丈夫、大丈夫、特権があろうとなかろうと、後ろめたかろうとそうでなかろうと、彼女は結局店に入り、シャンパンのボトルを買い、コーヒー豆の大きなパックを二袋買い、中味はわからないながらもドイツ語やフランス語やイタリア語のラベルがついた缶詰や箱詰めの食料を一ダース買い、イギリス・ポンドで支払った。カウンターにいた女性は、それを苦労して万能のアメリカ・ドルに換算しようと努めた。車に戻るとレディ・クーパーは助手席に坐り、出発するとき運転手の膝にコーヒー豆の包みをひとつポンと置いた。「これ、お飲みになる？」

曇り空の真ん中に大きな黒雲が浮かんでいるのを想像してほしい。その黒雲の真ん中に少しだけ、いくらか雲の薄い部分、しかし穴とは言えないような箇所があると考えてみてほしい。見上げてみると、その雲の薄くなったところを太陽が通過して、その雲の中心が明るみ、周囲の黒雲をわずかに照らすものの、それはほんの一瞬だけ、なぜなら太陽は西、雲は東に動いているせいで、すぐに黒い雲だけの状態に戻ってしまうからだが、それでも一瞬のかすかな光の記憶は、見る者のまぶたの裏に残る。運転手の表情に起こったのはまさにそれだった。輝いたのだ。ほんの一瞬。それからほほえんだ。ほんの刹那。レディ・クーパーはかえって気まずくなった。金でほほえみを買いとったのだ。たった二ポンドのコーヒーで。

「お心遣いに感謝します」運転手は言ったが、包みに触れようとはしなかった。彼らはしばらく口をきかずに車を走らせた。それから運転手はグローブボックスを開け、包みをしまうと、こう言った。「あなたのプレジェントを頂戴することにしました」それからだしぬけに、この黒い雲は堰を切ったようにべらべらとまくしたてた。「くそっ、あいつら西側のくそったれ売女《ばいた》はこっちをなんだと思ってるんですか？　なんにも知らない子供だとでも？　それに、わたしたちに教えを垂れるなんて何様のつもりなんですかね。あいつらが生存競争式消費社会のＣＭで何を学んでるか知りませんが、こっちのほうが人生についてずっと詳しいんです。十八番のくそったれな制裁措置なんかやって、あいつらになんの得があるっていうんです？　ポーランドの子供たちの結核が増えるくらいでしょ？　聖なるクリスマスの贈り物としてロリポップ・キャンデーを送ってやれば、東側の腹ペコの子供たちは政府を転覆するとでも思ってるのか？　くそったれ売女に教わらなかったんですかね、肥った男が痩せるまでのあいだに、痩せた男はくたばっちまうってことを？　買った機械もスペアの部品がなきゃ使えないし、そうなったらどうやって国の借金を返していけばいいんだ？　いいかげんなことをしゃべってるわけじゃありませんよ。兄がヴウォツワヴェクに住んでるんですがね。そこにはくそったれドルで二億かけて建てた工場があるんですがね、やつらは、工場を動かすのに必要な一千万ドル相当の機械をよこそうとはしない。おかげで、ポーランド以上にやつらが嫌っている相手にわたしたちが依存するはめになってるのがわからないんでしょうか？　だけど気にするもんですか。やつらは、シカゴとかいうやつらの町で愛国的な歌を歌ってる太っちょポーランド人たちの票のためなら、わたしたちを裏切るんだ。教えてあげますよレディ・クーパー、あなたは今レディ・クーパーって呼ばれてるんでしょう？　わたしだって子供じゃない、今の状況をどう考えているかお話ししますよ。軍服を脱いでジュネーヴに行ったピウスツキ元帥が、帰国したときなんて言ったか知っていますか？　こう言ったんだ、『なんだって？　国際連盟？　そんなもの所詮、言葉、言葉、言葉だけ。やつらを黙らせて、国際軍の指揮権をわたしによこせばいい。そうすればヨーロッパを平和にしてやるよ』。もちろんジョークのつもりですよ、決まってます。最悪のジョークだ。でも、ポーランドは今まさにこのジョークを実感させられてるんじゃないですか？　最悪のNATOミサイルがいくつも、わが国にまっすぐ向けられてるんだ。最悪のクソ核ミサイルがね。あのくそったれな西側の売女連中は、自分たちのクソが清潔なんだ、自分たちのクソはにおわないんだと思ってるんですよ、おっと下品なことを言って申し訳ありません。連中は、ヨーロッパの四十年近い平和はそのクソのおかげだなんて言ってます。とんだデタラメだ。どうしてまだ第三次世界大戦が起こらないのか、本当の理由を知っていますか？　教えてあげましょう。くそったれドイツを分割したおかげですよ。それから、フランスが学んだからですよ――国際連盟とかいうたわごとやマジノ線ではドイツ人を止めることはできない。ドイツ人に理解できるのは商売の話だけ。だからやつらは、フランス人は宣言したわけです、『万国の資本主義者よ、団結せよ！』。それでヨーロッパ共通市場ができました。これが第三次世界大戦が起きない本当の理由。共通市場のおかげ。ドイツ人に対してやったのと同じことを、ロシア野郎相手にもできたはずじゃないですか。ミサイルじゃなくて商売を使うってことが。でも連中はやらないんだな。なぜやらないか？　教えてあげますよ。ビビッてるんです。何にビビッてるかって？　ロシア野郎の報復攻撃？　くだらない。第一次世界大戦を始めたのはロシア皇帝《ツァーリ》じゃなくてドイツ皇帝《カイザー》だったでしょ。第二次世界大戦を始めたのはスターリンじゃなくてヒトラーだったでしょ。それじゃ西側のくそったれ売女の私生児どもは何をビビッてるのか？　教えてあげましょう。信念ってのが怖いんですよ。ロシア野郎ってのは、とにかく信念だけは堅いですからね。ロシア人は、歴史の流れが自分たちの味方だって信じてます。それに、ええ、歴史が味方につくように手を貸したいとも思っている。なぜなら、ロシア人のほうも恐れてるからです。ロシア人が恐れているのは、ナポレオンみたいなのがまたモスクワにやってくること、ピウスツキみたいなのがまたキエフにやってくること、ヒトラーみたいなのがまたスターリングラードにやってくることなんだ。そんなわけで、両陣営に、ポーランドの右にも左にも、馬鹿げたクソ核兵器が配備されてるってわけです。核爆弾さえ落とせば、信念をもって戦争ができると言わんばかりだ！　いいかげんなことをしゃべってるわけじゃありませんよ、レディ・クーパー。わたしは終戦時にベルリンでロシア兵といっしょだったんです。ヒトラーの隠れ家も見ました。十七歳のときです。たいした経験でしたよ、実際。それから、やつらの国アメリカにも行ったことがあります。リムジンの運転手をやりました。防弾ガラス装備のやつ。世界中を見てきたんです。世界を照らす光として、百年前にフランス人がアメリカの連中に贈った自由の女神像も見ました。いやはやレディ・クーパー、そのころは純情でね、その自由の貴婦人の土台に刻まれた文句を一生懸命覚えたりしたもんです。

「古き国々よ、せいぜいあなたがたの語られた《ストーリード》壮麗さを大事に抱えこんでいなさい」彼女は石の唇を閉じたまま叫ぶ。「そのかわり、疲れきってあわれに群れ集う、あなたがたの民をわたしによこしなさい。彼らは自由に呼吸したいと願っているのですから」（自由の女神像の台座に刻まれた、エマ・ラザラスの詩「新たな巨像」）

英語の発音が悪いのはご勘弁を。アメリカには長くは滞在しなかった。追い出されたんです。それ以来、英語を聞く機会もあまりなくてね。〝ストーリード〟って単語の意味もわからない。あなたがたのいう〝ストーリード〟な壮麗さ。それって、連中の都市にある摩天楼みたいなたくさんの階《ストーリーズ》のことですか、それとも上流階級・下層階級みたいな社会階層《ストーリーズ》のことですか、それとも歴史《ヒストリー》を意味するストーリーのことですか？」

「さあ、わたしにもちょっと」とレディ・クーパー。

「まあ、とにかく」運転手は続ける。「状況は変わった、そうでしょう？　今やその自由おばさんが、わたしたちの群れ集う民を相手にナパーム弾や火炎放射器を使ってます。火炎放射器と制裁措置をね。自由の女神様はお忘れなんですよ、他国民の信念を改めさせたければ、彼らの銃に弾をこめてやるんじゃなくて、小麦とミシンを貸してやるしかないんだってことをね」

運転手は猫を避けようと大きくハンドルを切った。猫は両目が緑色で、ヘッドライトを反射して光っていた。猫が動かなかったのは、恐怖で固まっていたせいか、強い光線に幻惑されたか、それとも口にくわえたネズミを落としやしないかと心配だったのか。ともかくハンドルを切ったにもかかわらず、はねてしまった。猫には九つの命があるというが、今のは九番目の命ではなかったらしい。レディ・クーパーが後ろを見ると、猫は足を引きずりながら歩道に向かっていた。ネズミは見えなかった。

＊

彼女はボタンを押したのだが、まちがえたボタンだったのか、エレベーターはまちがった階で止まってしまった。エレベーターホールの隅、ドアの近くにある曲げ木細工の椅子に男が一人坐っていた。煙草をふかしている。

「なんの用？」男は尋ねてきた。

「中に入りたいんですけど」とレディ・クーパー。

「駄目だ」と男。

「どうして？」レディ・クーパーは訊く。

「俺が駄目だと言うからだ」男は言った。

「あのね」レディ・クーパーは言った。「ドクター・クシャクに用があるの。彼は待っているはずよ」

「あんたの顔には見覚えがある」男は言った。

「そうでしょうね」とレディ・クーパー。「前にも来ましたから」

「なんのために？」

「言ったでしょう。ドクター・クシャクに用があるの」

「ここにはドクター・クシャクなんていない」男は言った。

男が坐っている椅子の足元の床に、おまるのような形をした容器が置いてある。中には煙草の吸殻が半分ほど詰まっていた。そのときになってやっと彼女は、エレベーターの正面の壁龕に据えつけられた彫刻がちがうことに気づいた。弓を持ったディアナ像だ。

「ちがう階で降りちゃったみたい」彼女は言った。

「そいつはたまげた《クリストファー・コロンブス》」男はあざけるように言った。

「正しい階を教えてもらえませんか？」彼女は訊いた。

「一階下だよ」彼女がエレベーターの中に戻ろうとすると、その背中に向けて男は続けた。「エレベーターは使うな。電気の節約だ。エレベーターで一階下りる電気で、鋼板に十個穴を開けられる。あんた、歩けないのか？」

「仕方ないわね」彼女は答えた。

「イングランド？」男は尋ねた。

「ええ、そう」彼女は言い、ふたたび向きを変えて下り階段に向かう。

「まあ、待て」男は言った。「鞄の中身はなんだ？」

「食べ物よ」とレディ・クーパー。

「見せてみろ」男は言った。

男は椅子から動かない。彼には権威があった。法と秩序そのものだ。男が守っているドアの向こうには、どんなVIPが住んでいるんだろうとレディ・クーパーは思った。彼女は男のほうに進み出た。男はバッグを覗きこむ。

「ご馳走だな」彼は言った。「楽しめよ」

このご馳走が、少年の遺灰を父親の祖国に首尾よく撒き散らせたことのお祝いに使われるということなど、男にはもちろん知る由もなかった。


確かに、男の言葉どおり一階下りるだけでよかった。杖を持った羊飼いの娘の彫像が壁龕から笑いかけている(実は司教杖を持った若い司教かもしれないが)。左側のドアには小さな銅の表札《カッパープレート》がついていて、〝ドクター・ユゼフ・クシャク〟とカッパープレート書体で記されている。ドアは閉まっているだろうという予測に反して錠は下りていなかった。彼女がきちんと閉めて出なかったのか、それとも彼女のために開けておいてくれたのか? 彼女は中に入った。黄色がかった光が階段室から彼女と一緒に忍びこむ。正面にある書斎に通じる扉の下の隙間から白い光が漏れていた。古いタペストリーが掛けられた長く暗い廊下が、ふいになじみ深い場所のように感じられた。彼女はタペストリーをもう一度見たいと思った。電気のスイッチがどこにあるかはわかっている。長く狭い廊下の天井の真ん中から、不釣り合いなほど巨大な水晶のシャンデリアがぶら下がっていた。スイッチを入れても小さな電球がひとつ点いただけだったが、いくつものガラス片がプリズムとなって虹色の輝きを放ち、壁が照らされて、ヴェネツィアの運河で舟を漕ぐゴンドラ乗りの姿が浮かびあがった。音はしない。レディ・クーパーは買い物袋を旗でも掲げるように誇らしげに持ち上げ、扉を開けると、こう叫びそうになった。「ほら、大収穫！」――けれどもそうはならなかった。彼女はソファまで忍び足で進み、袋をそっと乗せると、腰をおろした。

彼女の正面の壁際に小さなチェス用のテーブルが置いてある。ユゼフとミス・プレンティスはそこに向かいあって腰かけていた。しかし盤上にチェスの駒は出ていない――光沢のある漆塗りの箱にしまったのだろう。箱はいま、ユゼフの机の上、『戦争と平和』の右側に置いてあった。二人は話に夢中で、レディ・クーパーが戻ってきてソファに坐り、自分たちを見ていることにも気づいていないようだった。ユゼフはけた外れに大きな両手をチェス盤の上で開いてみせていた。ミス・プレンティスの右手の親指の先が、彼の開いた左手の親指の先に軽く触れている。彼女の左手の人さし指の先は彼の開いた右手の親指の腹を押し、彼女の左手の親指の先は彼の開いた右手の人さし指の腹を押している。

「……〝自由意志〟という言葉には罠があり、〝運命〟という言葉には落とし穴があります。この二つの言葉は使ってはいけません……」

彼女がしゃべっているあいだ、ユゼフは魔法にかけられたように彼女を見つめていた。レディ・クーパーはそれ以上見ていられなかった。なんだかこっそり盗み聞きしているような気分になったのだ。だから買い物袋を持って忍び足でキッチンに行った。

彼女は食器棚で大きな皿三枚、小さな皿三枚、ナイフ三本、フォーク三本、スプーン三本、小さなウオツカ用コップ三つ、タンブラー（実は空になったマスタードの瓶を洗ったもの）三つ、コーヒーカップ三つ（ソーサーなし）を見つけ、食卓の準備をした。ナプキンはない。椅子は一脚だけ。二人には椅子を運んで来てもらわないと。彼女は冷蔵庫を開け、ウオツカのボトルとキャビアの入った丸い紙箱を出してテーブルに並べた。冷蔵庫には氷がなく、彼女はやれやれ《タン・ピ》とつぶやくと、シャンパンのボトルをウオツカの横に置いた。それから袋を開け、買ってきたものを全部取り出した。コーヒー、ラザニヤ・ヴェルディ、プンパーニッケル（ライ麦パン）、ジェントルマンズ・レリッシュ（イギリスのアンチョビ・ペーストの商品名）、カマンベール、そのほか手あたり次第買いこんだ、ビスケット、ピクルス、サーディン缶、レモン、ナツメヤシなどなど……彼女は、二人の話が終わっただろうかと書斎を覗きこんだ。いやいや、どう見てもお取りこみ中である。しばらくかかりそうだ。二人は、レディ・クーパーに急《せ》かされまいと固く決心しているようでさえあった。わたしと同じくらいお腹が空いていたはずなのに。彼女はソファに腰かけた。

　ミス・プレンティスの人さし指が、ユゼフの手相の線をなぞっていく。彼ったら、くすぐったくないのかしら、とレディ・クーパーは思う。

「……非常に驚くべきことですが……」ミス・プレンティスは御託宣を述べる。「……あなたの手相は、あの人の手相と瓜二つです……カーボン紙で写しとったみたい……そう、わたしはあの人の、気の毒な将軍の手相をはっきりと記憶しています。あなたたち二人の人生には共通点があったのでしょうか？　この類似は偶然とは思えません。何兆分の一の確率です！　気の毒なヤン。気の毒なピェンシチ将軍。ピェンシチ将軍。わたしがその名前を発音しようとすると、あの人はいつも笑いました。ピェンシチ。彼はわたしを好いてくれました。愛していたとは言いません。わたしもあの人が好きでした。愛していたとは言いません。好意を抱いていることのほうがずっと重要なのです。人は好意を抱いている相手を傷つけたりしません。だけど、愛している相手のことは傷つけずにはいられない。そのうえ愛している相手から傷つけられるのです。ええ、そうです。あの人はわたしを好いてくれていたし、わたしと話すのが好きでした。彼が言うには、わたしとの会話が好きなのは、わたしが彼の言葉を文字どおりに受け取るからだそうです。わたしは自分の考えであの人の言葉を曲解したりしない、と。たとえわたしが彼の言葉を理解していないときでも――実際、そんなことはしょっちゅうでした――曲解だけはしませんでした。だって、あまりにもちがう世界からやってくる言葉でしたから。あの人自身について――彼は夜、わたしとベッドにいるときに話すのが好きでした。いつも目を閉じて、きまってこう言うのです。『知っているかい、おまえ《チャイルド》……』そう、いつだってこう切り出しました。『知っているかい……』

レディ・クーパーはユゼフに目を向けた。彼が皮肉のひとつでも言うのではないか、馬鹿なこと言うもんじゃないとミス・プレンティスを諭すのではないかと恐れたのだ。彼女はミス・プレンティスに警告するように咳払いした。でもミス・プレンティスは何も気づかない。彼のほうもだ。彼女は右手を彼の左手に重ねていた。彼女は今、ふだんとはまったくちがう声で話していた。電話で聞いたらミス・プレンティスだとわからないだろう、とレディ・クーパーは思った。歌うような声だった。自分自身に向かって、しかし遠くから、歌いかけるような声。「子供のころ、ピェンシチ将軍は『親切にしなさい』としつけられました。女性に対して、花に対して、動物に対して、そして嫌いなものや人に対しても……ロリポップ・キャンデーや好きな人たちに親切にするのはちっとも立派なことじゃない――そう彼は教えられたのです――タラの肝油や蜘蛛にも親切にしなければいけませんよ……

もう少し大きくなると、今度はこう教えられました。『肉を食べたいのなら、自分で動物を殺す方法を知らないといけないよ』と。紳士たるもの、自分にできないことを他人に求めてはならないのだと。そこであの人は猟銃を与えられ、獲物を撃ち殺す方法を学ばされました。直接に。犬を使って獲物を回収するのは問題ありません。でも、みずから銃を撃つのではなく、訓練された猟犬をけしかけて狐を殺すのは、何にもまして紳士にふさわしくないふるまいだというわけです」

ミス・プレンティスはもう手相を見ていなかった。ユゼフの手の線に将軍の人生を読みとっているふりさえしていないのだ。彼女は自分の内側を覗きこみ、記憶という謎めいた灰色の物質の中の道をたどりなおしているようだった。レディ・クーパーは何も言わず、ただ驚嘆の目をミス・プレンティスに向けていた。ふだんとはまったくの別人だ。使っている語彙までちがう。レディ・クーパーは彼女の笑い声を聞いた覚えがない。ほほえみすらめったに見たことがないくらいだ。それが今、言葉を続けながら、穏やかな微笑を浮かべている。「それからあの人は良いマナーを教えられました。階段を上り下りするとき以外はご婦人を先に通すこと、ご婦人が水たまりを跳びこえるときは、右手で左ひじを支えられるように彼女の左側を歩くこと、既婚婦人にはおじぎをして手に口づけすること――女性が既婚（パニ）か未婚（パンナ）かをどうやって見分けるの？――そう尋ねたらあの人は答えました、自分でもどうやって見分けているのかわからない、でもまちがえたことはないよ、きっと直感ってやつだ。もちろん農民の女性の手には口づけない、そう彼は言いました、でも偏見からじゃない、農民の女性はわたしにけっして手を差し出してくれないんだよ、逆にわたしの手をつかんで口づけるとき以外はね。農民たちには独自の良いマナーがある。それは尊重しなければならない。だけど、小さな男の子のころから、こんなふうにマナーの問題について理論武装していたなんて。あの人にとって、行動規範——つまり良いマナーを守るのは、呼吸や食事や乗馬と同じ。自然で絶対的なことなのです。マナーはごく当たり前に存在するものです。それはこの世界の意志。人生における事実……」

ミス・プレンティスは深呼吸した。

「だけどその一方」彼女は悲しげに続けた。「それまでに受けていた宗教教育のせいで、あの人は混乱してしまいました。三位一体を構成する三つの神格のうち、あの人が受け入れることができたのは聖霊だけでした。それだけが、聖霊だけが、呼吸したり食べたり乗馬したりするのと同じように感じられたのです。自然で絶対的なこととして、この世界の意志として、人生における真実として。それに聖霊は外側のどこかにあるのではなく、ごく健全に彼自身の中にあるものでした。だから聖霊については考える必要がなかった。体内で健全に機能しているかぎり、心臓や肝臓や胃腸のことを考える必要がないように。だから聖霊ならOK、あの人はそれについては心穏やかでいられました。聖霊は良いマナーを身に着けている。だけど三位一体の残りの二つ、一つは旧約の、もう一つは新約の神格、つまり父なる神とその息子イエスについては……駄目でした。あの人はこの親子に対してはなんの感情も抱けなかったのです。たぶん、この親子のマナーがまったくなっていなかったせいでしょう。この親子は尊重されたがっているくせに、将軍のことを尊重しなかった。理解されたがっているくせに、あの人を理解しようとさえしませんでした。愛されたがっているくせに、この親子が自分を愛しているなんて、とうてい信じられない。この親子が本当に彼を愛しているなら、どんな問題を抱えているのか、何に悩んでいるのかを尋ねもせず、彼をいじめるなんてことがあるでしょうか？　とんでもない。父なる神は独裁者で、何であれ自分が定めた戒律に従うことを要求する……息子のほうは父親の腰巾着、天国というロリポップで人々を誘惑し、地獄の硫黄のにおいで人々を脅しつけ、二つのあいだで宙吊りにしておく。それがこの親子の奇妙な愛情表現……。

『知っているかい、おまえ《チャイルド》』──あの人はわたしをチャイルドと呼ぶのが好きでした──『知っているかい、おまえ《チャイルド》、子供のころ、わたしはもちろん、黒い僧服姿のカラスどもが決めたふるまいをそのまま逐一おこなった。でもね、父なる神とその息子を信用したことはない。宇宙を統《す》べる皇帝《ツアーリ》と、地球における総督。彼が人間のふりをした神なのか、神のふりをした人間なのかさえ、誰も本当のところは知らない。そうとも、あの父子は信用できなかった。例えばわたしは、あの父子に大事な子馬を貸さない。返してくれないのはもちろんのこと、返さない理由についてもっともらしい御託を並べたあげく、逆にこっちに罪悪感を抱かせるくらいだ。あの父子は言うだろう、わが子キリストはおまえのために苦しみを味わったのだ、そんなつまらない動物のことで不平を述べるとは言語道断、もとをたどれば馬だってわしが人類に与えたものではないか云々とね。だからわたしはあの父子のことをユダヤの陰謀のようなものだと思っていた。たぶん、古代パレスチナのヘブライ人にはそれでよかったのだろう。しかしポーランドの紳士にふさわしい《コム・イル・フォ》ものではない。苦悩で胸が張り裂けそうなとき、わたしが頼るのはあの父子じゃなかった。**彼女**のほうだ。三位一体の一部にすらならなかった**彼女**、すなわち神の子の聖なる母親、処女マリアにすがったのだ』

あの人はマリアを崇拝してたんです。彼女に対しては全幅の信頼を寄せていました。父子のけっして誤ることのない独善的な姿勢から自分を守ってくれるのは彼女だとわかっていたのです。彼女が処女かどうかはあの人にとっては重要なことではありませんでした。むしろ、彼女が母親であることや、彼女の豊満な乳房、丸いお腹、そして穏やかな表情こそ、彼の港であり安息の地だったのです。彼女に理解してもらう必要はありません。彼女は何ひとつ尋ねることなく、ただ彼を守ってくれるでしょう。彼女は罪を咎めたり許したりするような器の小さな存在ではないのです。いつでも味方でいてくれるのです。『わかるだろう、おまえ《チャイルド》』あの人は言いました。『だからわたしは、公式の三位一体のかわりに自分専用の三位一体、心の中で、密かな自分だけの三位一体を作ったのだ。生命そのものである聖霊と、聖母マリアと、白い馬からなる三位一体だ』

ミス・プレンティスははっきりと「白い馬」と言ってから大笑いした。あまりにも唐突だったので、レディ・クーパーはびっくりして飛びあがり、坐っていたソファが小さく軋んだ。しかし二人はこちらを見ない。二人だけの魔法の輪の中心にいて、その外にあるものは、レディ・クーパーやソファも含め、無いも同然なのだ。

「どうしてわたしが笑ったか、教えてあげましょう」ミス・プレンティスは続けた。「自分がおかしかったんです。それというのも、最初にあの人が白い馬《ホワイト・ホース》と言ったとき、てっきり瓶入りウイスキー、ホワイトホース・ウイスキーのことだと勘ちがいしちゃって。ね、彼とわたしの世界がどれくらいかけ離れていたかわかるでしょう。あの人を、あの人の白い馬を理解するまで、長い時間がかかりました。十二年かかったんです。彼が死んだ夜からイアンが死んだ夜までの、夢の中で過ごしていたような十二年間が」

　不意にレディ・クーパーは理解した。不意に彼女は、ミス・プレンティスが何をしているのかを理解した。ミス・プレンティスもまた記念碑を建てようとしているのだ。今は亡き愛人、ピェンシチ将軍の記念碑を。「ワレ青銅ヨリモ永続スル記念碑ヲ建立セリ」（ホラティウス『オード』）。ムシチシチシェフスキ氏の真鍮の記念碑よりも、ずっと長もちする記念碑。言葉でできた記念碑。思考で、心に浮かぶ絵で、ヴィジョンで、高貴な嘘で作られた記念碑。巨大な神話。伝説。ここに、それはゆっくり側対歩でやってくる。優雅に。白馬が、白馬の重荷《ホワイト・ホーシズ・バーデン》を背負って（キプリングの詩「白人の責務（ホワイト・マンズ・バーデン）」のもじり）。その馬に将軍は堂々とまたがり、聖母マリアは横乗りする。ささやかな恵みの聖母マリア、良きマナーの聖母マリア、些末なもの《インポンデラビリア》の聖母マリア。二人は白馬に乗ってヨーロッパを横断し、ユゼフの言う、リストに挙がらない人間《ホモ》を救いに向かうのだ。二つの完璧なシステム——父なる神の定めし戒律にもとづいて息子が運営するシステムと、歴史の法則に基づいて党が運営するシステムの歯車のあいだに搦めとられてしまった人を救いに。

　こうして夢想しているとき、レディ・クーパーは目覚めていたのか、眠っていたのか？　ミス・プレンティスのほうを見ながら、おのれの目が信じられなかった。ミス・プレンティスの言葉を聞きながら、おのれの耳が信じられなかった。魔法みたいだ。チェステーブルの下、ユゼフの膝と手相占い師の膝のあいだの狭い空間、あたかも小さなシスティナ礼拝堂の内部であるかのようなわずかな空隙が火花を放ち、共鳴し、雷が落ちそうなほど重苦しかった。レディ・クーパーは立ちあがってキッチンに戻った。

テーブルは三人のために美しく整えられていた。そこから、彼女は一枚の大皿と一枚の小皿を食器棚に戻した。フォークとナイフとスプーンを一本ずつ抽斗にしまった。ウオツカグラス一個とタンブラー一個を棚に返した。そしてテーブルに向かって礼儀正しく頭を下げ、別れを告げた。これが彼女の退場だ。彼女の仮の退場。実際にキッチンから退場するには、書斎を通らないといけない。

彼女は書斎に通じる扉を開けた。

レディ・クーパーの目には、実際にはない煙がかかっているように見えた。祭壇も亀裂もないとはいえ、心がこの世の外にある、トランス状態のピューティアーの巫女をレディ・クーパーは想像した。とはいえレディ・クーパーの耳には声が届いていた、手相占い師ミス・プレンティスの声は力強く明瞭で、軽蔑を含んでいた。その声で、ユゼフの目を覗きこみながら、ミス・プレンティスは告げた。「**政治家は不滅ではない、政治思想は不滅ではない、詩は不滅ではない——良いマナーは不滅である**」

長い沈黙。

そのあと、突然、彼女はデルポイの巫女ではなくなった。チェステーブルに上半身をうつぶせて、彼の巨大な両手に顔を埋めた。

まるきり狂気の沙汰だ。けれども、忍び足で二人の横を通り、玄関に向かいながら、レディ・クーパーは胸がいっぱいになっていた。廊下の壁には、さきほどと同じように溜息橋――左右の手で宮殿と牢獄をつないでいる――の下のゴンドラ乗りがいたが、これだけ時間が経っているのに、ゴンドラは一インチも進んでいなかった。

十三　オッカムの剃刀

レディ・クーパーは静かに扉を閉めた。上の階にいるボディガードを警戒させないためだ。ががた音を立てるエレベーターには乗らなかった。一階の管理人室で寝ている運転手を起こさないためだ。爪先立ってそっと階段を下り、こっそり建物を出た。

やっと一人になれた！　彼女は人気の絶えた通りに反響する自分の足音を聞きたかった。見上げると黒い空があり、おおぐま座とこぐま座と天の川の無数の星を点々とちりばめたその美しい黒さが、透明で汚染されていない大気を通り抜け、手つかずのまま地上まで下りてきているようだ。町の中心からどれくらい離れたところにいるのか、彼女にはわからなかった。道はちょっとした上り坂になっていて、その先には暗い開けた土地——庭園それとも公園？——があり、黒々とした木々が空の闇と分かちがたく混じりあっていた。ちょっと前なら、レンガ売りの男に出くわしそうな一角である。男からレンガを買うこともできるし、男がレンガをプレゼントしてくれるかもしれない

――レンガで頭を殴るという方法で。好きなほうを選ぶがいい。それにしてもレンガだなんて、みじめで原始的！　けちな商売！　これがニューヨークなら凶器はコルトの四五口径だろう。街の小物ギャングがかつて「ピースメーカー」と呼んでいた代物で、ちょうど国家という大物ギャングがMXミサイルを「ピースキーパー」と呼んでいるのと同じこと。彼女は記憶の中に迷いこんできた行進のリズムに合わせて歩こうとしたが、もちろんそんなのは馬鹿げている、自分がおばあさんだということを忘れているのだ。もうひとつ彼女が忘れてきたのは傘だった、いつもなら杖の代わりに使っているのに。どこに置いてきたんだろう？　今朝、ホテルに置いてきたのかしら？　いや、車の中では持ってたんじゃない、ちがう？　ヘリコプターでは持ってなかった、それは確か、でも車では持っていたし、店に行ったときも持っていた。お店に忘れてきた？　それともユゼフの部屋？　あの巨大なクリスタルの蟹、廊下のばかでかいシャンデリアに傘で触って、反射光のうろこを壁のタペストリーに描かれたゴンドラの下の波に漂わせたんじゃ？　そうだ、まちがいない。それから傘を廊下の隅の痰壺のわきに置いたのよ。痰壺！　痰壺なんて何十年ぶりに見ただろう。だけど、そんなところに大事な杖を置きっぱなしにしたの？　ああ神様。あはは！　いいえ、ちがうわ。そういうことは、ほかの人には起こっても、わたしの身に降りかかったりはしない。あはは！　こんなところにあるじゃないの。わたしの杖代わりの傘。左手で、上下さかさまに持って、左の肩にライフルでも担いでいるみたい。担えええ……銃《つつ》！　立て……銃！　直れ！　ああ記憶よ記憶！　左肩にライフルを肩に担いで行進したことが何回ぐらいあっただろう。それともステッキを抱えて？　いや、何も持たずに？　一九三九年――ポーランドで。一九四〇年――ロシアで。一九四一年——中東で。一九四二年——イングランドで陸軍婦人部隊に交じって。そこで将来の夫サー・ライオネル・クーパーに出会ったのだ……愛しい、愛しいライオネル。パブリック・スクールからオックスフォードへ、詩の雑誌に投稿、軍事情報部入り、ジョージ十字勲章、そして戦後、あの知らせが届くまでのたった六年の結婚生活——ベルギーからの知らせ、よりによってベルギー！　実際に何が起きたかを知らされることはなかった。当局はもみ消した。お悔やみの手紙こそ送ってくれたが、信用して仔細を打ち明けてはくれなかった。ああライオネル、ライオネル！　その悲しみがどんなものなのか、あなたは知らないまま！

彼女は杖代わりの傘を右手に持ち替え、行進を再開した。さて、杖を使って歩くときは、三種類の異なるリズムを作れる。まず、**左**右左右／**一**二三四／**一**二三四のリズム、これは一で杖で地面を突き、三で杖をさっそうと振る場合。次に、**左**右**左**右／**一**二**三**四／**一**二**三**四のリズム、これは賢い人が一と三に合わせて杖で地面を突く場合。最後に、老いて縮んだ脛骨のちょこまかステップ、**一**／**二**／**一**／**二**というリズム、これは右足・左足が地面に触れるたびに杖を突くパターン。そのあとは、シェイクスピアが人生の第七段階を指して言ったように、「歯もなく、目もなく、味覚もなく、歩く杖もない」という次第。

レディ・クーパーは**一**二**三**四のリズムで元気に行進しつづけ、道に迷ってしまった。どこかまちがった角で曲がったにちがいないと、来た道を戻り、またしても道に迷う。くっきりした姿の幽霊が暗い街路の反対側に立っていた。幽霊は長髪でジーンズ姿、レディ・クーパーにはそれが男の幽霊なのか女の幽霊なのか判別できなかった。まあどちらでもいい、幽霊にホテルへ帰る近道を訊くつもりで、幽霊のいる側まで通りを渡ろうとした。けれども幽霊のほうも彼女に気がついたらしく、彼女と対になる行動に出た。結果として、ある瞬間、ある程度の距離を保ちつつも、二人とも道路の真ん中に立っていた。レディ・クーパーはきびきびと回れ右をし、つられて幽霊も踵《きびす》を返して、通りのもといた側に戻ると、走り去った。

自分が幽霊をおどかしてしまったのだと気づくのにしばらくかかった。このわたし、杖代わりの傘で武装した老女が。はじめは笑った。ちょっとのあいだだけ。それから彼女は残念に思った。それから罪悪感を覚えた。こんなことになるなんてと恥じ入った。いったん罪悪感や恥の意識が芽生えると、抑えきれないほど、とめどなく膨らんでいくものだ。彼女はあらゆるタイプの人間を理解できると思っていた――人殺し、盗人、詐欺師、暴行魔、拷問者さえ。けれど、他人をおどかして喜ぶ人間、子供や鶏をおどかして喜ぶ人間だけは理解できなかった。他人をおどかすことを極端に恐れるのは、およそ非合理で感情的な反応だと自覚していた。そして、こうした恐れを抱く原因となった出来事か何かがあるのだろうとも思っていた。わからないのは、その出来事というのが、かつて起きたのに忘れてしまったものなのか、それともこれから先の人生のどこかで起きることとなのかということだ。彼女は角を曲がると足を止め、一軒の家の壁にもたれかかった。

虚脱感がつのり、徐々にパニック状態に変わっていく。初めての経験ではなく、彼女には、何かが起きなければこの気持ちは収まらないのを知っていた。何かが――犬が吠えるとか、電話が鳴るとか、ドアがばたんと閉まるとか、なんでもいいのだが、外からの刺激が必要なのだ。それを探すように追いつめられた気持ちであたりを見回してから、彼女は目を閉じた。ほんの一瞬だけのつもりだったが、そのとき声が耳に届いた。「おやおや、レディ・クーパー！　こんなところで何をなさってるんです？」背の高い無帽の男が彼女のほうに身をかがめている。「覚えていらっしゃいますか……？　ローマでお会いしましたよね。枢機卿のところで、それからズッパ公爵夫人のお宅でお茶を……」

「ええ、もちろん覚えていますとも」彼女は言った。「ドクター・ゴールド……」

「……フィンガーです」彼は続きを名乗ってくれた。

「ええ、もちろん覚えていますとも、ドクター・ゴールドフィンガー」彼女は繰り返した。「ありがとうドクター・ゴールドフィンガー。天の助けとはこのことね、ドクター・ゴールドフィンガー。道に迷っていたの。昔は自分の庭のようによく知っていた街なのに」

彼女はまだ壁にもたれたままだった。

一台の車が近づいてきて、スピードを落とした――「乗りますか？」とでもいうように――それからまたスピードを上げて走り去った。

彼は優しく彼女の手首をとり、脈を計った。

「あら、体調はちっとも悪くないのよ、先生」彼女は言った。「ほんの数分前には、確かにわたしはもうすぐ死ぬんじゃないかって急に思えてきて。でもそれは一時の気の迷いみたいなもの。体はぜんぜん平気」彼女は背筋を伸ばし、一歩前に踏み出した。「ありがとう」と腕を支えてくれた医師に礼を言った。「ねえ先生。警告しておきますけど、今からあなたを笑わせるような話をしますよ。とにかく歩きましょう。元気になったわ」

二人はその家の角を曲がると、彼女の来た道をたどって大通りに戻った。

「あのね」彼女は話を続けた。「たまたま、わたしはほかの誰も知らないことを知っているの。世界中でほかに誰も知らないこと。さっき、死ぬんじゃないかって思ったとき、この秘密がわたしと一緒に消えてしまうのは、なんだかひどく理不尽で、悲しいことのような気がして……だから、とにかくこのことを、すぐにでも誰かに話さなければって決心したのよ。そこにちょうど、あなたがやってきた、天の配剤だわ……」

「何かを知らないほうが安全ということもありますが」ドクター・ゴールドフィンガーは気が進まないらしい。

「あら、いやだ、ちがうわよ。政治とは関係のない話。重要なことでもないの。あなたは笑い出すにきまってる。ズッパ公爵夫人だって笑うでしょう。そういえば先生、彼女と一緒にこの国にいらしたんじゃないの？」

「いや、あの人は出不精なので」

「まあいいわ、とにかくこの話を聞いたら公爵夫人も面白がってくれるでしょう。寛大でユーモアのセンスがある人ですからね。それに、彼女の知り合いの話だし。将軍の話よ。ピェンシチ将軍」

「本気でわたしに打ち明けるつもりですか……？」医師は言う。

「ええ、もちろん。きっと腹の皮がよじれるくらい笑うわよ。いいかしら、昔々、われらが愛すべき将軍がまだ十五か十六の男の子だったころのこと、こっそりと――真夜中に――女家庭教師の部屋に、そしてベッドに忍びこんだの。家庭教師って呼ばれていたけど、実際には田舎から出てきたばかりのかわいらしい十七歳の少女だった。幼い子供の面倒を見るために雇われていたのね。妊娠してるって気がつくと、その娘は将軍の父親に相談した。父親はものすごく誇らしく思うと同時にものすごく怒った。娘のほうでは、自分のほうが少年のベッドにもぐりこんだと申告して、いくらか罪をかぶろうとしたんだけどね。まあとにかく、大地主だった将軍の父親は、懐の深いところを見せた。どうしたと思う？　娘には、誰にも何も話してはならんと口止めした。誰より、当の少年には絶対に打ち明けるなよ、と。死ぬまで口外無用。全能なる神に誓うんだ。娘は従った。全能なる神と、聖なるものすべてにかけて誓った。それから、父親はその娘を、彼女を愛していた好青年に嫁がせたうえで、新婚夫婦を遠い町に引っ越させた。もちろん、その町で二人が暮らしていけるように手配してやったのよ。そして赤ん坊が生まれると――女の子で、若夫婦はヤドヴィガと名づけた――大地主はその子の教育費をまるごと肩代わりしてくれた。遠くから。もちろん赤ん坊は何も知らずに育った。母親が大好きだったし、実の父親だと思いこんでいた男性のことも大好きだったし、その男性も彼女を愛してくれたし、ただ国のどこかに金持ちの親戚がいて、自分たち一家を援助してくれていると思いこんでいた」レディ・クーパーは一瞬、間を置いてから続けた。「おかしいわね、笑い声が聞こえないわ。それに、暗くてあなたの笑顔も見えない」

医師は彼女の手をとって口づけした。

「お続けください、パニ・ヤドヴィガ」彼は言った。

「まあ、先生ったら！　あなたにお会いできて本当によかった。人生っておかしなものね。まったく、おかしいったらないわ。続けるわね……昨日たまたま、友人の家のバスルームを借りたの。ありふれたバスルーム。でもそこであるものを目にしたのよ、わたしにとっては大切な意味があるもの。それは友人の使っている剃刀。古い型の髭剃り用の剃刀よ。父が、まったく同じ型の剃刀を使っていたのを思い出した。彼のことは、いつも本物の父親だったみたいに思い返すわ。実際、わたしにとっては彼こそ実の父親でした。父が髭を剃っているのを見るのが好きだった。まったくねえ……人生っておかしなものだと言ったわよね。まったくおかしいのよ。父は一九二〇年の戦争に従軍した。そのときわたしは五歳ぐらい。あなたは覚えてないでしょう、先生。まだ生まれていなかったから。それとも生まれたばかり？　とにかく戦争が終わったあと、父は帰宅を許されなかった。まずヤブウォンナ（ポーランド中部の村）の収容所に行くことになったの。ボリシェヴィキ的思想の持ち主だとにらまれると、そこに送られたのね。父は、軍帽についているブリキの鷲の紋章の、ちっちゃな王冠を折っちゃった。他の兵隊だってみんなやってたことよ。だって、当時まだ二歳だったポーランドは共和国、レス・プブリカであり王国ではないんだと誰もが考えていたから。王冠になんか用はないってね。それで兵士たちはみんなヤブウォンナ送り。そんなに過酷な環境じゃなかった。だけど前線から戻った若い兵士たちにしてみれば屈辱的よね。父が共産主義者になったのは、そのせいじゃないかと思う。そして入党した。父はナショナリストで熱心に教会に通う党員だった。ラディカルな週刊誌に記事を書きまくった。父は近代への道《ウィア・モデルナ》のりがオッカムのウィリアムに始まると思っていたけれど、その道のりはまっすぐではなく、特にわたしたちの時代は悲劇的なまでにくねくねした脱線であって、一般論の大げさな言葉のほうが個別の存在の特異性よりも重んじられているとも考えていた。そんなわけで一九三〇年、大粛清の時代に父は離党し、おそらくバランスをとるためでしょう、教会通いもやめてしまったんだけど、でも希望にもとづくある種の信仰は持ち続けていた。『いいかい、覚えておくんだよ』――そう父は言ってたわ――『記号にはまったくちがう二つの種類がある。一つは自然の記号、例えば煙だ。煙を見れば火が燃えているのがわかる。もう一つは人工の記号、例えば床屋の看板がわりの髭剃り皿。店の中に床屋がいるのを教えてくれる。人々は髭剃り皿の形や色について侃々諤々の議論をしてばかり。わたしたちとしては、人々が早いところ煙に気づいて、火事が燃え広がるのを止めてほしいと願うしかない』この希望こそ、父の信仰の基盤だった。でも十年後、ヒトラーがスターリンと不可侵条約を結んで戦争が始まると、父は希望を失って喉をかき切《カット・ヒズ・スロート》った。愛用の折りたたみ式剃刀《カット・スロート・レザー》でね。父はそれをオッカムの剃刀と呼んでいたわ。父が死んだとき、わたしも同居していたんだけど、遺体を埋葬する暇もなく、さらに東を目指して逃げていくしかなかった。これでわかるでしょ、友人のバスルームで剃刀に目を留めたのがきっかけで、こうした記憶全部が一気によみがえってきたの。気の毒な父さん！」

「で、あなたのお母さんは？」

「ああ、母さんね……そう、母さんは……終戦から二、三年経ったころ、母さんをイギリスに連れてきたの。一緒に住もうって。ある意味で母さんは大地主との約束を守りつづけた。でも、わかるでしょうけど、母さんの心はもう現在にはなく、すっかり過去に囚われていた。過去が母さんにとっての現在だったのよ、だからいつも過去のことばかり話していた――半分は自分自身に、半分はわたしに向かって、秘密をばらしてるなんてことにちっとも気づかずにね。考えに沈んで、繰り返し繰り返し。話すたびにどんどん肉付けされていった。ほとんど現在形で話してたわね。どれもたった今起こっている出来事みたいに。そんなわけで、わたしの生物学的な父親が十五歳の少年だと知ったのよ」レディ・クーパーは口をつぐんだ。そして待った。もし医師が笑いだせば、彼女もいっしょになって笑っただろう。だが医師は笑わなかった。だから彼女は話を続けた。「実の父の名を知ったあと、友達に聞いて回ったの。『ピェンシチっていうポーランドの将軍、知ってる？』深い意味はない、ただの好奇心だった。だけど『知ってる。ロンドンのどこかに住んでるはずよ』と言われたので、わたしは彼の住所をつきとめた。ロンドンのわたしたちの家からさほど遠くないところだった。こっそり偵察して、彼があるパブの常連だと知った。そこは、彼が住んでいた通りとわたしが住んでいた通りが交わる角にあった。ある晩、その店に行って彼を見たの、すぐに将軍だとわかったわ、周りの客とあまりにも雰囲気がちがっていたもの、あきらかに浮いた存在だったのよ、そのあと母に尋ねたの、『母さん、ピェンシチ将軍に会ってみたい？』母さんは疑わしそうな目でわたしを見たわ、一体誰からその名前を聞いたんだっていぶかっているようだった。だけど無造作に『別に会ってもいいわよ』とだけ答えたから、それで別の晩、母さんと二人で店を訪れて将軍を観察した――テーブルに独りきりで坐り、ビールをジョッキで飲みながら、サッカーくじの中込用紙を書いていた。もちろん、将軍がひと財産築くことになったのは、そのときのサッカーくじじゃなかった。それよりもずっと前の話よ。とにかく、将軍は坐ってビールを飲んでた。一人ぼっちで。ちょっとのあいだ、将軍は母とわたしに目を走らせた――一人は彼より二、三歳年上、もう一人は十六歳くらい年下の二人の老婦人にね。でも、彼が何か察したのかどうか、こっちにはまったくわからなかった。とにかくその夜を最後に、母は過去の中に生きているような話し方はしなくなった。というより、いっさい話をしなくなっちゃったわ。そうね、それまでぶあつい本を読んでいた母が、とうとう最後の一文のピリオドまで読み切ってしまった感じ。あとには一、二枚の白い遊び紙と裏表紙があるだけ。それが最後。一週間後、肉屋の小僧が乗った自転車が、横断歩道で母をはねたの。たいした怪我はしなかったんだけど、母はもう回復する気力がなかった。もうたくさん――そんなふうに考えているようだった。それでね先生、わたしが今回こうして祖国に帰ってきたのも、きっと、母と似たような気持ちに突き動かされたんだと思うの。人生をしめくくる最後のページを見つけたいっていう気持ち。考えてみれば贅沢な話よね。同世代の多くの人は、人生を途中で打ち切られてしまったのだから」レディ・クーパーは杖代わりの傘で地面を突いた。彼女は探るように医師の目を覗きこんだ。それから、ちょうどエマの癖をまねるように肩をすくめた。そしてからかうような口調で続けた。「ねえ先生、この国に着いた次の日の朝、わたしが何をしたと思う？　タクシーを拾って、運転手にドル札の束をちらつかせて、街から二十マイルばかり離れた小さな村、将軍の故郷に行ってみたの。その村の、とあるちっぽけな田舎家の入口に〝図書館〟って書かれていたから、車を止めてもらった。中には本棚がいくつかと、新聞の広げてあるテーブルがひとつだけ。司書らしい女性に、地主のピェンシチェヴィツキ家の邸宅へはどう行けばいいのかと尋ねた。そう、将軍の一族の名前は本当はピェンシチェヴィツキっていうのよ、ピェンシチじゃなくて。だけど当時、上級軍人のあいだでは、二重の姓が流行っていたの。ドヴブル＝ムシニツキとか、ヴィエニャヴァ＝ドゥウゴショフスキとか、ベリナ＝プラジュモフスキとか、スワヴォイ＝スクワトコフスキとか、リツ＝シミグウィとか。われらが若きピェンシチェヴィツキも、ピェンシチ

＝ピェンシチェヴィツキと名乗るようになり、それをのちに本人がつづめた結果が〝ピェンシチ将軍〟ってわけ。『ピェンシチェヴィツキ？　聞いたことありません』図書館の女性はそう言って、郵便局の場所を教えてくれた。郵便局で働いていた女の子も知らなくて、神父さんのところに行くように言われた。神父さんは魅力的な中年男性だった。一族の誰かがまだ住んでいるとは思わないけれど、お屋敷や土地か何かを見られないかと単刀直入に神父さんに尋ねた。いつ建てられたものです？　神父さんは訊き返した。さあ、正確には知りませんが、戦争よりずっと前なのは確かです。奥さん——と神父さんは言ったわ——四十年以上も前なんですね。この村にはそんなに古いものはほとんど残っていませんし、そんなに昔のことを覚えている人もいませんよ。相手が誤解しているのがわかったから、いいえ、そのお屋敷は第一次世界大戦より前に建っていたって意味ですと言い直したら、神父さんてば、まるでわたしが恐竜を尋ね歩いているみたいな目で見るし、おまけに献金皿のところに連れていかれたわ。そんなわけで、その村でわたしの人生の最後のページが書かれたって気はしなかったの。一応、タクシーに村を回ってもらった。畑のあいだの小さな道を残らず通り、森を抜けて——信じてもらえるかどうかわからないけど——たまたま、運命の導きか単なる偶然か、それはちょうど今日、ヘリコプターから見下ろしたまさにその森だったんだけど……ヘリコプターといえば、思い出した、もう帰らなきゃ。ねえ、ホテルではこんな遅い時間でも夕食を用意してくれるかしら？　腹ペコなの。朝食のあとは一口も食べてなくて、ほんの一口もよ、ただ缶コーラを一本きり、ヘリコプターのパイロットがくれたの、その人のガールフレンドは言語学を、十七世紀の英語を勉強していて、パートリッジの『スラング辞典』を欲しがってるんですって……」

＊

「すばらしい……」ドクター・ゴールドフィンガーはもう一度、声に出して独り言をつぶやいた。レディ・クーパーと別れてから、すでに何度となく「すばらしい」という言葉を繰り返していたのだ。彼は紙を広げて書きはじめた。

カリッシマへ
もうまもなく深夜零時。わたしはホテルの自室（狭いがすこぶる居心地がいい）でくつろいでいる。そして……

彼はペンを止めた。ズッパ公爵夫人が読みたいのは、冷静で事実に即し、できれば愉快な筆致で書かれた物語だろう。彼が運んできた公爵夫人からの贈り物――滅菌された使い捨て注射器千本と何キロものビタミン剤と抗生物質と鎮痛薬を、病院の職員たちが受け取った物語。彼もその話を書きたかったし、それに加えて、自分の車に起きた出来事も伝えたかった、おかげで何マイルも歩いて帰る羽目になって、そして……人気のない通りで……ばったりと彼女に……そう、これこそまさに心をかき乱している出来事であり、思い出すとまたしても「すばらしい」とつぶやいてしまう。公爵夫人はこの話を面白がるだろうか？　自分が将軍のたった一人の娘ではないことを知りたいと思うだろうか、よりによってレディ・クーパーと異母姉妹だったと知って、彼と同じように「すばらしい」と叫ぶだろうか？　ドクター・ゴールドフィンガーはペンを置いた。いずれにせよ、手紙を書いても意味がない。手紙が着く前に彼自身がローマに戻るだろう。坐ったまま椅子をくるりと回して、部屋の入口を向いた。左側には安楽椅子がある。靴を脱ぎ飛ばした。安楽椅子に移って足を伸ばそうとしたところに、ノックの音がして、返事をする間もなくドアが開いた。

最初はその娘が部屋をまちがえて入ってきたのだろうと思った。でも自分の部屋だと思っていたらノックなんてするだろうか？　黒い瞳に、人好きのする、親しげでお茶目で、くすくす、ころころ笑うようないたずらっぽさをたたえながら、娘は扉を閉め、二歩で安楽椅子に到達すると腰をおろした。そしてくつろいだ様子で、部屋の配置に精通しているかのような目つきで室内を見回した。それからまたくすくす笑うと、明るく言った。

「二千ズウォティよ。ＯＫ？」

彼女は立ちあがるとさっさとバスルームに入り、扉を閉めてしまった。

ドクター・ゴールドフィンガーは水の流れる音を聞きながら、バスルームに置いてある物のリストを思い浮かべた――シャワー付きバス、浴槽、ビデ、トイレ。マッチを擦って煙草に火をつけた。喫うまいと決心していたのに、もう二本目だ。一本目を吸ったのは今日の午後、病院の前に停めておいた車に戻ってみると、タイヤがなくなっているのに気づいたときだった。最後にもう一度ふかして吸い殻を灰皿に捨てたとたん、バスルームの扉が開く。娘は彼のドレッシングガウンを身にまとっていた。

「あなた《パン》ってとっても変わってる」ベッドの端に腰かけながら彼女は言った。

彼は眉をひそめた。

「あなた《パン》ってとっても変わってる」彼女は繰り返した。「だって、あなた《パン》ってばまだ一言も口をきいてない」彼女はくすくす笑った。

「ああ」彼は言った。「このホテルではどの部屋にも盗聴器が仕掛けられていると聞いたからね。そう考えるだけで用心深くなるのさ」

「おばかさん……」彼女は言った。「全部の部屋に二十四時間耳をすませるなんてできっこないでしょ。録音だってできやしない、テープが足りないもの。テープは輸入品、何ドルもするのよ。だから、盗み聞きするのは最重要人物《VIP》の部屋だけ。あなた《パン》はVIPなの？」

「当局にそう思われていないことを祈るよ」ドクター・ゴールドフィンガーは言った。

「それに、盗聴されたからって何？　盗聴の担当者なんて、男も女もみじめなくらい給料が低いの――せいぜい楽しいこと聴かせてあげましょ」そう言ってまたくすくす。

ドクター・ゴールドフィンガーはしばらく考えてから、まさしく医者がするように椅子をベッドに近づけて、患者に接するときのような良いマナーで尋ねた。「きみ《パニ》に質問してもいいかね？」

「訊いてみてよ、あなた《パン》」

「きみ《パニ》は大学生？」

「ええ」

「専門は？」

「言語学よ」

〝言語学〟という単語を聞いて、またレディ・クーパーのことを思い出した――彼女はなんのためにヘリコプターに乗ったんだろう？　ヘリコプターのパイロットにコカ・コーラをおごってもらって、そのパイロットのガールフレンドが言語学を勉強していて、専門は十七世紀英語で、パートリッジの『スラング辞典』をほしがっているとかいう、突拍子もない話はなんだったんだろう？

「きみ《パニ》の専門は十七世紀の英語？」彼はいささか懸念を覚えながら訊いてみた。

「ええ？　まさか」娘は呆れている。「なんでよ？」

「なんとなくさ」と医師。

「十七世紀の英語ですって！」彼女は馬鹿にしたような口調で言った。「もちろんちがうわ。わたしの研究している言語学は歴史的でも通時的でもない。共時的なの。構造主義。フランスの。ソシュールに始まって、ロラン・バルトに到る流れってことね。あなた《パン》はバルトのこと知ってる？」

「ちょっとだけなら」

「どれくらい？」

「意味論体制をぶっつぶせ！」とドクター・ゴールドフィンガー。

「意味の専制をぶっつぶせ！」彼女はくすくす笑う。

「記号に栄光あれ！」と彼。

「記号自身に語らせよ！」と彼女。

「行間を読むな！」と彼。

「文学の代数学に栄光あれ！」

「で、チョムスキーはどうなの？」ドクター・ゴールドフィンガーは尋ねた。

「だめよ。全然だめ。チョムスキーは政治的すぎるわ、この国の誰にとっても」

「誰にとっても？」

「ええ。そう言ったわ。誰にとっても」

娘はガウンを脱いでベッドに寝そべった。おやおや、まるでマネの《オランピア》だ――とドクター・ゴールドフィンガーは思った。美しい表面の構造の下に暗示された調和。百年前には、どうして彼女が、オランピアが、あんなスキャンダルを巻き起こしたのだろう？　裸のせいじゃあるまい。カノーヴァの《眠るニンフ》だってオランピアと同じくらい裸なのに、親たちは子供に無理やり鑑賞させるじゃないか。ちがいはどこにある？――彼は額にしわを寄せ、先のとがった鼻をつまんだ――もちろん、滑らかな半透明の眠るニンフ像には、陰毛なんて生えてない。一方オランピアは……そりゃもちろん……生えているだろう、どうだったっけ？　彼は自信がなかった。思い出せない。ベッドに横たわる娘をあらためて眺めたとき、一瞬、わが目が信じられなかった。彼女はマネの絵よりカノーヴァの彫刻に似ている。陰毛がないのだ。

「きみ《パニ》はどうして剃ってるの？」動揺して尋ねた。

「ああ」彼女はころころ笑いながら答えた。「なんでもないわ。自分で剃ったわけじゃない。病院で剃られたのよ。最近、堕ろしたばっかりで」

「きみ《パニ》は避妊具を使わないのか？」医師は尋ねた。

「もちろんよ」彼女は言った。「教皇さまは避妊具を認めていらっしゃらないでしょ」それから楽しげにつけくわえた。「だからあなたには抜《パン》いてもらわないとね。ＯＫ？」

十四　ユークリッドはマヌケだった

ロンドンに戻ると、レディ・クーパーはポール・プレンティス師に長距離電話をかけて、彼の妹のミス・プレンティスはワルシャワに残るつもりらしいと伝えた。

「どれくらい？」

「わからないわ。あの子自身にもわからないんじゃないかしら」

「だけどどうして？」

「仕事を見つけたのよ」

「どんな仕事？」

「お役所の英語の翻訳にちょっと手を加えて、自然な英語にするのよ」

「なんておかしな……」

「まあ、そうでもないんだけど……」

「で、妹はどこに住んでるんです？　住所を教えてもらえますか？」

「残念だけどそれは無理。わたしにわかるのは、彼女に連絡を取りたければドクター・クシャク気付で、ということだけ。K－S－Z－A－K。でも、通りの名前も知らないのよ」それは事実だった。とはいえプレンティス師はもちろん彼女の言葉を信じないだろう。

「ですが、『ワルシャワ、ドクター・クシャク気付』と書くわけにはいきませんよね。ちがいますか？　その人がよっぽどの有名人でもなければ。有名人なんですか？」

「電話番号なら教えられるけど」

「その、妹はその男と一緒に住んでるってことですか」

「そうよ」

「どんな男なんです？」

「わたしと同じくらいの年よ。彼が子供のころから知ってるわ」

これは言うべきではなかった。ポール・プレンティス師は今、レディ・クーパーが妹をドクター・クシャクとやらに斡旋したのだと考えていた。彼は面白くなさそうな口ぶりだった。

「ひとめぼれ《クー・ド・フードル》ってやつよ」とレディ・クーパー。

「やれやれ」とプレンティス師。

＊

その夜、レディ・クーパーは奇妙な夢を見て、そして忘れてしまった。ひどく奇妙な夢だったことはわかっているのに、一場面たりとも思い出せないのだ。唯一、その夢の奇妙さだけを覚えていた。でも、奇妙さを、純粋に奇妙さだけを覚えているなんてことができるだろうか？「〜さ」で終わるような抽象名詞が、忘れられない何かになるなんてありうるのか？ 濃いコーヒーを一杯注いで飲んでから、弁護士に電話した。夫が死んでから三十年以上過ぎており、公文書は三十年で公開するというルールがあるので、しばらく前に、問い合わせておくよう彼に指示してあったのだ。

「レディ・クーパー、残念なお知らせです」弁護士は言った。「できるかぎりのことはしてみたのですが、当該文書にはどうやら五十年ルールが適用されているようなのです」

「つまり、わたしはけっして夫の死の真相を知ることができないというわけ？」

「ええ、おそらく……ですがもし……」弁護士はへどもどしだした。

レディ・クーパーは理解した。彼の「おそらく」は「おそらく真相は知らないほうがいい」ということ、「ですがもし」は、「ですがもし、事情に通じている友人なり敵なりがいるのなら、教えてくれるかもしれませんが」ということだ。夫の友人や敵の一部は彼女自身の友人であり敵でもある。けれども、ベルギーで何が起きて夫が死ぬに至ったのかについては、前者も後者も断固として口を閉ざしたままだろう。この国に受け入れられていないわけではないし、彼女がこの国に属していないわけでもない。彼女は受け入れられているし、属しているのだが、それでも昔ながらのよくある問題が残っている――彼らの妻たちや姉妹たちのうち、誰ひとり彼女と同じ学校に通っていなかったという事実、そして彼女の兄弟の誰ひとり、彼らと同じ学校に通っていなかったという事実が残っているのだ。彼女の過去におけるほんの小さなその部分は、ユゼフと彼のいる世界に属しており、その小さな一部分が、よそ者にとっては絶対に埋められない空白なのである。レディ・クーパーは階下に降りて車で出発した。

かつてピェンシチ将軍が常連としてビールを飲んでいたパブのある角で車を止めた。彼女は店に入った。午前十一時、開店時間だ。しかし店内には誰もいない。彼女が最初の客だった。ジンをグラスで注文した。バーテンダーは踵《きびす》を返し、いったん酒瓶を取りに向かったが、また戻ってきた。

「ジンとおっしゃいましたか、マダム?」と確認する。

「ええ、そう言ったわ」

二、三口だけ啜って店を後にした。ワイパーの下に駐車違反のチケットが貼ってある。十ポンド。彼女はふたたび車を走らせた。パートリッジの『スラング辞典』を求めて本屋から本屋へ。あわただしい昼食をとるために停車して、もう一枚違反チケットを受けとる羽目になった。やっと一冊見つけ、帰宅し、小包(印刷物・割引)を作り、ヘリコプターのパイロットのミスター・ミレクにもらった名刺から写して宛名を書き、郵便局に出かけた。すでに夕方の五時二十分。彼女は二ポンド八十二ペンス分の切手を舐めた。家に戻り、ラジオをつけた。ブクムラという単語の含まれる話の最後だけが耳に入った(ブクムラはテメルソンの小説世界に出てくる架空のアフリカの小国)。彼女は事情通の友人に電話をかけた。

「ブクムラで何かあったの?」

「ちょっと待って。確かめるから」少しして、「ああ、例の独裁者〈黒い小ナポレオン〉の話。とうとう捕まっちゃったみたい。反乱軍にね。森の奥に連れてかれて。比喩じゃなくて、文字どおり森の奥に連れてかれたのよ。たぶん死んでる」

「で、彼の母親は？」

「母親？　母親の情報なんてないなあ。気になるの？」

＊

寝る前に、レディ・クーパーはスーツケースから小さな学習帳を取り出した。赤い表紙に、

なまえ：イアン・プレンティス かもく：ユークリッドはマヌケだった

ミス・プレンティスから託されたものである。彼女は、レディ・クーパーのホテルの部屋を訪れて、こう言った。「イアンが書いて、あのエマって女の子に捧げたものなんです。覚えてますよね？このノートは彼女のものだって気がするんです。ロンドンに帰ったら、エマに郵送してあげてください。じゃなきゃ――できればそのほうがいいんですけど――近くに行ったときに、じかに渡していただけないかしら」

「もちろん、いいですとも」レディ・クーパーは答えた。こんなことを頼むのはややあつかましいように思えた。ズッパ公爵夫人も昔、そんなことを言っていなかっただろうか？　まあいい、とにかく今、彼女はロンドンの自宅にいて、四柱式ベッドで寝具にくるまって、イアンのノートを読みはじめた。

Euclid was an Ass
（ユークリッドはマヌケだった）

将来の僕の妻、愛しいエマ
ある補助命題によって難題が解かれた今
もはやその補助命題が不要になることを君は知らぬまま

本論文の目的はユークリッドがマヌケ（＝ロバ）だったと証明することである。
自分の鼻のサイズの三角形にあてはまることや、自分のケツのサイズの円形にあてはまる法則は、どんな三角形や円形にも、それが大きかろうと小さかろうとあてはまるのだとユークリッドは確信していた。どれくらい確信していたかというと、そのことをわざわざ公理の一つとして書き記す気にもならないほど確信していたのである。
さて僕、イアン・プレンティス（年齢 $12\,{}^{3}/_{12} \pm {}^{2}/_{365}$）は、このマヌケに挑戦する。

僕の仮説：
1. 最小限に小さな空間の一片が存在する。僕はそれを〈エマ〉と名づける。
2. 最小限に小さな時間の一片が存在する。僕はそれを〈イアン〉と名づける。

I

僕の定義：

1.〈エマ〉は空間の最小の構成要素である。エマはそれ以上分割できない。つまり誰か（例えばマヌケのユークリッド）がエマを分割できると考えるかもしれないが、エマをばらばらにしたらもはや空間としての特徴を有さない。そのどこをとっても、ここもあそこも左右も大小もない。

2.〈イアン〉は時間の最小の構成要素である。イアンはそれ以上分割できない。つまり誰か（ユークリッドではない。このマヌケは自分が時間を超えた存在だと考えていた）がイアンを分割できると考えるかもしれないが、イアンを分割して部分にしたらもはや時間としての特徴を有さない。そのどこをとっても、前後も早い遅いも長短もない。

議論：

僕のエマはマヌケのユークリッドが〈点〉と呼ぶものとはまったく無関係である。

僕のエマには長さ・幅・広さがある。しかし彼女は形がない。当然である、もし形を持っているとすれば彼女は部分から構成されていることになり、その部分（そんなものがあるとして）は空間の世界には属さないことになる。

彼女には決まった位置がない。なぜなら彼女は、いうなれば、1イアンのために存在するからだ。1イアンにはすぐに別のイアンが続き、二つのイアンの間には何も存在しない。これについては後で詳述する。なぜなら宇宙の根本原則に関わるからだ。

僕の〈線〉はユークリッドの〈線〉とはまったく異なるものである。

II

彼が考えた線は、彼が考えた大きさを持たない点から構成されているため、太さを持たないのだが、それにもかかわらずユークリッドは主張するのだ、線には長さがあり、あらゆる点は整数または有理数によってその線上に位置づけることができると。ただし例外は$\sqrt{2}$。だからこのマヌケは$\sqrt{2}$を無理数と名づけたわけだが、なんのことはない、実際には$\sqrt{2}$ではなく、彼の考えたバカな線のほうが無理なのだ（形而上的という意味で）。

僕の線にはそんなナンセンスなことは起こらない。僕の線は1エマの太さを持ち、何エマかの長さを持つ。僕の線は半分に分割できるが、それは線を構成するエマの数が偶数だった場合に限られる。もしエマの数が奇数なら、僕の線は決して正確に二分の一に分割することはできない。これで決まり。ピタゴラスはきっとこの考えを気に入ってくれたはずだ。それに僕の考える円もユークリッドのケツのような円とは別物だ。僕の円はユークリッドの円とはちがい、真ん中にケツの穴を必要としない。僕の円を描くには片方の脚をもう片方の脚より短くして、一歩一歩歩いていくだけでいい。なぜなら僕の考える円は多角形、それも一辺が1エマの多角形のことだからだ。つまり最小の円は3エマから成る三角形であり、次に小さいのは4エマで構成された正方形であり、以下同様、つまりユークリッドのケツのサイズの円は、要するに何万何億何兆というエマで構成されることになる。こう考えれば、例のマヌケなナンセンス、円の大きさにかかわらず小数点以下無限に続くπなんてものはなくなる。僕の円なら、πの値は最小で1エマぴったり、小数点以下なんて考えるのはマヌケなナンセンスだ。

きっとこんな質問がくるだろう。「1エマの大きさはどれくらい

III

なのか？」

僕の腹ちがいの姉であるズッパ公爵夫人のボーイフレンド、ペレトゥーオ枢機卿の計算によれば可能な最小の長さは1センチの10^{-32}である。枢機卿はこの数字を神学的な方法で見出した。それは人間の卵子は宇宙のサイズと最小の空間のサイズとのちょうど中間のサイズであるはずだという仮説である。枢機卿のはじき出した最小距離はプランクが導き出した10^{-33}センチメートルという最小距離とも大差ないので、これを作業仮説として用いたい。

すなわち
1000000000000000000000000000000000エマが1センチメートルである。

同様に、プランクの想定する最小の時間が10^{-44}秒なので、1秒は100000000000000000000000000000000000000000000イアンであると僕は考えることにする。


「ロンドン塔は100万個のレンガからできている」という言い方はできても、1個のレンガが$\frac{1}{1000000}$ロンドン塔だという定義はしないだろう。同じように、1センチメートルは10^{33}エマにあたると言えるけれど、だからと言って僕は1エマが10^{-33}センチメートルだと定義したりはしない。逆に、エマをセンチメートルで表すのではなく、エマを基準に1センチメートルを定義するのだ。エマが、エマだけが、すべての基準となる空間の最小単位なのである。

「大ロンドン市は1000万人の人口からなっている」という言い方はできても、1人のロンドンっ子が$\frac{1}{10000000}$ロンドンだという定

IV

義はしないだろう。同じように、1秒は10^{44}イアンにあたると言えるけれど、だからと言って僕は1イアンが10^{-44}秒だと定義したりはしない。イアンとエマは空間と時間の基盤となる最小単位であり、恣意的に定められた巨視的な単位であるセンチメートルや秒ではなく、自然の微視的な単位であるエマとイアン（僕たちの基本フラクタル）に基づいて計算をすれば、πだとか$\pm\sqrt{2}$とかいった空想上の数字を持ち出す必要はなくなるし、微分だの積分だのも不要になるだろう。
僕の考える時間の間隔$\triangle t = t_2 - t_1$は、おとぎ話めいた微小な単位として消えてしまうのではなく1イアンを意味し、それはちょうど空間の間隔$\triangle x = x_2 - x_1$が1エマなのと同じで、速度の極限値についていえば、僕の考える$\triangle t$は架空のゼロに近づく必要はなく、なぜなら速度の上限は何があろうと$\triangle x / \triangle t$＝エマ／イアン、これこそ光の速度であり全宇宙に存在する唯一の速度なのだから。それ以外の運動のちがいは、速度ではなく速さにある。さまざまなスピードは、2エマ前に進み、1エマ後ろか横に、右回りにあるいは左回りに進み、ふたたび戻り、10イアンごと、100イアンごと、1000イアンごと、100万イアンごと、10億イアンごとにしか前に進まないために生じるのだ。マヌケでバカのユークリッドが自明のこととしていた、確固として無時間で頑強な不動性というのは、実は1エマ前に進み1エマ後ろか横に進んだというだけのことである、なぜなら速度ゼロというのは、要するにエマ／イアンということであり、これこそが宇宙の基本的な振動なのだ。

V

結論：

神がエマを創ったとき、神は自分が完璧なものを創造したと考えた。

そこにマヌケでバカのユークリッドがしゃしゃり出て、完璧なものは彼の、ユークリッドの円とか四角形だけだと主張した。

そこで神も自分のエマを使って完璧な円や四角形を作ろうとしたが、できなかった。

なぜなら神が各辺の長さが100エマの完璧な四角形（正方形）を作ろうとしたとき、対角線が$100\sqrt{2}$になってしまうということに気づいたのだが、これは141よりも大きく142よりも小さく、つまり141エマでは短すぎ142エマでは長すぎるのである。

そこで次に神は対角線を100エマに設定して完璧な四角形（正方形）を作ろうとするものの、各辺が$100\sqrt{1/2}$になってしまうことに気づき、これは70エマよりも長く71エマよりも短いので、結局どちらを選ぼうとも神の四角形は歪んでしまうのだ。

さらに神が円周100エマの完璧な円を作ろうとすると、直径が$100/\pi$になってしまうのだが、これは31エマよりも長く32エマよりも短く、前者は短すぎ後者は長すぎることになる。

そこで次に神は半径100エマの円を描こうとするが、その円周は200πになってしまう、すなわち628エマよりも長く629エマよりも短く、それゆえ神の円はどうしても完璧にはならないのだ。

こんなことになったのも、人間の数学がユニコーンとか数字とかハムレット殿下とかいった、おとぎ話みたいな架空のものを数えているせいに他ならず、それに対して神の数学は実在のものを扱うのだ、例えば虎とかエマのような。

なぜなら架空のものについては、ユニコーンを半分にしてもやっ

VI

ぱりユニコーンだし、数字を半分にしてもやっぱり数字だし、ハムレット王子を半分にしてもやっぱりハムレット王子なのだ。神が扱う実在のものはちがう。なぜなら1匹の虎を半分にしたらもう一匹の虎ではない。なぜなら、もし1匹を半分にした虎がそれでも吠え、一匹の虎であることができるなら、1匹の虎は2匹の虎になってしまう、そして1＝2というのは神が定めた物事の法則に反する。虎のような実在のものに当てはまる法則は、やはり実在のものであるエマにも当てはまる。だからエマは2つに分割できないのだ。そしてマヌケでバカのユークリッドのせいで気分を害された神は、自分自身の完璧な四角形と円を作ろうと決心し、そのためにイアンからなる時間というものを発明した。神は自分の四角形と円を揺らすことにしたのだ。つまり正方形の対角線はあるイアンの時点では141エマであり、次のイアンの時点では142エマであり、それから141エマに戻り、以下同様。四角形の辺も、あるイアンの時点では70エマ、次のイアンには71エマ、以下同様。さらに神の円の直径はあるイアンのときは31エマ、次のイアンになると32エマになる。円周もあるイアンのときは628エマ、次のイアンには629エマになり、それからまた628に戻り、以下同様。神がさまざまなサイズの四角形や円を膨大な数だけ作ろうとしたとき、宇宙はそれら図形たちのさまざまな振動によって揺らぎはじめた。それらの振動の集合体こそ、僕たちが**物質**と呼ぶものなのだ。

そして今から3年後、僕がオックスフォードに2年在学し、巨大コンピューターを使えるようになったら、あの何百ものレプトンや中間子や重粒子、素粒子と呼ばれているそれらが、実は素粒子

VII

でもなんでもなく、無数の振動の無数の組み合わせでしかなく、ことごとく根源的な周波数に基づくものだということを、僕はきっと証明してみせる。根源的な周波数、すなわちエマ／イアン。

このことを僕は神にかけて誓います。

Ian Posthumous Pięść-Prentice

イアン・ポスチュマス（父の死後生まれた）・ピェンシチ・プレンティス

VIII

十五　塵と同じくらい年老いて

……バンパーとバンパーが接する、フォルクスワーゲンにフォードにフィアット、ホンダにマツダにラーダ、ジャガーにシムカにベントレー、シュコダにダットサンにコルト、タルボットにダイムラーにトヨタ、クライスラーにシトロエンにランチア、モスクヴィチにオペルにリライアント、サーブにキャデラックにボルボ、メルセデスにヴォクスホールにプジョー、ロールスロイスにローバーにアウディ、アルファ・ロメオにBMWにルノー、ドゥシュヴォにポルシェにオースチン・セブン。ハイランド・グリーン　アストラル・シルバー　リーガル・レッド、ダーク・ブルー　ラセット・ブラウン　プリムローズ・イエロー、シグナル・レッド、フォレスト・グリーン　ラピス・ブルー、クラレット　ジョージアン・シルバー　ハニー・ゴールド、バイパー・グリーン　ジェンシャン・ブルー　アンスラサイト・グレー、ウォルナット・ブロンズ　ピーコック・ブルー　クローム・イエロー、オリーブ・グリーン　トスカナ・ブルー　ジェット・ブラック、ハバナ・ブラウ

ン　ライマ・ブラウン　ブロンズ・メタリック、シスル・グリーン　ラグーン・ブルー　クラシック・ホワイト、ガーズ・レッド　レーシング・レッド　ミッドナイト・ブルー、シャンパーニュ・メタリック　ライト・オーシャン・ベージュ　アシーニアン・ブルー、バルチック・ブルー　ペトロール・ブルー　ブルー・キアロ、アイス・グリーン　コロネット・ゴールド　サハラ・ダスト、メタリック・コパー　リージェンシー・ブロンズ　コーヒー・ビーン・ブラウン、ロイヤル・ブルー　ミネルバ・ブルー　ピラー・ボックス・レッド、スモーク・グリーン　ダーク・オリーブ　インディゴ・ブルー、ポースリン・ホワイト　アスコット・グレー　マニラ・ベージュ、ナツメグカシミア　ガンメタル、オリエント・レッド　エクセター・ブルー　シルバー・シャドー、マダガスカル・ブラウン　キルン・レッド　グリーン・メタリック、オニキス・メタリック　チェストナット・メタリック　チェストナット・ブラウン、グリーミング・ブラック　モス・グリーン　ウィロー・ゴールド、スクワドロン・ブルー　クリーミー・ホワイト　マンガニーズ・ブラウン、カラメル・メタリック　アラバスター・イエロー　マホガニー・ブラウン。リムジン、サルーン、ファミリー・サルーン、スポーツ・サルーン、スポーツ・クーペ、コンバーチブル、キャブリオレ、二ドア、三ドア、四ドア、五ドアのファミリーカー、ステーション・ワゴン、タクシー　長距離バス
ミニタクシー　ミニバス　ダブルデッカー　バン　三十トントラック　超大型トラック《ジャガーノート》　ワゴン
タンクローリー　トレーラー　アイスクリーム・バン　ロールスロイス霊柩車　おんぼろ霊柩車
囚人護送車　パトカー《パンダ》　救急車　消防車　モーターバイク　モーターサイクル、一万の排気管、腎臓の上の内分泌腺、固く結ばれた上唇、噛んだ下唇、一酸化炭素、二酸化窒素、鉛、ブーッ！　ブ

ーッ！　アドレナリン――ロンドンを出るのに一時間、それから高速で西へ二時間。ヒッチハイク中の若いカップルが親指を挙げている、だけど彼女は止まらない。一人きりで考えたかったのだ。実は考えることなんて何もなかったけれど。あとひとつだけ、やらなければいけないことがある、だから邪魔されたくなかった。すでにポール・プレンティス師には電話した。これがやることその一。『スラング辞典』をヘリコプターのパイロットに郵送した。これがその二。弁護士に電話して、彼女は絶対に知ることができないと知った。これがその三。ピェンシチ将軍行きつけのパブに一瞬だけ立ち寄り、ジンを一口すすって、主よ、永遠の休息を彼らに与えたまえ《レクイエム・エテルナム・ドナ・エイス・ドミネ》と静かにつぶやいた。これがその四。残る仕事は、少女エマを見つけ、『ユークリッドはマヌケだった』が書かれた学習ノートを渡すこと。これがすべて片付けば、レディ・クーパーは過去からも、現在からも自由になるだろう。わたしは生まれ変わる……鏡に映る見た目はともかく、年寄りとはいえ、まだいろいろなことにチャレンジできないほどではない。だめだめ、今は先のことは考えないようにしなきゃ。

　目の前の上方に、高速道路をまたいで橋が架かっている。左側の高速出口はその橋につながっており、北へ向かい、右側に見える田舎道へと通じていた。その田舎道を行けば二十分で自分のカントリーハウスに帰ることができる。美しいカントリーハウスにはたくさんの……だめ、これも今は考えちゃいけない。出口に向けて左折しなかった。もともと左折できる車線にも乗っていない。彼女はそのまま高速を走っていく。

　彼女は次のサービスエリアに寄った。小用を足し、食事をとるために。ハドック煙草を一服、アップルパイ、コーヒー。駐車場に戻ると車が見つからない。どこにもないのだ。パトカーが通った。

彼女は杖代わりの傘を振ってパトカーを止めた。警官たちは彼女に乗るように言った。それから猛スピードで走りだした。「どんな車ですか?」警官は尋ねた。「ローバーV8、色はブロンズ・メタリック」彼女は答えた。「ナンバーは?」彼女は番号を伝えた。「うーん、奥さん、それは車のナンバーっぽくないですね」彼女は笑った。「ええ、ちがうわね。今言ったのは電話番号。わたしったら馬鹿ね」後部座席の警官がノートを取り出した。「あなたのお名前は?」彼は質問した。「クーパー」彼女は答えた。「クーパーだけ?」彼は尋ねた「レディ・クーパー」彼女は答えた。彼はトランシーバーのスイッチを入れた。「スピードを落として」彼女は声を張り上げた。「左側に……もしかして……そうよ、まちがいない、あの車よ!」待避車線にひっそりと、ブロンズ・メタリックのローバーV8が停まっている。パトカーを停め、降りた。三人とも。レディ・クーパーはハンドバッグをごそごそやって車のキーを取り出す。「ふむ」警官が言った。彼女はその警官を見つめた。「あなたアイルランド出身じゃないですよね、奥さん。いや、やっぱりアイルランド?」警官は尋ねた。「ちがうわ」彼女は答えた。「どうしてそんなこと訊くの?」「奥さんの話し方がね、ちょっと。こんなこと言うと失礼かもしれませんが」「ああ、発音ね。アイルランドじゃないわ。ポーランド生まれなの」彼女は答えた。「そうか。イギリスにはたくさんのポーランド人がいますよね。戦争以来。今じゃもう第三世代まで生まれてる。アイルランド人と同じくみんなカトリックだ。でなけりゃユダヤ。でも大事なのは、今まで捕まえたテロリストには一人もポーランド人がいなかったってことです」警官は言った。「そりゃ結構だわね」彼女は言った。警官たちは彼女の「そりゃ結構」という言い方が気に入って、にやりとした。「テロリストはたいていアイルランド人かアラブ人ですよ」それから、警官の一人が言った。「わたしがドアを開けましょう、奥さん」彼女がキーを手渡すと、彼は助手席の窓から運転席のドアの内側を覗きこんだ。それから車を回りこみ、もう一度中を覗いてからキーを差した。用心深く。ドアが開いた。警官はダッシュボードの下と座席の下をあらためた。「ちなみに、これは好奇心でうかがうんですが、ポーランドにはテロリストっているんですか」ボンネットを開きながら、警官は打ちとけた口調で尋ねた。「いませんよ」彼女は言った。「本当の意味ではね」彼女は補足した。「たぶん、全員がひとつの宗教を信じているからでしょう」警官は言った。「そうかも」彼女は言った。「アカたちがどうしてそんなに信心深いのか、わかりませんね」別の警官が言った。「まあ、そういうものなのよ」とレディ・クーパー。「そうですね」最初の警官は言い、少し考えてから付け加えた。「きっと若い連中はアカで、年寄り連中は信心深いんでしょう」「ひょっとすると逆かもね」とレディ・クーパー。「きっとそうなんでしょう」警官たちは同意した。トランクも調べたが、何も見つからない。警官たちは大きな懐中電灯を取り出し、膝をついて車体の下を確認した。「念には念を入れないと」彼らは言って、立ち上がった。「おそらく、たんなる若者のいたずらでしょう」「だけど、よりによってなんでこんな場所に乗り捨てていったのかしら」「たぶんガールフレンドとドライブしていて、サービスエリアに来て、そこで痴話喧嘩して、男があなたの車を盗んで走りだし、それを女が自分の車で追いかけて、ここで追いついて、仲直りして、末永く幸せに暮らしました、ってところじゃないですか。そういうことってあるもんですよ」警官は運転席に坐ってキーを回した。エンジンが満足そうにうなりはじめる。警官は車を出てレディ・クーパーのためにドアを押さえた。「一応何かなくなっていないか調べてみたらどうです」

「そうだ、大変！」レディ・クーパーは、にわかにパニックに襲われて叫んだ。彼女はグローブボックスを開けて学習ノートを取り出した。「これさえあれば大丈夫」

次の出口で高速を降り、彼女が進んだ脇道は、まっすぐに小さな海辺の町の中心部に通じていた。彼女はスピードを落とした。左側には住宅や小さな郵便局、いろいろな商店——肉屋、薬屋、八百屋、文具店、床屋——が並ぶ。右側には広くてがらんとした広場に続いて庭園か公園が現れ、そこには奥の森から侵入してきた木々が生い茂る。そして正面には——数軒のヴィラになかば隠れた海が見え、やがて右手奥に、庭園と向かい合う大きな灰色の建物が現れた。

文具店の窓の何かがレディ・クーパーの目に留まる。ポスターだ。**すぐコピーできます。A4・8ペンス。**盗まれたものはありませんかと警官に訊かれてパニックに陥ったことを思い出した。そうだ、最初からそうしておくべきだったんだ。コピーをとろう。彼女は車を停め、学習ノートをグローブボックスから取り出して、店に入った。

＊

カウンターの内側の男は電話中だった。店の隅で少年が愛車を修理している。「……二か月かかるってことはわかる……うん……いや……そうだ……ご本人からだ……ずっと使ってきた便箋の住所のまちがいに、今になって気がついたんだとね……そう、綴りまちがい……邸宅の名前がちがってたんだ……もちろん、こちらのミスさ……ほら、元帥は古くからの上客なんだ、無料で刷り直すって約束したんだよ……わかった、紙はうちが出すから、おたくは印刷してくれれば……いいとも……いや、封筒のほうは大丈夫……正しい綴りを書いたメモを送るよ……ああ……それでいい。じゃあな」

受話器を置いた店主は、自転車を修理している少年に怒鳴った。「電話中に音を立てるなって言っただろ！」

「はい、ニューマンさん。申し訳ありません、ニューマンさん」

ニューマン氏はレディ・クーパーのほうを向く。「いらっしゃいませ」

彼女は片手に杖代わりの傘、反対の手に『ユークリッドはマヌケだった』を持って立っていた。

そして……ああしまった、これは完全にまちがってる、コピーを取るなんて考えは気の迷いだった。つい弱気になったのだ。わたしは断じて、絶対に、コピーなんか欲しくない。過去の遺産のコピーを引きずったまま、明日から始まる未来に向かっていくつもりはないのだ。彼女は学習ノートを丸め、バーバリーのゴルフジャケットのポケットに突っこむと、コピーについては口にせず、チェスタトン＝ブラウンのヴィラへの道順をニューマン氏に尋ねた。ご存じかしら？

「知ってるか、ですって！」店主は叫んだ。「素晴らしいミセス・チェスタトン＝ブラウン、勇敢で、美しくて、高貴なご婦人です！　それに気の毒なチェスタトン＝ブラウンさん！　なんたる悲劇。なんたる悲劇！　あのお宅には、毎朝〈タイムズ〉と〈ガーディアン〉を、木曜に〈ラジオ・タイムズ〉、金曜に〈ハイヤー・エデュケーショナル・サプルメント〉、日曜に〈サンデー・タイムズ〉と〈オブザーバー〉を配達してるんです。月刊・季刊の学術誌は直接郵送されます、定期購読で。それからミセス・チェスタトン゠ブラウンには詩の雑誌も。ミス・エマは今はなにも取っていませんん。漫画雑誌を読むのをやめちゃったんです。まだ子供なんですが、でも……そう、ちがいますね。すごくかわいらしいお嬢さんにおなりだ。並外れたかわいらしさだといえるかもしれない、たぶん……でも、奥さんは道順を知りたいんでしたよね。簡単ですよ。東にほんの二、三マイル。海に面した家です。元帥なら、お住まいのバスコ・ダ・ガマ荘から、G・A・M・A、ガマ荘から、自前の高速モーターボートで一分もかからずに着くでしょう。車だともう少しかかるかな、でもすぐ見つかりますよ、もちろん場所さえ知っていればですがね、でも初めての人にはちょっと難しいかもしれませんね、だってもし海沿いの道を通ったら道は左折してどんどん海から離れて上り坂になってしまうし、だからといって上の道を選んで行けば右折するのはずっと先で、海岸沿いに降りるのはだいぶ離れた別のヴィラ、ヴィラネッリと呼ばれるどこかの大使の住まいの近くになってしまうでしょうね、その人はなんていうんですか、人付き合いがあまりよくないんですけど、ともあれ大使の住まいからも自前のモーターボートを使えばチェスタトン゠ブラウンさんの家に一分で着くはず、要するにチェスタトン゠ブラウンさんのヴィラは大使と元帥のヴィラのちょうど中間にあるわけで、だから海沿いの道を行こうと上の道を行こうと、どこで側道に入るのかをちゃんとわかっていないといけないんで……」ここで店主は一息つき、それから窓の外を指さした。「奥さんの車ですか？」

「ええ」レディ・クーパーは答えた。

店主は了解のしるしにお辞儀した。それからゆっくり少年のほうを向いた。少年は裏口の近くで自転車を磨いている。

「ビル！」

「はい、ニューマンさん」少年は返事した。

「奥さんの車に一緒に乗っていって、道を教えてあげなさい」

「無理です、ニューマンさん、まだ終わってません、あとちょっと自転車を……」

「ビル！」

「はい、ニューマンさん」

「男子たるもの、たとえどんな仕事があろうとご婦人を助けることを優先するものだ」

「はい、ニューマンさん、でも……」

「ビル！」

「はい、ニューマンさん」

「『でも』なんか聞きたくない。手を洗って、言われたとおりにするんだ」

「無理です、ニューマンさん、勘弁してください……」

「無理じゃないぞビル。奥さんの車に同乗して、バスで帰ってくればいい。運賃はあとで返す。行くんだ！」

「いやだ！」

「行け！」

「いやだ！」

「行け‼」

「いやだ!!!」少年は絶叫すると、自転車を倒して店の外に走り出し、ドアをバタンと閉めた。

「申し訳ありません」ニューマン氏は謝罪した。「見苦しいところをお見せしてしまって、ご不快になりませんでしたか、奥さん。こんなことを言えた義理じゃないんですが、ビルを非難しないでやってください。元々は礼儀知らずじゃないんですよ、奥さん。いい子なんです。ええ奥さん、いい子なんですが、心を病んでいましてね、奥さん。あの子を見てください奥さん、あんな大きくて力強くてたくましい子が心を病んでるなんて思いますか奥さん？　そんなに繊細に見えますか？そうです奥さん、あの子は無礼を働くつもりはなかったんです奥さん。実に気の毒な話なんですよ奥さん。実はね奥さん、海岸沿いのお客さんたちに新聞を届けるのがあの子の仕事だったんです。元帥、チェスタトン゠ブラウンさん、大使にね。あの惨劇があった日、ビルはいつもどおり、〈タイムズ〉と〈ガーディアン〉をチェスタトン゠ブラウンさんちに、次に〈タイムズ〉と〈ガーディアン〉と〈デイリー・テレグラフ〉と〈フィナンシャル・タイムズ〉と〈ヘラルド・トリビューン〉と〈ル・モンド〉と〈サン〉を大使に届け、それから来た道を戻ってもう一度チェスタトン゠ブラウンさんちを通ったとき、ちょうどあれが起きたんですよ。ビルは一部始終を目撃したんです。一部始終ですよ、奥さん。黒いプードル、爆発、破壊。血。死。ちぎれた脚。救急車。消防車。警察。その日以来、あの子は海岸沿いの配達を断固として引き受けないんです。それでちょっと期待したんですよ、奥さん、ローバーV8に乗れるとなったら、わくわくして海岸沿いに行く気を起こすんじゃないかなんてね、でも駄目でした、ご覧になったとおり、あの子の気持ちを変えられるほど魅力あるものなんてないんです。心理の問題ですよ、奥さん。あれからもう一年以上、いや二年近く経つのに、今でもまだ、ミセス・チェスタトン＝ブラウンがご主人の車椅子を押して店にやって来ると、あの子はシャクナゲの花みたいに真っ赤になって顔を隠してしまうんです。でもおかげで困っているんですよ奥さん、海岸通りの客のために、もう一人配達員を、女の子を雇うはめになっちゃってね、ビルにはそれ以外の場所、町と学校と城を担当させてるんですが」店主はそこで唐突に話をやめ、叫んだ。「学校！」腕時計に目をやって、カウンターから出てきて、レディ・クーパーの肘をつかんで、彼女をくるりと一回転させ、二人して店の入口を向き、ドアのガラス窓から外を見た。「見えますか奥さん、並木でちょっと隠れている、広場の向かいの灰色の建物」

「ええ、見えるわ」とレディ・クーパー。

「そう奥さん、あれが学校です」店主は高らかに言った。それからもう一度腕時計を見た。「きっちりあと五分で生徒たちが下校します。ミス・エマはもちろんご存じですよね……」

「ええ、実を言うと、エマに会うために来たんです」

「それは好都合」店主は言った。「すぐに会えますよ。ミセス・チェスタトン＝ブラウンが買い物や美容室で町まで出てこない日、今日がまさにそうなんですが、そうでなければ見かけてるはずですからね、でも今日は見かけていない、そういう日はミス・エマはバスで帰宅するんです。だからバス停に行けば彼女に会えますよ、奥さん。バス停は道路の反対側にあるからご注意。ここは一方通行ですから。不思議に思うでしょう、こんなに広い道路なのにって。この道路はお城に近づくにつれてどんどん狭くなっていくんですよ。とにかく道路の反対側には家は一軒もなくて庭園と原っぱと林があるだけで、バス停はあそこでしょう、だから生徒たちは道路を渡る必要はないわけです。それというのも……」店主はもう一度時計を見た。「あときっかり四分ですよ、奥さん」そう言ってドアを開けてくれた。「わたしの名前はニューマンです。お会いできて光栄でした、ミセス……」

「レディ・クーパー」とレディ・クーパー。

「お会いできて光栄でした、レディ・クーパー」とニューマン氏。

家々に囲まれた広場はがらんとしていて、周囲には人の住んでいる気配すらなく、ニューマン氏の長広舌をさえぎるお客が現れないのも無理はない。彼はドアを閉めてカウンターの中の定位置に戻った。レジをちらりと見る。今日の稼ぎは一ポンド三十七ペンス。左ひじをカウンターに乗せ、ぎゅっとにぎった左手で左頰に頰杖をついた。こんなに長くしゃべったことがあっただろうか？　いや……ずいぶん久しぶりのことだ！　ふたたび一人きりになり、考えごとにふけって、ひたすら思案に暮れる……今、彼女たちはどこにいるんだろう？　何をしてるんだろう？　妻と妻の愛人。そして愛人の連れ子。魅力的な娘だった、かつて一度、彼の唇に口づけし、ハハハと歌うように笑って踊りながら去っていった。

「ハハハ」ニューマン氏は口に出しながら、左袖にたくしこんだハンカチに右手を伸ばした。

彼は洟をかみ、居ずまいを正し、抽斗からメモ用紙を取り出すと、次のように書いた。「……元帥は楽器なんて脚に挟んでいない、元帥の住所はヴィオラ・ダ・ガンバ（両脚のあいだに支えて演奏する古い弦楽器。チェロの原形）ではなく、バスコ・ダ・ガマ、G・A・M・A」そしてメモを印刷屋あての封筒に入れた。

＊

……ぴかぴかの黒い靴、膝丈の白いウールのストッキング、それがいくつもいくつも、立ったり、歩いたり、走ったり、避けたり、振り返ったり、逸れたり、しゃがんだり、蹴ったり、跳んだり、踏んだり、踊ったり、小走りになったり、ぶらぶらしたり、うろうろしたり、ふらふらしたり、のらくらしたり、灰色の制服のスカート、灰色の制服のジャケット、緑の帯つき灰色の丸帽子の下のあどけないピンクの顔がいくつもいくつも、ほほえんだり、すねたり、しゃべったり、自慢したり、からかったり、笑ったり、むすっとしたり、つんとしたり、歌ったりして、空っぽだった広場が活気に満ちた。迎えに来た母親の車が何台か現れ、娘たちを拾う。ゆっくりと、広場が空になっていく。それからまた学校の入口が開き、さらに二人の少女が出てくる。並んで出てきたけれど、手をつないでいるわけでもおしゃべりしているわけでもない。一人は他の女の子たちの灰色のスカートと同じ布地の長ズボンを履いている。彼女の顔は茶色だった。帽子を目深にかぶり、右に曲がると歩いて行った。もう一人の女の子は、肩掛けカバンを振り回しながらバス停に向かう。

庭園の端にある木のベンチに腰かけていたレディ・クーパーは立ちあがり、道路を渡った。

「こんにちは、エマ」彼女は声をかけた。

エマはレディ・クーパーを上から下までじろじろ見たが何も言わなかった。

「わたしが誰かわかるでしょ、エマ？　マヨルカ島で一緒だったわよね。去年の夏。憶えてる？　レディ・クーパーよ」

エマは肩をすくめた。

「ねえ、エマ」レディ・クーパーは話の切り出し方をまちがえたと思った。「広場の向こう側、文房具屋さんの前に停めてある車、見える？　わたしの車よ。あそこまで歩きましょう。家に送ってあげるわ」

「バスで帰るから」エマは言った。

「決まりなの？」

「うん」

「そう、それが決まりなら仕方ないわ。でもあなたのほうが先にお家に着いたら、ご両親に、わたしが訪ねることを伝えてくれる？」

「無理よ」

「えっ？」

「無理って言ったの」エマはレディ・クーパーの目を見据えた。「家には誰もいないもん」

「そうなの？」

「誰もいないのよ。母さんは病院に行くから」

「お母さん、病気なの？」

「病気って言いたければ言ってもいいけど。母さんは私生児を生むのよ」

「まあ、エマったら！」レディ・クーパーは悲鳴をあげた。

少女がでまかせを言ってるのはすぐにわかった。もしミセス・チェスタトン＝ブラウンが本当に妊娠九か月なら、ニューマン氏は彼女が夫の車椅子を押しているとは言わなかっただろう。妊娠が事実なら、そんな大事なことを言い忘れるはずがない。エマは嘘をついているのだ、レディ・クーパーには家に来てほしくないから。正直なところ、レディ・クーパーだって行きたいわけではなかった。かわいそうなイアン。かわいそうな異母弟。かわいそうな『ユークリッドはマヌケだった』。彼女はバーバリーのゴルフジャケットのポケットから、学習ノートを取り出した。どうして郵送しなかったんだろう？　こんなところまでやってきた彼女の旅は、本当に必要だったのか？　そう考えてふと、戦時中のポスターを思い出した——**その旅、本当に必要ですか？**　四十年！　彼女のこれまでの人生のすべての旅は、本当に必要だったのか？

「ねえエマ」レディ・クーパーは言った。「ミス・プレンティスのことは覚えてるでしょう？　もちろん覚えてるわよね。何日か前、彼女に会ったの。今は遠いところに、外国に住んでいるのよ。それで、かわりにあなたに会ってきてほしいと頼まれたの。あなたによろしくって。それからこれを渡してほしいって。イアンがあなたのために書いたもの。だからミス・プレンティスは、あなたに持っていてほしいのよ。イアンはこれをあなたに捧げているわ。さ、受けとって」

少女は受けとったが、見ようとはしない。

「じゃあね」とレディ・クーパー。

少女は肩をすくめた。

仲間とはぐれたカモメが二人の上空に勢いよく飛んできて、すぐに海へと戻っていった。

レディ・クーパーはふたたび道路を渡った。

庭園の端まで戻ったとき、彼女は叫び声を聞いた。まさか、そんなはずはない。聞きまちがいだ。

彼女は振り向いた。

エマはさっきと同じようにバス停に立っていた。しかし今、少女は腕を伸ばし、道路ごしにレディ・クーパーを指さして、もう一度叫んだ。「くそババア！」

その瞬間、バスが姿を現した。まだ遠くにいたが、レディ・クーパーは自分の足ではバスがバス停に止まる前に渡り切れないことがわかっていた。だから彼女は踵を返して、その場から逃げだした。杖がわりの雨傘をつきながら、彼女は庭園を抜け原っぱを抜けて林に入った。そこでようやく足を止めた。木々に囲まれていれば安全な気がした。一匹のリスが木の幹を降りてきて、それからぴょん！と別の木の上に登っていった。どうしてそんなことをしたの？　その旅は本当に必要だったの？　それとも、旅こそ、この世で大切なただひとつのことなの？　自問自答するにはうってつけの簡単な質問。簡単で、馬鹿げていて、楽しい、と彼女は自分に言い聞かせ、一人きりでいる安らぎに身を委ねた。だがその気分は長くは続かなかった。一瞬でこの甘美な気持ちがかき消された。

「おい、あの女の子に何をしたんだ？」

彼女は男が近づくのに気づいていなかった。男は突然現れたのだ。

目の前に。

「あの女の子に何をしたんだ、この老いぼれくそ雌犬め」男は繰り返し、げんこつを彼女の鼻さきに突きつけた。しかし、彼女を動けなくしたのはげんこつではなく憎悪だった。男の体細胞の一つ一つからにじみ出てくる憎悪。彼女が長い人生の中で抑えつけてきたさまざまな恐怖が飛び出してきて、彼女を荒々しくつかんだかのようだった。とっとと殴ってくれればいいのに、そうすればこの恐怖にもけりがつく。そして男が手を出さないので、彼女は杖代わりの傘を振りあげて先に殴りかかった。男は動かない。

男は傘をつかみ取ると放り投げた。宙に舞った傘は半ば開き、鳥たちが驚いて逃げだした。

それから男は彼女を殴り、彼女は地面に倒れた。そして男のブーツが蹴ってきたとき、彼女は恐怖が去ったことにひたすら感謝した。

＊

ゆっくり彼女は目を開く。目の前には陰りひとつない青い空間。鮮やかな青。それ以外何もない。それが空だということはわかった。ゆっくり彼女は目を閉じる。時が過ぎた。彼女は頭を右に傾ける。ほんのわずか。彼女はふたたび目を開く。二つの足が見えた。目の前で、ハイヒールの靴についた二つの丸く光る締め具が彼女を見つめていた。彼女の視線はシルクのストッキングをたどっていき、膝を見る。そのさらに上にはスカートの裾とわずかな影。瞼が重くなって閉じる。頭が左に少し動き、元の位置に戻ると、草の葉がまた後頭部に押しつけられる。時が過ぎた。犬が吠える。ふたたび目を開けると、その目に、鏡をのぞいたときのように、彼女を見下ろす二つの目が映った。青い目。空のように。その顔は青ざめていた。長い金髪は無造作に垂れ、毛先が彼女の顔に触れている。「大丈夫ですか?」その言葉には旋律があり、歌のように聞こえた。彼女の唇は震えた。声が出なかった。それからは記憶がない。光も闇もない。時は仰向けに横たわりただひたすら待っている、やがてざわめきがやってくる、大きく耳をつんざくような騒音が、それから運ばれていく、上へ前へと、そして時間はフルスピードで進んでいく、がたがた震えながら、そしてようやく安息。それから彼女がふたたび目を開けたとき、目の前の高いところに白い長方形を見た。それが空でないことはわかった。頭上に浮かぶ白い長方形が天井とよばれるものだということがわかっていた。あるいはポーランド語ならスフィト、あるいはフランス語でプラフォン、あるいはドイツ語でツィマーデッケ、イタリア語でソフィット、スペイン語でテチョ、ポルトガル語でテト、スウェーデン語でタック、あるいはロフト、あるいは……


「シスター」彼女は言った。「約束して……」

「わたしはシスターじゃありません。看護婦ですよ、おばあちゃん」

「看護婦さん、お願いだから約束して、わたしが死にそうになったら、わたしの目を開けたままにしておいて、絶対に目を閉じさせないで、お願い看護婦さん」

「死んだりしませんよ、おばあちゃん。ひどい目にあったけど、順調に回復してますからね。さ、頭は動かさなくてもいいけど、ここに警部さんが来ていますよ。質問があるんだそうです。平気かしら？」

「大丈夫ですよ」

「おはようございます、レディ・クーパー」警部が言った。

「おはようございます……」彼女は言った。

「いくつか質問させてくださいい、レディ・クーパー……」

「ええ……」

「レディ・クーパー、今の会話をうかがっていてふと疑問に思ったんですが、どうして目を開けたままにしておいてほしいと看護婦に頼んだりしたんです？」

「それはね、目を開けていれば天井を見られるからですよ。天井は真っ白できれいでしょ？　きれいな白い長方形。そこにはなんの問題もない。だから天井を見ると心が落ち着くの」

「じゃあ、目を閉じると？」

「目を閉じると、男の顔が浮かんでくる。あの男の顔が瞼に浮かぶなんて耐えられない。死ぬときにまで、あの顔が永遠に道連れだなんて願い下げだわ」

「うかがいたいのはまさにそこなんです、レディ・クーパー。どんな顔でした？」

「憎しみに満ちた顔だった」

「どんな憎しみです、レディ・クーパー」

「悟りすましたような憎しみ」

「その顔について、もっと詳しく話していただけますか、レディ・クーパー？」

「口の隅によだれが垂れていました」

「他に何かありませんか、レディ・クーパー？　口ひげは？　顎ひげは？　金髪でしたか？　それとも黒髪？」

「いろいろな色をした顔でした」

「とにかく、できるだけ具体的に説明してください、レディ・クーパー。若者でしたか？　それとも年寄り？」

「塵と同じくらい年老いていましたよ、警部さん」

十六　「あらゆる川は海に流れこむ、しかし海はけっして満ちることはない……」

レディ・クーパーが自分のカントリーハウスと呼んでいたのは、庭園の縁を流れる小川のほとりに建つ、現代風に改装された十八世紀のロッジと、坂を五百歩ほど登った庭園の中央に建つ大邸宅（地元民は城と呼んでいる）のふたつで、後者は今は金持ち向けの健康クラブ、普通の言い方では健康クリニックに転用されており、レディ・クーパーの一人息子パーシヴァル・W・クーパー殿が経営者だった（WはWitoldの略、ヴィトルトと発音する）。

レディ・クーパーはいつもクリニックを避けていた。そこの低カロリーサラダも、水療法も、蒸気室も、サウナも、洗浄療法も、風呂も、手足治療も、ヨガも、理容師も、美容師も避けつづけた。出先――それがロンドンであれイタリアであれフランスであれポーランドであれ――から戻ってくると、クリニックとは小川（「領地内にある絶好のマス釣り場。詳しくは受付でお尋ねください」）を挟んで反対の岸に建つ白く美しいロッジに直行した。ロッジは高い木々と緑の低木林によって庭園の他の場所から隔てられていた。レディ・クーパーが、黒いロールスロイスの霊柩車で、つつましく静かに——そして最後に——戻ってきたのはこのロッジだった。

検死審問はなかった。彼女は自然死だと病院の医師が認定した。暴行の負傷は完全に治癒していたのである。事実上退院していたも同然で、病棟を出るために着替えているとき、看護婦にコップ一杯の水を所望し、「ほんのちょっとだけ」——看護婦に告げたところでは——「考えをまとめるために」ベッドに横たわった。彼女は静かに死んだ。目を開いたまま。人々がいくら閉じようとしても目は開いたままだった。

彼女は村の教会の小さな墓地に葬られた。参列者は息子のパーシヴァル・W・クーパーと庭師の妻だけだった。けれども、棺が墓に収められたときになって、三人目が息を切らしながら駆けこんできた。パーシヴァル・W・クーパーには見覚えのない中年男だ。男は花束を持っていた。

墓地からの帰り道、屋敷に向かって田舎道を歩きながら男は言った。「自己紹介させてください、ニューマンと申します」財布から名刺を取り出し——**N・N・ニューマン商会　文具　印刷　複写**——パーシヴァルに手渡した。

「はじめまして」名刺をポケットに入れながらパーシヴァルは言った。

「わたしは故人の親しい友人だったと思っております。とはいえ、かの優雅なご婦人とお目にかかったのはたった一度だけ、それもあの運命の日、あの悲劇的で野蛮な襲撃があった日にお会いしただけなのですが。オー・テンポラ！　オー・モーレス！」

「え？」とP・W・クーパー。

「つまり、なんてひどい世の中だ！　ということです」（「O tempora! O mores!」はキケロの言葉。「おお、なんたる時代！　おお、なんたる風俗！」）

「まったくです」とP・W・クーパー。

「レディ・クーパーはわたしの店にいらっしゃいまして。わたしたちは長いこと話しこみ、楽しい会話に時を忘れました」（ほぼ自分の独演会になっていたことを忘れているのだろう）「その思い出ゆえに……」

「ええ、わかります」とP・W・クーパー。

　話しているうちに二人は庭の入口に着いた。

「昼食をご一緒に、とは言いませんよ、ニューマンさん。わたしは食事の予定がありませんし、クリニックで提供できる昼食はお口に合わないでしょう。メニューは低カロリーサラダか高カロリーサラダのどちらか、あとはミネラル・ウォーターだけ。でも村にはいいパブがありますよ」

「とんでもない、もちろんお邪魔をするつもりなんてありませんでしたよ、しかもこんな大変なときに！」ニューマン氏は言った。彼の目はTシャツとバミューダショーツといういでたちでジョギングする美しい娘に注がれていた。娘は二人をめがけて駆け寄ってきた。

「まあ、まさしく友情の鑑ね！」娘は叫んだ。「素敵ね！　でも、どうしてあたしの居場所がわかったの？　悪がしこいおじさま！」娘は両手でニューマン氏の手を握りしめると、彼に口づけして、後ろに飛びのいた。「あははっ！」

「いや、ここに来たのは葬式の……」ニューマン氏は気まずそうに口を開いた。

　P・W・クーパーはニューマン氏をさえぎった。クリニックの患者に対して「葬式」という言葉を口にしてはならないのだ。「運がよかったですよ」彼は言った。「雲ひとつない快晴で」

「まったくです」ニューマン氏は同意した。「姪を紹介してもいいでしょうか、でももちろん、あなたはもうご存じなわけで……」

「姪ですって？　まっさかぁ」娘は笑った。「あたしのパパが、ニューマンさんの奥さんと浮気してるのよ。だからってあたしがニューマンさんの姪になるわけじゃないでしょ？　え、なるの？」娘は長い爪にマニキュアを塗った人差し指でニューマン氏の胸をつついた。「だったら素敵ね！　あたしに会うためだけにこんなところまで遠路はるばる来てくれるなんて、おじさまってば最高。だけどここのスケジュールはとっても厳しいの。急がなきゃ、もうすぐアロマセラピーマッサージの時間だから――ついてきて、見学してってもいいわよ」それからパーシヴァルのほうを向き、

「施術室に覗き屋さんがいてもかまわないでしょ？　それとも駄目なの？」

＊

パーシヴァルなんて仰々しい名前をしょいこむはめになったのは、どうやら父親のせいらしい。なぜこんな名前を選んだのか、彼には想像もつかなかった。父のことはほとんど覚えていない。写真は残っている、スポーツのユニフォームを着たサー・ライオネルの肖像画さえあるのだが、それらはけっして同じではない、記憶していることとは別物なのだ。それに父の身に何が起きたのか、本当には知らなかった。腹立たしいことに大人たちは口を濁していた。殺された？　それとも自然死？　それとも単なる失踪？　父親は英雄だったのか？　それとも裏切者？　それとも、ちょっと

ずつその両方だったのか？　それにしても、よりによってベルギーとは。なぜベルギー？　終戦から数年後、パーシヴァルがたったの三歳だったときに？　それとも四歳のとき？　知らないことは山ほどあった。ひょっとして彼は知りたくないのか？　知ってしまうのが怖いのか？　まあ、それはさておき。「パーシヴァル」に比べると、セカンドネームの「ヴィトルト」については、なるほど風変わりな名前ではあったけれど悩まずにすんだ。イニシャルのWだけを使うことにしていたからだ。Wで問題なし。実はVと発音するんですよ、なんてふれ回る必要もない。Vは勝利《ヴィクトリー》のV。この外国風のヴィトルトという名前を付けたのはまちがいなく母親だろう。Wと呼ばれるのに抵抗はなかったが、しかし彼は母親を嫌っていた。心の底から嫌っていた。彼が七つ、七歳のとき以来、母親を深く激しく憎むようになった。それ以前、人生最初の七年間に、深く激しく母を愛したのと同じくらいに。七歳になったとき、彼は学校に送りこまれたのだ、彼女、レディ・クーパー、すなわち彼の母親によって。入学するやいなやスカッシュを二パイント飲まされ、そのあとヤナギの籠に押しこめられて礼拝堂の天井にぶら下げられ、そのまま何時間も吊るされたあげく、とうとうオシッコをもらしてしまい、無理強いされた二パイントがぜんぶ天井から床にだだ漏れて、その後始末の床掃除を押しつけられ、しかも自分のベスト、シャツ、ズボン、ハンカチで拭くことになったばかりか、上級生たちは彼の尻に小さなペニスを突っこもうとした。教師たちは見て見ぬふり。まあ、なんだかんだ言ってもそこにあるのはプラトンの共和国、スパルタ式試練、パブリック・スクールならではの男らしさ《マチスモ》、彼らの人生の目標だった帝国主義の建設者たちの生存競争だ。「帝国の時代は過ぎ去り、小さな国々の時代が訪れた」（イギリスの政治家ジョウゼフ・チェンバレンの発言「小さな国々の時代は過ぎ去り、帝国の時代が訪れた」のもじり）という事実は都合よく忘れられていた。かくしてパーシヴァルは、強制収容所の残虐行為を聞くたびに、固い上唇の横にあざけるような二本のしわを刻むことになる。なるほど、もちろんまったく同じではなかろうが、自分もいくらか経験したことだ。しかも生き延びた。しかも泣き言をこぼさなかった。かわりに憎んだ。何よりも、彼はあのくそったれ気取り屋の、くそったれポーランド女を憎んだ、母はどうして息子をこんな目に遭わせることができたのか、とびきり素敵な僕の母さんが？「彼女はどうして」という口には出さないこの疑問がパーシヴァルの生涯にずっとつきまとっていた。それが今、母がいなくなってみると、当惑と驚きをともなった救いのない虚しさと恐怖が押し寄せてきた。これからはもう、何も憎むものがないかもしれないという虚しさと恐怖が。

最上階にある書斎の窓から、庭園、ロッジ、畑、小さな村、小さな教会、さっきまでいた墓地が一望できた。彼はインターコムのスイッチをつけた。「異状は？　なし？　ならいい。ああ、わたしなら平気だ。ありがとう。ああ。いいとも。そうだ、ロンドンに行く。一日か二日、まだはっきり決めていない。もちろん君ならひとりでも大丈夫だ。いや、こっちから電話する。わかったよ、何かあればセント・ジョンズ・ウッドの番号にかけてくれ、ただし本当に緊急の場合だけだぞ。いや、せっかくだが結構。それじゃ。え？　ああ、ありがとう。じゃあ」秘書の女性が彼を「あなた《ダーリン》」と呼ぶのが気に食わなかった。そこにはなんの意味も込められていないのだけれど。クリニックでは、秘書は誰かれかまわず「あなた」と呼ぶのだが、それが「はい、閣下」「はい、奥様」と言うときとまるで変わらない口調なのである。

＊

彼はオリーブ・グリーンのベントレーを家の前に停めた。黄色い線の上に。かまうものか。母親の鍵束を手に、正面玄関の前に立ち、どの鍵だろうと迷った。最初に試した鍵が正解だった。彼は旅行鞄を持ちあげて階段を上がっていった。フラットの入口で立ち止まり、ふたたびどの鍵なのか考えた。今度も一発で当たった。

部屋の空気は、母が吸ったり吐いたりしながら肺に取りこんでいた空気のままで、彼は母の命の息吹を鼻孔から吸いこんでいるような気がした。ホールの鏡の下の整理箪笥に鞄を置いたとき、電話が鳴りだした。もちろん前にもこのフラットに来たことはあったが、電話のありかはわからない。やっと見つけて受話器を取ると男の声がした。「レディ・クーパーのお宅ですか」

「ああ」

「窓の清掃業者です。三度もお電話したんですが、いらっしゃらなくて。明日の午前十一時でどうでしょう?」

彼は窓を見た。いったいなんなのかはっきりしないが、きたない物質が薄い膜を作っている。しかもガラスのまんなかに鳥の糞。「いいとも」彼は答えた。「明日の十一時に頼む」

彼は今、居間にいた。古い書き物机《エスクリトワール》――金のサテンウッド材のジョージア朝様式で、整理棚と抽斗のついた婦人用ライティング・デスクが目に入った。彼は机の覆いをガラガラと開けた。吸取り紙の上に母の日記帳と住所録が置いてある。日記を開く。月火水木……今日は水曜だったっけ?

腕時計の日付を確認する。まちがいない。そこで、木曜日のところにこう書きこんだ。

窓掃除　11 am

ページをめくって前の週を見て、金曜と書かれた枠に×をつける。日記を閉じ、住所録を手に取って、ざっと目を通す。やれやれ！　二百人以上の住所が載っている。なのに一人も葬式に来なかった。あのニューマンとかいう男以外には。考えてみれば、母の死が知られているはずがない。普通なら、〈タイムズ〉や〈デイリー・テレグラフ〉に死亡広告を出すべきところだ。けれども、〈タイムズ〉も〈デイリー・テレグラフ〉もクリニックで読まれているし、クリニックの患者が読んで死を意識し、動揺するのは望ましくない。だから死亡広告は出さなかったのだ。彼は脇ポケットをまさぐってニューマン氏の名刺を取り出した。「**文具　印刷　複写**」。ニューマン氏に頼んで母の死亡通知を住所録の全員に出してもらうことにしよう。

彼は日記をもう一度開き、

窓掃除　11 am

の下にこう書いた。

死亡通知　N氏

急に空腹を感じた。起きぬけに、しっかりしたイングランド式朝食（クリニックの薄い紅茶とヨーグルトではなく、オレンジジュース、ベーコンエッグ、キッパー（燻製ニシン）、トースト、マーマレード、コーヒーの朝食）を食べたものの、そのあと何も口にしていない。昼食もだ。彼はキッチンに入った。パンは石と化し、冷蔵庫《フリジデア》のパック入り牛乳はカッテージチーズもどきへと変貌を遂げている。だがいくつかの卵とチェダーチーズと堅焼きのライ麦ビスケットが残っていた。おまけにたくさんの缶詰や瓶詰、さまざまな珍味、トゥッティ・フルッティ（さまざまな果物を切って砂糖漬けにした菓子）が棚二つに詰めこんである。彼はレディ・クーパーのエプロンをつけて、ごたまぜ料理《スモーガスボード》をでっちあげると、キッチンテーブルで食べた。

居間に戻った彼は、ジントニックとペルノのどちらを飲むか迷った。飲み物用戸棚にペルノの瓶があったのは意外だった。母がジントニックを飲んでいる姿は見たことがあったが、ペルノを飲んでいるのは見た覚えがない。どうしたわけか……このささやかで無意味な発見が、彼にとってはきわめて大事なことに思えた。母について、ほかにも何か知らないことがあるのではないか？　ぼんやり考えるとまたふつふつと憎しみがわいてきた。ちぇっ、別にすべてを知らなくてもかまうまい、知る必要なんてないんじゃないか？　彼はため息をついた。まあいい。とりあえず今何を飲むかだ。ペルノかジントニックか。ど・ち・ら・に・し・よ・う・か・な《イーニィ・ミーニィ・マイニィ・モー》……七歳になる前にはもう耳にしなくなっていたこういう数え唄が、脳内の記憶のしゃっくりによって間欠的に現れるのは、どういう仕組みなのだろう？　彼はペルノのグラスに水を注ぎ、色が変わるのを眺めた。大きな安楽椅子の前のコーヒーテーブルにグラスを置く。安楽椅子は形も柔らかさも申し分なかった。父であるサー・ライオネルの遺品、革の小箱《エトウイ》から葉巻を取り出す。ゆったりと椅子にもたれかかり、自分の思考からも守られて、彼はくつろいだ。今は何にも煩わされない。敵もいない、義務もない、過去もない、未来もない、現在もない、何も。食後の葉巻に火をつけた。「女性はしょせん女性でしかない。だが素晴らしい葉巻は煙である」サム・ゴールドウィンかグルーチョ・マルクスの科白のようだが、実際はラドヤード・キプリングの言葉である。そう思うとありがたみがちがう。いや、本当にそうか？　彼はペルノを一口すすった。母はどこでペルノの味を覚えたのだろう。フランスか？　母はフランスで何をしていたのか？　この味は咳止め薬に似ていないか？　子供用の薬に？　アニスの果実だ。今はもうニガヨモギは使っていない。フランスでは一九一五年に禁止された。第一次大戦。もう一口すすり、もう一服ふかした。煙が目にしみる。おかしな話だ。いつも同じ銘柄の「コロナ」を日に二回、昼食後と夕食後に喫うのが習慣だったが、これまで目をやられたことなんてなかった。それが今は、そう、まちがいなく痛い。目が熱かった。チクチクする。目をぎゅっとつむり、たっぷり一分間閉じてみた。効果なし。こすってみた。これも効果なし。目をちらっとでも見てみたいと思った。ふと思った——目は爪先も、腹も、手も、鼻のてっぺんさえ見ることができるのに、目それ自体を見ることはできないなんて理不尽じゃないかと。少なくとも鏡を使わなければならない。階段を上ってバスルームに行き、壁にかかった鏡を覗きこんだ。まちがいない。目が赤く腫れぼったくなっている。しかも濡れている。まばたきしてみた。まばたきをしているあいだ目は目を見ることができない。目で目を見ることができなかったあいだに、まぶたは水分を押し出し、それが頬を流れていった。なんてことだ。もし他人がこの光景を見たら、俺が泣いていると思うにちがいない。馬鹿げてる！　俺は泣いたことなんてない。七歳になってからは泣いたことなんてないのだ、一度も、断じて。ロンドンの空気にアレルギーを起こしたのだろう、だがわかったもんじゃない……ムーアフィールズ眼科病院は眼科では世界一だ。電話して、あそこの一番の医者が誰か訊いてみよう。眼炎を甘く見てはいけない。目からあふれた一滴が頬を伝って口のすみについた。舌先で舐めてみる。塩水のような味がした。居間に戻り、レディ・クーパーの日記を開き、

窓掃除　11 am
死亡通知　N氏

の下にこう書いた。

ムーアフィールズ病院

吸いさしの葉巻を灰皿の縁にそっと乗せ、バスルームに戻って、目をぬぐうためにティッシュペーパーを探した。薬戸棚は部屋の隅、便器の横だ。その扉を開けて叫んだ。「まさか……」中には、坐薬の包みがあった。亡きレディ・クーパーは痔持ちだったのだ。彼も痔を患っていた。今までず

っと、寄宿舎学校での経験が原因だと思いこんでいた。どうやらそうではなく、母からの遺伝らしい。彼は顔をしかめた。痔をしょいこませたのはあの女だと責めたくてうずうずした。けれども同時に、母への同情が芽生えた。肛門で血管が腫れあがるのがどんなに気色の悪いことか、身にしみてわかっていたからだ。ともかく、七歳のとき以来初めて、彼は母に対して温かい気持ちを抱いた。まだいくらか不満混じりだったにしても。

薬戸棚の下に洗濯カゴが置いてあった。ちらりと目を向けたが蓋を開けて覗いたりはしない。ずんずんと寝室に向かった。もう暗くなってきた。電灯を点けた。巨大な作りつけの衣裳戸棚の三つの扉がぜんぶ開きっぱなしだ。「すごいな」彼は言った。大声で。目の前の光景はさながら歴史の展覧会だ。一番上の棚は左端が最も古く、戦時中の陸軍婦人部隊のスタイリッシュな帽子。その横には空襲火災監視係のブリキのヘルメット。それから色とりどりの浮わついたトークとピルボックス・ハット（共に縁なし婦人帽）、これは彼を生む前にかぶっていたものだろう。それから飾り羽根のついたクローシュ、ベレー、スカーフつきパナマ帽、シルクの帽子にフェルトの帽子にニットの帽子にミンクの帽子、虹の七色がすべてそろった目にも鮮やかな棚の左端から、ベージュ、ブラウン、グレー、ホワイト、ブラックの落ち着いた色味の右側へと移り変わっていく。同じ棚に並んだフィシュー（レースなどの三角形のスカーフ）やショールや手袋は、同じようにピンクやブルーやグリーンやイエローが左側、ホワイトやグレーやブラックが右側だ。「買って買って買いまくったんだろうな……」と彼は考えた。それからふと思った。「もし戦後四十年のあいだ、春夏秋冬の季節ごとに帽子を買っていたら、百六十個の帽子があるはず……でも実際は……棚の上に……いくつだ？　二十個？」いやいや、こんなのは馬鹿げている。母親の帽子を数えたりなんかするものか。ドレスだって数えない。ドレスは棚の下のコート掛けに吊るしてあった。こちらもやはり時系列順に並んでいるらしく、フロックやガウン、テイラーメイドのスーツ、ジャケット、スカート、ブラウス、スラックス、セーター、ジャンパー、そしてシルク、ウール、ウステッド、フランネル、ベルベット、コーデュロイ、ナイロンのもの、プリーツやニットやキルトや刺繍仕立てのもの、穿いて着るもの、被って着るもの、ジッパーで閉じるもの、古典的な服、仕立て服、既製服が、明るく華やかなものは左側に、落ち着いた色の淡いものと地味なものは右側に並んでいた。それからワードローブの床には山ほどの靴、母はこんなたくさんのハイヒールやブーツやサンダルをいつ履いていたのか、なんのため、誰のために集めたのか？　ヴィクトリア・アンド・アルバート・ミュージアムに寄贈するつもりか？　左側の仕切りの棚には下着類だ、ベスト、シュミーズ、ガードル、パンティー、スリップ、ブラジャー、ストッキング、タイツ、サスペンダーベルト、ナイトドレス、ベッドソックス、ベッドジャケット、そしてラベンダーの香りでいっぱいだった、もう無理だ、手のつけようがない、必要なのは女、女手が必要だ、こういったものの片づけ方は女にしかわからない。でも誰を呼ぼう？　答えはすぐ出た。サリーだ。

彼は居間の安楽椅子に戻り、ペルノのグラスと、灰皿の中で三分の一になった葉巻に戻った。葉巻は冷たく死んだように見えたが彼が喫うと蘇った。サリー。当然だ。今すぐサリーに電話することもできたし、そうすればサリーはすぐに飛んでくる、サリーなら、あそこにあるもの全部の処分の仕方がわかるはずだし、キッチンで完璧な夕食を作ってくれるだろうし、ベッドも共にしてくれるだろうし、この家を完全に家庭的な雰囲気に包んでくれるだろうが、それこそまさに彼が恐れていることでもあって、なぜなら彼は彼女が自分と結婚したがっていることを知っていたからだ。そして彼も結婚するしかないなら彼女と結婚するだろう。しかし彼は結婚など望んでいない。ちっとも。ほんのこれっぽっちも。遠慮したい。まっぴらごめんだ。経営する健康クリニックの最上階のオフィスに坐っていれば満足なのだ、必要なサービスは整っているし、コックは専用の料理を作ってくれるし、後腐れのないセックスの相手も各種事欠かない。もちろん子供が欲しいとなったら話は別だ。でも子供なんていらない。ただでさえ世界には人間という害虫がうじゃうじゃあふれかえっているんだ、どうせ叩き潰されるだけなのに、あるいは――もしかすると？――叩き潰す側になるために、もう一人をつけくわえる意味なんてない。とにかく、結婚なんて金輪際ありえない。たとえあんなにいい子でも。サリー。彼女を妊娠させ、その子供が生まれる前に殺されてしまった青年のガールフレンドだった。馬鹿な若者。学士さま。どこかの有名な作家の瞳の色を知りたいばかりに別の学者のところに質問に行って、そこに爆弾があって、爆弾が炸裂して、木っ端みじんに吹き飛ばされた。かわいそうなサリー。彼、つまりパーシヴァルが知り合ったときには、彼女はすでに女の赤ん坊を生んでいた。その赤ん坊は生後数か月のときにマクファーソン夫人、つまり赤ん坊の祖母の手に渡されていた。そして、サリーが言うにはそんなことをしたのもマクファーソン夫人が彼女（マクファーソン夫人）の頭を下げて彼女に彼女（マクファーソン夫人）の息子の子供を譲ってくれと彼女に頼んだからだというのだが、彼（パーシヴァル）はサリーがそんなことをしたのは彼女（サリー）が赤ん坊を抱えていないほうが彼が彼女と結婚しやすいだろうと踏んだからだ、ということを知っていた。彼には結婚するつもりなんてないのに。結局、彼女は今、恋人もいなければ、赤ん坊もいなければ、夫もいない。まあ、それでもサリーには例の国会議員《MP》がついている。彼女はそのMPの秘書だった。果たして彼女がそいつと寝ているのかどうか、彼（パーシヴァル）は知らなかったし、気にもしていなかった。議員は最近まで労働党所属だったのに社会民主党《SDP》に鞍替えし、サリーに「わたしの裏切者さん」と呼ばれていた。ところで、その「裏切者」は彼の従兄《いとこ》か何かにあたるのではなかったか？　もちろんそうだ。彼（パーシヴァル）の父方の従兄だ。だってデイム・ヴィクトリアは父サー・ライオネルの異父妹ではなかったろうか？　それにじかに会ったことはないけれど、彼（パーシヴァル）もその男を「裏切者」と呼ぶ権利はあるのだ、だってサー・ライオネルがベルギーでいまだ説明されない怪死を遂げたあと、そいつはレディ・クーパーと縁を切ってしまったのだから。とはいえ結局、彼（その国会議員）は血縁のトラブルに巻きこまれる運命だったにちがいない――姪がなんらかの事件に関わったのがもみ消されたのではなかったか？　サリーがそんなことを話そうとしていたが、彼（パーシヴァル）は聞かなかった。そういう類のことは聞きたくないのだ。けっして。ベルギーで父に、サー・ライオネルに、何が起こったのかを本当には知りたいと思っていなかったし、サリーのボーイフレンド、マクファーソン青年がどんな事情で粉々に吹っ飛ばされたのかも本当には聞きたくなかったし、それを言うなら母が、つまりレディ・クーパーが死んだあとになってやっと警察からの連絡があったのも、どちらかというとありがたいと思っていたくらいだ。憎しみを感じていたのは事実。けれども飛んで行って病院で寝ている傷だらけの母を見たいか、暴行の詳細を聞きたいかといえば、そんなことはまったくない。

まあ、どっちにしろ聞くほどの情報なんてなかったのだが。警察はまだ犯人をつきとめていない。それに、犯人が母から金を奪わなかった理由も謎のままだ。ひょっとするとレディ・クーパーが抵抗したせいであきらめたのかもしれない。警察はそうほのめかしていた。警察は、近くにあった壊れた傘から、彼女が抵抗したと考えている。しかしとにかく、彼（パーシヴァル）は襲撃の状況なんて想像したくなかった。彼は〈ニュース・オブ・ザ・ワールド〉のような煽情的な雑誌の愛読者ではない。いつだったか、サリーは彼に、健康クリニックという聖域を出て大人にならなきゃと言っていなかったか？　確かに言っていた。でも、そんな必要がどこにある？　彼は大人たちが嫌いだった、世間をよく知っていて、いろいろなやり方で他人を攻撃するような大人たちが。刑事の言葉では、レディ・クーパーは犯人の容貌を忘れてしまったか、あるいは言い渋る様子だったという。彼女（レディ・クーパー）が口にしたのは、犯人が「悟りすましたような憎しみ」を顔に浮かべていたということだけだったと彼（刑事）は言っていた。「悟りすましたような憎しみ」というのは、面白い「大人らしい」言い回しだ。撞着語法と言っていい。「賢い愚かさ」のような。あるいは「子供じみた大人らしさ」のような。まあ、それを言うなら、甘く酸っぱいわれわれの世界自体がもともと撞着語法的じゃないか？　かなり。「汝平和を望むなら戦いに備えよ《シー・ウィース・パラー・ベルム》」というのだから、撞着語法そのものじゃないか？　あまつさえ現在は飽食の時代で食糧危機だというのだから、これも撞着……そうか！　そうすればいいんだ。彼はペルノのグラスを置いた。サリーへの電話はやめだ。オックスファム（慈善団体）に来てもらって、レディ・クーパーの衣服の処分を頼もう、連中なら何をどうすればいいか心得ているだろう。やれやれ《グッド・ゴッド》、どうしてオックスファムのことをすぐに思いつかなかったんだ？　ところで今、つい「グッド・ゴッド」と言ってしまったけれど、「善良な神《グッド・ゴッド》」というのも撞着語法じゃないか？　全宇宙で、神ほど善良ならざる者がいるだろうか？　**彼**は残酷さと不正の原理原則の上に、全宇宙の有機化学を作りだしたんじゃないか？　おまけにその責めは人類《こっち》に丸投げして……彼は立ちあがり、部屋を何度かぐるぐる歩き回り、それから書き物机の前のジョージ朝様式の背板の高い椅子に腰を下ろし、母の日記のさっきと同じページを開き、

窓掃除　11 am
死亡通知　N氏
ムーアフィールズ病院

の下に書いた。

オックスファムに電話

レディ・クーパーの日記は、筆まめな書き手向きの日記ではなかった。毎日のメモ用に、約一インチ×二インチの空欄のついた一種のスケジュール帳で、見開きが一週間七日分になっている。彼は用心深く二ページめくり、二週間分さかのぼってみた。そこには四つしか記載がなかった。すべて同じ一日に記してある。

P・プレンティス師に電話
弁護士に　　〃　（三十年ルールについて）
パートリッジの『スラング辞典』
ユークリッドはマヌケだった

これらが最後のメモであり、母は——おそらく——出発の前日に書いたのだろう。刑事に見せるべきかどうか考えた。警察も同じように首をひねるだろうか？　ユークリッドはマヌケだった！なんの話だ！　さらにページをめくり、過去にさかのぼった。ヒースロー空港からオケンチェ空港（ワルシャワ）への飛行機の出発時刻がペンで書かれていた。それに続けて、あきらかにあとから書き足したように、鉛筆で

ミス・プレンティスと機内で再会
税関で棺のトラブル

翌日のメモ
ワルシャワから村へタクシー（20km）
ピェンシチ（ピェンシチェヴィツキ）、忘れられている

二日後のメモ

ユゼフと会う　些末《インポンデラビリア》なこと
彼の厳しい尋問。愛想よく。

翌日のメモ（次の日の欄にはみ出している？）

8:30 am　ミス・P
ユゼフ。ヘリコプター。ユゼフに戻る。

買い物。ドライバー。自由の女神。

PとJが見つめあう。笑。

ミス・P「政治家は不滅ではない、政治は不滅ではない、詩は不滅ではない、良いマナーは不滅である」

ドクター・ゴールドフィンガーと再会。わたしの生物学的父親が十五歳の少年だと打ち明ける。わたしが異母妹だとズッパに伝えてもらうため。彼は今や、ピェンシチ将軍がわたしの実の父だと知っている唯一の存命の人物。

二日後のメモ
ロンドンへ（帰りの飛行機の時間）

彼は日記の残りのページもめくってみた。興味を引くようなことは何もない。その時々のメモや約束、例えば「**美容室　2:30 pm**」「**歯医者　11 am**」等々。もっと昔の日記を探してみようと思った。三十年前、父サー・ライオネルがベルギーで死んだ／失踪したときの日記がないかと、少しだけ期待していた。古い日記は一冊もなかった。母が破棄したのだろう。それともロッジのほうに保管してあるのか。まあいい。書き物机にあったのは、面白くもないものばかりだった。未払いの請求書。レシート。何通か手紙もあったが読まないことにした。少なくとも今は。とにかく、まあいい。席から立ちあがりかけたとき、抽斗の底に張りついた黄色い紙ばさみが目にとまった。それを取り出して寝室に持っていき、ベッドわきのテーブルに置いた。朝からいろいろあったせいで疲れ切っていた。上着を脱ぎ、靴を脱ぎ飛ばし、靴下を脱いだ。ベッドのそばに、レディ・クーパーの柔らかいピンクのスリッパがあった。彼は足を通してみた。すんなり履けた。ホールから旅行鞄を取ってきた。パジャマと洗面用具を出した。ベッドカバーを畳んで片づけた。ベッドには寝た跡がある。当然だ。シーツを替えるほうがいいだろうか？　とんでもない。彼にはできない。馬鹿げた話だ！　服を脱いだ。パジャマは鏡台の前の椅子に掛けてある。だが、彼は枕の下にレディ・クーパーのパジャマがあることに気づいた。パジャマの上着とパジャマのズボン。それを手に取った。シルク百パーセント。ウィンストン・チャーチルはいつもシルクの下着を着ていたそうだ。戦時中、防空服の下にも。直に肌に触れるシルク。どんな感触だろう？　シルクとラベンダー。誰にも見られていないことを確認するように、彼は周囲を見回した。それから、シルクのパジャマのズボンを慎重に穿いてみると、一インチばかり短かったけれど、きつくはなかった。次にシルクのパジャマの上着を着て、ボタンを楽々とめると、ベッドに横たわり、キルトの掛布団をかぶった。一瞬、彼はベッドわきのテーブルに置いた黄色い紙ばさみに手を伸ばしたが、うとうとしていたので、結局、疲れた弱々しい手は紙ばさみに届く前に力尽きてしまった。

暗く黒々した、どこからどこまで続くのかわからない川が、彼の夢の中を流れはじめていた。川には橋が架かっていたが、むしろ船の艦橋のような姿だ。その橋は、時間からも空間からも切り離されて両端が見えない。橋の上には背の高い痩せた男が一人、傲然と胸を張ってパイプを喫っている。男の頭上に空はなく、ただ真っ黒な闇が果てなく深く続いているばかりだ。その下に深く黒い川が流れているのは恐ろしい光景だった。川は先のほうにいくと二手に分かれ、そのあいだに泥、砂、土を堆積し、二本の川はそれぞれ三本ずつに分かれ、三本の川はそれぞれ四本ずつに分かれ、四本の川はそれぞれ五本ずつに分かれ、こうして何百何千の川が支流が細流が、流れ溢れ湾曲し、ひとつひとつに命が宿り、ひとつひとつに名前があり、それは彼が直接知っている人の名前であったり、知っているけれど思い出せない名前であったり、喉元まで出かかっているのに思い出せない名前であったりして、そこに聖職者のような声が朗々と響く。「**あらゆる川は海に流れこむ、しかし海はけっして満ちることはない**」(『伝道の書』第一章第七節)。その声を耳にすると、彼はぱっと目を覚まし、叫んだ。「そこにいるのは誰だ?」

誰もいなかった。ベッドわきの明かりはついたままだ。外で車の通る音もしない。完全な静寂。完全な無。しかし……「ちくしょう」彼はつぶやいた。ベッドを濡らしてしまったことに、射精してしまったことに気づいたのだ。夢も見ていないのに。彼は夢なんて見なかったと思いこんでいた。「ちくしょう!」彼は繰り返した。「この年になって!」夢精はありふれたことだ、ちっともおかしくない、思春期の若者なら、だが俺は三十代じゃないか? それに性生活だって問題ない、まったく問題ない、そうだろう? じゃあどういうことだ? 性欲過多? 精巣がホルモンを作りすぎているのか、精嚢が分泌物を溜めこみすぎたのか、前立腺の圧力が強すぎたのか、それとも俺は神経過敏なクソ野郎なのか、まあいい、とにかく目のことで眼科医に行くと決めてるんだ、そのときついでに相談したっていいだろう。眼科医だって医者なんだから。彼はベッドから出てシルクのパジャマを脱ぎ、自分のパジャマを着た。汚したレディ・クーパーのパジャマのズボンは鏡台の前の籐椅子にひっかけて、キッチンに行った。濃いブラックコーヒーを淹れ砂糖をしこたま入れて飲もう。お湯が沸いてやかんが鳴りだしたとき、ふと、自分が実は夢を見たのかもしれないと思った。でも、どんな夢だったろう――無理にでも思い出すにはどうすればいい？　できなかった。夢を思い出すかわりに、彼の記憶に、長い間忘れていた詩の一節、七歳より幼かったころに覚えた詩の一節がよみがえってきた。

生きることを愛しすぎるせいで
　解き放たれた希望と恐れのせいで
どんな神にかは分からないが
　われわれは短い感謝をささげる
人間の命は永遠ではないということに
死者は二度と起きあがらないということに
もっとも弱々しい川でさえ
　曲がりくねりながらどうにか海にたどり着くということに

（アルジャーノン・スウィンバーン「プロセルピナの庭」より）

　

そうだ、確かに夢には川が出てきた、しかしそれは弱々しい川じゃなかった、ちがう、弱々しい川はレディ・クーパーの象徴だろう、だが夢にレディ・クーパーなんて出てこなかった、絶対に出てきていない、特定の人物に関する夢じゃなかった、夢はおびただしい人々であふれかえっていた、何百万、何百億もの……沖積土……聖職者の……泥のような……まあいい、とにかく……彼はあくびをした。ブラックコーヒーを手に寝室に戻り、カップをベッドわきのテーブルの電話の横、黄色い紙ばさみの上に置いた。籐椅子に掛けたシルクのパジャマをちらりと見る。洗濯しなくていいだろう。濡れた部分が乾いたらこそげ落としてしまおう。数百万の生殖細胞、世界中の卵子と融合できるほどの数。彼はコーヒーを一口飲んだ。ベッドの縁に腰かけてもう一口すすった。まだ履いていたレディ・クーパーの柔らかいピンクのスリッパを脱ぎ飛ばした。ベッドに長々と寝そべった。健康クリニックのベッドよりもこっちのほうが好きだと思った。キルトの掛布団も気に入った。ベッドわきの明かりはついている。パールグレーの窓の向こうで、グレーの空が夜明けを告げる。彼はほほえんだ。どこかの寝ぼけた鳥が、かぼそい声でさえずっている。コーヒーカップの下から黄色い紙ばさみを抜き取ったとき、だしぬけに電話が鳴りはじめた。

彼は無視した。しかし電話は鳴り続けた。しつこく。

彼は受話器を外し、電話の横に置いた。

音は鳴りやんだが、通話口からは声が聞こえて、いつまでも言い続けている。「もしもし、もしもし、もしもし……」

彼は受話器をつかんで叫んだ。「うるさいぞ、馬鹿野郎！」そして受話器をガシャンと戻した。どうしてそんなことをしたのか自分でもわからない。誰からの電話だったんだろう？　これもまた家族の秘密のひとつか？　と彼はつぶやいた。黄色い紙ばさみをもう一度手に取った。それをちらりと見た。そして開いた。中身は空だった。何も入っていないのだ。

彼は笑った。

それから、電話を手元に引き寄せて、サリーの番号にダイヤルした。

結び《コーダ》　彼の脚注のためのサーディンは一匹も見つからず

早朝の太陽がすでにパリのメディシス通り沿いの家々の屋根の上に昇り、空から木々の梢を照らしていたとき、公園の鉄門のそばに立っていた男は、ちょうど園内から出てきた男を見つけて仰天した。「どういうことだ?《コマン》」門番は言った。「たった今、門を開けたばかりだってのに、どうやって出てきたんだい?　入る間もなかっただろうに」それから思いついてこう尋ねた。「おいおい、まさか一晩中公園のなかで寝てたとか言わないでくれよ、美しい星空の下《ア・ラ・ベル・エトワール》で、なんて」

茶色いスーツを着た男は返事をしようともしなかった。まだ早い時刻で、夜どおし積もっていたパリの街路の埃が、あらゆる方向に急ぐ悩める人々の駆け足にあおられて舞いあがりはじめていた。茶色いスーツの男は、自分の居どころや時間を気にするふうもなく、右に左にと角を曲がりながらぶらぶら歩いた。十時半を過ぎたころ、カフェ・ド・トロワ・ユニヴェールで足を止め、ためらうことなく店に入った。

彼は目の前の、カフェの奥に並ぶ六十三本の瓶を見た。数えるまでもなく六十三本だとわかった。彼ら、つまり人間たちのことだが、「彼ら」でも一目見ただけで二本か三本か四本の瓶ならぱっと見でわかるだろうし、ひょっとすると（もし瓶がなんらかの対称性をもって並んでいれば）八本や十二本という数もわかるだろうが――だが、もし一ダースを超える瓶があれば、それが何本あるかを一目で見てとることはできず、数えなければならないだろう。しかし彼には数える必要がなかった。彼はコンピューターではない。ただ見るだけで、上の棚に十七本、真ん中の棚に二十二本、下の棚に十九本の瓶があり、カウンターに四本、バーテンの手に一本の瓶があることがわかるのだ。彼を困惑させるのは瓶の数ではなく色のほうだ。こんなにふんだんに色があるのに、それを表すための単語の少ないことといったら！　まったく、なんて貧弱な言語だ！　「彼ら」のように、シャルトルーズ・ヴェルトとディアボロ・マンテを同じように「緑」と、シャルトルーズ・ジョーヌとアイアー・コニャックを同じように「黄色」と呼ぶなんて、愚かしいにも程がある。それにワインの色はどうだ？　ワインには何百もの異なった色があるというのに、「彼ら」は、人間たちは、たった三つの単語、赤、ロゼ、白しか使わない。さらに奇妙なのは、どんな「白」ワインも雪と同じ色はしていないし、どんな「ロゼ」もバラの色をしていないし、どんな「赤」ワインもヒナゲシと同じ色をしていないということだ。

カフェにある多種多様な色の飲み物を眺めながら、青い飲み物はひとつもない、と彼は思った。そういえば、彼は人間が青いものを飲むのを見たことがなかった。それに、青いものを食べるのも。たぶん、ゴルゴンゾーラ・チーズに含まれるちっぽけな青い筋は別だが。しかしこれも変だ、青い筋の入ったチーズを「青」と呼び、空を同じ「青」と呼ぶなんて——あきれるほど雑なボキャブラリー！　彼は、彼なら何百もの色を区別できるのに、彼らはそれらすべての色を表すために、事実上七つの単語しか持っていないのだ。七色に加えて、黒と白と灰と茶と金と銀（これらは厳密には色とは言えない）。もちろん、匂いとなるとさらにひどい。彼は何千もの匂いを嗅ぎ分けられる。なのに彼らの言語ではどの匂いも、ひとつとして、ちゃんとした名前を与えられていない。むちゃくちゃだ！　例えば今、サンプルとなる空気を鼻に吸いこんでみる。淡い黄色がかった（？）——緑がかった（？）ペルノの香りが、目の前の背の高いグラスから立ちのぼってくる。左隣の小さなテーブルに腰かけた男が読む〈ニューヨーク・ヘラルド・トリビューン〉の紙とインクの匂い、その男がブロンドの（？）ビールのグラスを置くたびに飛び散るモルトとホップの微粒子。そしてペストリーとクリームとチョコレートとブラック（？）コーヒーとホワイト（？）コーヒーの香りを漂わせる右側の小さなテーブルには二人の女性が坐り、全方位的に性フェロモンを放っている。その性フェロモンは彼の鼻腔の奥深くまで入りこみ、おかげで自分が望む以上に何度も彼女たちのほうに顔を向けることになった。カフェにいる他の男たちも同様なのだが、彼らは——フェロモンを嗅ぎ分けることができないために（にもかかわらず、神経はしっかり反射作用を起こして）——彼女たちの容貌に惹かれたのだと思いこんでいる。

　彼は給仕《ギャルソン》を呼び、何か書くもの《ド・コワ・エクリール》を所望した。過ぎし日のパリのカフェでは、「何か書くもの《ドネ・モア・ド・コワ・》をもらえませんか？《エクリール・シル・ヴ・プレ》」と尋ねることができたものだ。けれども彼はそんな昔を覚えているような年には見えない。どうしてそんな風習を知っているのか？　「店では用意していません」給仕は言った。「でも、入口の横にある煙草屋《ビューロー・ド・タバック》で買えますよ」

彼は封筒と便箋と切手を何枚かと、ボールペンを一本買った。小さなテーブルに戻ると、〈ニューヨーク・ヘラルド・トリビューン〉を読んでいた隣の男が、こちらをじっと観察しているのに気づいた。けれども彼は気にしない。便箋を一枚取り出してペンで書きはじめる。

愛するママ、

僕の体は彼らの体を完全に理解している。僕は彼らと同じ動きをし、同じ空腹を感じ、疲れ、眠くなり、ここの女性たちが近くで発散する性フェロモンに積極的に反応する。まったく理解できないのは彼らの思考法なんだ。ほんと不思議だよ。だって、もし僕の脳が、マダム・タッソーの蠟人形のように正確に彼らの脳をコピーしているなら、同じように機能するはずじゃないか？　どうしてそうならないのか、まあ、先生なら説明してくれるかもしれない。

でもね、愛するママ、彼らと同じ脳を持っていても、うっかりしくじってしまうことはあるみたいだ。最近会った男が、大戦中にしたことを自慢していたんだ。「どっちの大戦？」と僕は尋ねた。「関係ないだろう？　君はどうせどっちの大戦も知らないんだ」と男は言った。「知ってますよ」と僕は言った。「馬鹿言うな。君はいくつだ？」と男は尋ねた。「三十四歳」と僕は答えた。「ほら、君は大戦のときにまだ生まれていなかったんだ」と男は言った。「生まれてましたよ。だって、ここにはもう七十四年もいるんですから」と僕は言った。「今、三十四歳って言ったじゃないか」と男は言った。「ええ」と僕は言った、「実際に三十四歳ですよ。過去七十四年のあいだ、ずっと三十四歳でした」、これはママも知っているように、正真正銘本当の話。だけど男は僕がなにか変なことでも言ったみたいにまじまじとこっちを見て、理由は知らないけど、僕のことを「気ちがい帽子屋《マッド・ハッター》」って呼んだんだ。

あなたを愛する息子
気ちがい帽子屋

追伸　お小遣いありがとう。

彼はマッチを擦り、書き終えた手紙を左手に持つと、左上の隅に火をつけた。炎は右下に向かって広がっていく。客は全員こっちに注目している。給仕が走ってきた。「ムッシュ、困ります……」だが給仕は口をつぐんだ。そして目を閉じ、ふたたび開いた。炎も、煙も、灰も、匂いもない。紳士はテーブルに腰かけ、飲み物をすすりながら、しごくありきたりの手紙を読んでいるところだった。給仕は背中を向けて引っこんだ。カフェは百羽のセキセイインコが開いた窓から飛び込んできたみたいな騒ぎだった。〈ニューヨーク・ヘラルド・トリビューン〉の男が、椅子ごと近寄ってきて話しかけた。

「失礼します、ちょっとお話ししていいですか？」

「なんでしょう」

「まず自己紹介させてください。わたしの名前はクルパ。ポーランド系の名前ですが、アメリカ人です。初めまして」

「あなたはきっとイリュージョニストなんですね。こう言って失礼でなければ」

「なんですって？」

「要するに手品師ってことです」

「どうして？」

「それは、そんなふうに手紙を燃やして……きっとフィアンセ宛てでしょう？」

「いや、母への手紙でした」

「まあどちらでもいいんです、とにかくお母様への手紙を燃やして、それから——あら不思議！——手紙は無傷でそのまま手の中に……」

「でも、同じ手紙じゃありませんよ。この手紙は母からの返事です」

「はっはっは」クルパ氏は興奮と冷やかしの混じった口調で言った。「これぞパリ！　これぞヨーロッパ！　とにかく、もしあなたがステージでそういう手品を披露できるなら、アメリカでがっぽり稼げますよ。わたしはそういう業界につてがあるんです。お役に立ちますよ」

「でも僕、お金なんかいりません」

「馬鹿な。誰でも、どんなときでもお金は必要です。あなただって手紙を出すのにお金がいるでしょう」

「いいえ。申しあげたとおり、母との文通に郵便なんて使いません」

クルパ氏はじっと考えこんだ。

「つまり、あなたはお母様に手紙を書き、それを燃やす。するとたちまちあなたの手にお母様からの返事が届いている、と」

「そうです」

「でも、お母様はなんと書いてこられたんです？　よろしければ教えてください」

「すぐに帰ってきなさい、と」

「で、あなたは帰るつもりですか」

「ええ」彼はそう言って、ぱっと消えた。

＊

「あのムッシュはどこへ？　まだお代をいただいていません。ご一緒じゃなかったんですか？」給仕は尋ねた。

小さなテーブルの大理石の卓上、飲みかけのペルノのグラスの横に手紙があった。クルパ氏はさらに近づいて、その手紙に手を置いた。「気にしなくていい」彼は給仕をなだめた。「わたしが払うよ」そして給仕が行ってしまうと、クルパ氏はポケットから読書眼鏡を取り出して、掛けた。

かわいい息子へ

（それとも今は気ちがい帽子屋と呼ばれたい？）これから話すのはけっしていい知らせじゃあり

ません。でも、あまり深刻に捉えないで。心臓（あなたの現在の、かりそめの、歪んだ心臓のことよ）によくありませんからね。

先生とお話しして、そちらの地球の人間たちとの長すぎる（そして負担の大きい）交流は、あなたの頭脳（この「頭脳」というのは、もちろん、あなたの本来の精神のことで、現在一時的に乗っけている身体器官のことではありません）を貧弱にする傾向があるという結論で一致しました。要するに、先生はあなたの働きに満足していません。先生はすでに、わたしたちの住む〈本当の地球〉が、歪《ひず》んだ鏡にどのように映っているかに関する研究論文を完成させました。もともと先生は、ただ脚注のひとつに必要な資料を探してもらうために、あなたをその歪んだ鏡へと送り出し、今でも待っているわけです。先生の頼みはただひとつ、ポルチマンという場所に行き、彼らによってオイル漬けサーディンが缶に密封されている工場を訪れて、サーディンを缶に詰めている人々と、缶に詰められているサーディンについてレポートを送ることでした。それが、調査に派遣されてもう七十四年にもなるというのに、あなたはまだ彼の脚注のためのサーディンをただの一匹も見つけていないようですね。

先生が落胆するのも無理はないでしょう。それどころか苛々《いらいら》しています。だいたい、サーディン関連の情報を知らせもしないで、あなたときたら頌詩《オード》やバラードや賛美歌や短詩や挽歌や警句《エピグラム》や十四行詩《ソネット》や長さがまちまちの無韻詩を何節もどっさり送りつけてくるのですから。まあ、確かに、あなたの報告のうちひとつだけは先生の興味を引きました。女性詩人の話です。彼女は実際には詩を書かず、本当の地球が太陽の周りを回っているのを見たと主張しているそうですね。先生は、あなたが彼女に接触する手間を惜しみ、彼女が目撃したものの座標を訊かなかったことに怒っています。方位角、高度、正確な時間。赤経、赤緯、時角。黄経、黄緯、銀河座標軸など――それらがわかれば、彼女が実際にわたしたちを目撃したのか、それとも抑圧された詩的想像力が思い描いた幻想にすぎないのかを、先生も確かめることができたのです。

　とにかく、長く書きすぎたので要点だけ伝えると、先生はあなたに戻ってくるようにと言っています。研究論文は、サーディンに関する脚注なしで出版されるでしょう。でも、あまり落ちこまないで。あなたを帰還させる本当の理由は、あなたが今いる〈鏡像《ミラー・イメージ》地球〉の、偏差というか、ピンクッション型歪みというか、樽型歪みというか、それがきわめて危険な状態になっているからです。歪んだ鏡に映っているせいで、そちらの地球の人間たちは、賢くなりすぎてはいけない、ということがわからないくらいお馬鹿さんになってしまいました。そのせいで、正しい道を歩んでいたこともあったのに、しょっちゅうまちがったところで道をそれ、正しい道を踏み外してしまったのです。神学においても、政治においても、芸術においても、そして今や――嘆かわしいことに――科学においても。先生はなんとかそちらの地球の人々に警告しようとしました。彼は伝えました、公理は不滅ではない、唯一不滅なのは良いマナーなのだと。「政治家は不滅ではない、政治は不滅ではない、詩は不滅ではない――良いマナーは不滅である」と先生は言います。そしてメッセージはちゃんと届いたのです。手相占いをする娘が受け取りました。でも、このメッセージは人間たちにとっては単純すぎたようですね。彼らは、深い意味が隠されていない託宣には聞く耳を持ちません。だから、そちらの世界はもうすぐ煙となって消えてしまうでしょう！

そしてわたしたちは、彼らがサーディンを缶詰にしていた方法を、永久に知ることができないまま終わるでしょう。
さあ、とにかく帰ってきなさい。あなたが今どこにいるか知りませんが、そちらの地球にいるのをやめて、すぐにこちらの地球に戻るように。

あなたの愛する
母より

訳者あとがき

大久保譲

変な小説である。

まず、通常の意味での「主人公」がいない。冒頭、何やら「憎しみ」を抱えた男が描かれる。読んでいくと、彼が著名な作家であり、ロンドンで仕事をし（秘書と浮気をし）、週末だけ田舎の家族のもとで過ごすことが分かってくる。だが、読者がこの作家に馴染んだころ、彼はあっさり死んでしまう。残された妻と秘書がでてくる。二人の女性は恋に落ちて、マヨルカ島に移住し、ホテルで美しいダンスを踊って〈ダンシング・レディーズ〉として評判になる。一人の青年が訪ねて来て、死んだ作家の瞳の色について質問する。

ここで章が変わり、哲学者とその妻と娘が出てくる。奇妙だが幸福そうな夫婦の会話（妻は地球が贋物だと信じている）、そして親子の会話から、この小説の時代設定は、東西冷戦が何度目かに激化し、核戦争の恐怖がリアルに感じられた一九八〇年代初頭だとわかってくる。やがて、先の青年とともに一匹の黒いプードルが現れると哲学者の運命は暗転する。プードルが突如爆発し、青年は死亡、哲学者は下半身不随となる。どうやらこの爆弾をしかけたテロリスト一味に、さきの作家の娘が加わっていたらしい。娘は仲間に連れられて、隠れていた祖母の家から逃げ出し、祖母はひとり残される。

大怪我をした哲学者は妻と娘エマとともにマヨルカ島へ保養に行く。妻は旧知の〈ダンシング・レディーズ〉と居心地の悪い交流をつづけ、一方、哲学者が知り合った数学の天才少年イアンはエマに恋をしているらしい。イアンの母はシングルマザーの女占い師、父親はロンドンに亡命していたポーランドの将軍だという。

その後、舞台はポーランドに移る。女占い師がヘリコプターから空中に遺灰を散布する場面から始まり、遡ってそこに到る経緯が語られる。政界の影の実力者が、旧知の婦人に頼まれて便宜を図ったらしい。そこには政治的な思惑も絡んでいるようだ。

あちこちで脱線して、マイナーな登場人物のエピソードが語られるかと思えば、ときどき、衒学的・思弁的な長広舌が入る。そして物語に見え隠れする謎の男、サーディンの缶詰工場を探す「気ちがい帽子屋《マッド・ハッター》」（ルイス・キャロル『不思議の国のアリス』の登場人物）……。

最後まで読んでも（読めばなおさら）分類不能のこんな小説、『缶詰サーディンの謎』を書いたのは、いったいどんな人物なのだろうか。

ステファン・テメルソンは一九一〇年、医師の息子として、ポーランドの中央の都市プウォツクに生まれた。物理と建築を学ぶためにワルシャワ大学に入学したステファンだが、しだいにアートへと関心を移す。現在残っている最も古いステファンの作品は、一九二八年制作のフォトグラムだ。ステファンは一九三一年、画家・イラストレーターのフランチシュカ・ウェインレス（一九〇七年ワルシャワ生まれ）と結婚する。フランチシュカとステファンの名コンビ「ザ・テメルソンズ」――「テメルソン夫妻」ではなく、こちらが似つかわしい――の誕生である。二人は生計を立てるために子供向けの、しかし独創的な絵本を出版しながら、実験的な映画の制作をおこなって、ポーランドの前衛芸術運動のなかで名を馳せた。全七本のフィルモグラフィのうち、『薬局』『ヨーロッパ』『音楽的瞬間』『ショート・サーキット』『善良な市民の冒険』の五本はポーランド時代に作られた。全編が残っているのは『善良な市民の冒険』のみである（戦時中、ナチスに押収された『ヨーロッパ』は後年、再発見され、イギリスに返還、修復されている）。戦火で焼失してしまった作品も、ウェブサイト Themersonarchive.com や、若きテメルソンの映画論を英訳・復刻した『ヴィジョン創造への衝動』（*The Urge to Create Visions*, 1983）でスチール写真を見ることが可能だ。

テメルソンズは一九三八年初頭にパリに移住し、同時代の芸術の最前線のなかで創作活動に励む。しかしやがて第二次世界大戦が勃発、フランチシュカはパリのポーランド亡命政府に勤務したあと、最終的にはイギリスに亡命する。一方、フランスで義勇兵となったステファンも、一九四二年には渡英。戦争中には二人でプロパガンダ映画『スミス氏への呼びかけ』を制作。一九四四年～四五年に撮影された『目と耳』が、映画作家としての最後の作品となる。

こうした経歴から、テメルソンズは、何よりも戦間期の実験映画の作家として、日本語で読めるポーランド芸術史・映画史でも言及されている。しかし、映画の制作から手を引いたあと、イギリスで彼らの新たな活躍が始まったことは、日本ではあまり知られていない。

いや、実はかなり早いうちに日本で紹介されていたのだが、見過ごされていたというべきだろう。思いがけないところに証言がある。バートランド・ラッセルの『ラッセル自叙伝』第三巻（日本語訳は一九七三年、原書は一九六九年刊）である。晩年になってフィクションの創作に楽しみを覚えたという哲学者は、次のように記す。『善良な市民のアルファベット』を著わしたのはわたくしの大きな慰めだった。この本はわたくしの友人で、テマーソン社の人々〔引用者注：テメルソンズ〕によってガバーボカス出版社から発行された。（ガバーボカスというのは、ジャッバーウォッキー〔引用者注：『鏡の国のアリス』に登場する謎の詩〕のポーランド語だということである）。その本のさし絵は、フランシスカ・テマーソンによって、非常に上手に、そして美しく描かれた。そしてそれが、わたくしが最も強調したいと望んでいたあらゆるポイントを強調してくれた」（日高一輝訳、理想社）。

ルイス・キャロルのノンセンスにも親炙していたテメルソンらしいネーミングの、このガバーボカス Gaberbocchus ——「ポーランド語」というのはラッセルの勘違いで、「ジャバウォッキー Jabberwocky」の、キャロルの叔父ハサード・ドッドソンによるラテン語訳——こそザ・テメルソンズが一九四八年にイギリスで起こした出版社であり、二人の活動拠点であった。三十年のあいだに五十七冊を刊行したガバーボカスの目録のなかには、アルフレッド・ジャリ『ユビュ王』——ポーランドを「どこにもない国」と呼んだ——のバーバラ・ライトによる初の英訳（フランチシュカのイラストつき）、アポリネール詩集にレイモン・クノー『文体演習』の、同じくライトによる英訳（こちらはステファンによるイラストとコラージュつき）、スティーヴィ・スミスのスケッチ集、ケネス・タイナンの戯曲、さらには最晩年をイギリスで暮らし、テメルソンズと親交のあったクルト・シュヴィッタースの詩文集など、注目すべき書目がずらりと並ぶ。もちろん、フランチシュカの画集や、ステファンの数多い小説・エッセイも、ガバーボカス社から出版されている。

ガバーボカス社は一九七九年にオランダの出版社デ・ハルモニーに売却されたが、同社はこのレーベルを維持し、現在までテメルソンズの重要な著作をガバーボカスの名で刊行しつづけている。

なお、フランチシュカによる素晴らしいコミック版『ユビュ王』が、一九九三年に翻訳刊行されている（青土社）。訳者である宮川明子の解説は、テメルソンズとガバーボカス社について詳細に語った貴重な日本語文献だ。

ステファンはフランチシュカが亡くなって数週間後、一九八八年九月に後を追うように息をひきとった。テメルソンズの残した膨大なアーカイブは、二〇一五年にポーランド国立図書館に寄贈されている。

ここで、小説家としてのステファン・テメルソンの経歴を辿ってみよう。

フランチシュカとの合作でポーランド時代に絵本を執筆していたものの、ステファンが本格的に「小説」を書き始めるのはイギリスに渡ってからだった。彼は母語ポーランド語でも第二外国語のフランス語でもなく、英語で書くことを選んだ。成人してからイギリスに移住し、英語で創作活動をおこなった点で、ステファンの軌跡は半世紀前の同国人ジョゼフ・コンラッド（一八五七－一九二四）にそっくりなのだが、はたして彼はこの大作家の存在を意識していただろうか。

ステファンが最初に書いた小説は『マア教授の講義』(*Professor Mmaa's Lecture*)。知能の発達した白アリたちが人間(homo)という「毛のない哺乳類の一種」の生態を調査する。白アリたちの喧々囂々をとおして人間世界のあらゆる党派を諷刺してみせる、『ガリヴァー旅行記』の系譜に属する小説だ。戦時中に執筆され、友人ラッセルの序文つきで一九五三年に上梓された(ラッセルの序文つきで刊行された第一作という点で、やはり中欧からの亡命者だったウィトゲンシュタインの『論理哲学論考』英訳版〔一九二二〕を思わせる)。

出版の順序でデビュー小説になったのは『バヤマス』(*Bayamus*, 1949)。生まれたときは女性だった三本脚の男バヤマスが、器用にローラースケートを操りながら詩的・性的冒険に乗り出す、途方もない物語である。ステファンの重要概念である「意味詩」(Semantic Poetry)の理論と実践が展開されるのもこの小説だ。ステファンの作品に繰り返し出てくる「父親と子供」という主題がすでに登場するのも興味深い。

『ワンワン、あるいは誰がリヒャルト・ワーグナーを殺したの?』(*Wooff Wooff or Who Killed Richard Wagner?*, 1951)は、公園のベンチで犬の真似をしていた語り手が、身に覚えのないワーグナー殺しの罪で逮捕される。ワーグナーになんて会ったこともないし、そもそもあの作曲家はとっくに死んでいるはずだと主張しても無駄で、実はニーチェもワーグナーもベルクソンも最近まで存命で、それが相次いで殺害されたというのだ。実はジョイスが生きていた——というフラン・オブライエン『ドーキー古文書』(一九六四)の設定を先取りしている。

小説家ステファンの後期の展開を決定づけたのは『ペレトゥーオ枢機卿』(*Cardinal Pölätüo,*

1961）だ。十九世紀初頭に生まれ、二〇二二年になっても健在とされる枢機卿は、マルクスからバートランド・ラッセルにいたる同時代の頭脳と対話し、映画や飛行機の誕生を目撃し、精神分析や量子力学を学びながら、現代にふさわしい神学体系を執筆している。その一方、枢機卿は詩こそキリスト教の敵であると考えており、自身がポーランド貴族の娘とのあいだに設けた私生児ギヨーム・アポリネール――史実では父親は不明――の抹殺をもくろむ。

これ自体奇抜な小説なのだが（そもそもステファンの小説はすべて奇抜なのだが）、注目すべきなのはここにプリンセス・ズッパとその友人（愛人？）のドクター・ゴールドフィンガーも登場することだ。本書の登場人物一覧からもわかるとおり、人物とエピソードが重なり合うファミリー・サーガの始まりである。プリンセス・ズッパの父親が、イギリスに亡命中のポーランド軍人ピェンシチ将軍。彼を主人公に据えた『ピェンシチ将軍』（*General Piesc*, 1976）は、『サーディン』の直接の前日譚といえる。ピェンシチ将軍はサッカーくじで大金を当て、胸に秘めていたある目的を果たすために、コートに拳銃を忍ばせて列車に乗る。だが、海辺の町でイルカが跳ねるのを眺めた瞬間、長年の宿願が何であったかをすっかり忘れてしまう。途方に暮れた将軍は、手相占い師のミス・プレンティスに相談に行く……将軍が娘のようなミス・プレンティスと恋に落ち、その結果生まれたのが天才少年イアンなのは、『サーディン』の読者ならご承知のとおり。さきにコンラッドの名前を挙げたが、ステファンの後期の作風は、より世代の近いもう一人のポーランド出身の亡命作家、ヴィトルト・ゴンブローヴィチ（一九〇四－六九）のオフビートな小説を連想させなくもない。

遺作となった『ホブソンの島』（*Hobson's Island*, 1988）は、『サーディン』の続篇というか表裏一体のような怪作だ。ピェンシチ将軍のもう一人の息子、プリンセス・ズッパやレディ・クーパーやイアンの異母兄弟にあたるブクムラ（架空のアフリカの国）の大統領がクーデターで失脚するところから小説は始まる。イギリスの艦船に救出された大統領は、謎めいた「ホブソンの島」に匿われる。その島に、物理学者とスパイの夫婦、二人の娘のパンク詩人、彼女の恋人で「文豪」バーナード・セント・オーステルの息子ジョン、プリンセス・ズッパやドクター・ゴールドフィンガーまで押しかけ、事態は大混乱に陥る……。ひとこと補足するなら、黒いプードルが要となる『サーディン』に対し、『ホブソン』では猿が大暴れする。

ステファン・テメルソンの小説のうち、『缶詰サーディンの謎』のほかに『ホブソンの島』と『トム・ハリス』（*Tom Harris*, 1967）――チャンドラーを愛読したステファンによる、不思議なミステリー――の三冊がアメリカの出版社 Dalkey Archive Press から再版されており、入手しやすい。『缶詰サーディンの謎』は、アメリカと日本のふたつのドーキー・アーカイヴにラインナップされた初めての（現在のところ唯一の）作品ということになる。

なお、『缶詰サーディンの謎』は、オランダで映画化されている（*Het mysterie van de sardine*, 2005）。Erik van Zuylen 監督は、原作の前半にあたるマヨルカ島のエピソードまでに物語を限定し、ティムをはっきりと主人公に据えて、妻との関係や、エマとイアンの幼い恋を描く人間ドラマに仕上げている。ここでは、哲学講師の家を訪問するのが、文学青年からポーランド前衛映画の研究者に変更されている。プードルが爆発するのは、客がテメルソンズの『善良な市民の冒険』を上映している最中なのだ。

ところで、意外と言うべきだろうか、奇想とパラドクスの小説家ステファンには、古風なモラリストの側面がある。「公理は不滅ではない／政治は不滅ではない／詩は不滅ではない――／良いマナーは不滅である」という『缶詰サーディンの謎』のエピグラフは、小説やエッセイを通して繰り返し表明されるステファンの信念に他ならない。曰く、人類はもともと他人に対する思いやり、つまり礼節（decency）をもって生まれてくる。それが長じるにつれ、宗教にせよ政治にせよ、なんらかの教義を奉じるようになり、その「目的」のために礼節を見失ってしまうのだ。『サーディン』では、第五章でデイム・ヴィクトリアが、テロ行為に手を染めた孫娘に対し、心のなかで「やっていいこと・いけないこと」の重要性を語って、ステファンを代弁している。「目的のために手段を選ばない」ことこそ、ステファンが断固として否定する考え方だ。逆に「目的のなかの究極の目的は、手段が礼節にかなっていることだ」（エッセイ「目的のなかの目的」）とステファンは言う。奇想とノンセンスが、常識《コモンセンス》への信頼に裏打ちされている点で、ステファンは時おりチェスタトンを思わせる。実際、警視と「私」が人工知能の可能性について議論を繰り広げる中篇『特殊部門』（*Special Branch*, 1972）では、チェスタトンの言葉がエピグラフとして掲げられている。とはいえ、カトリックに傾倒した『ブラウン神父』の作家と異なり、ラッセルとウィトゲンシュタインの哲学を経由したステファンは、神なきモラリストなのだけれど。

全体主義の世紀を生き抜いたステファンは、人を狂信や熱狂に駆り立てる類のプロパガンダに批判の目を向ける。詩の音楽性や多義性に疑問符を突きつけるのも、そのように神秘化された詩が政治的・宗教的プロパガンダの道具に堕しかねないからだ。『バヤマス』で提示した「意味詩」は、詩からあらゆる神秘性をはぎ取り、「言葉の意味そのまま」を投げ出すことを提案する。象徴主義からモダニズムにいたる文学運動への痛烈なアンチテーゼともいえる「意味詩」だが、その一方、ステファン自身は、しばしば言葉の音楽性や多義性への断ちがたい偏愛を示している。『サーディン』でいえば、第十五章の冒頭、車の色と種類を列挙してみせるくだりなどは、「意味」を離れて言葉そのものの触感を存分に楽しんでいるではないか。

「翻訳」という営みについてのステファンの考えも述べておこう。『バヤマス』の終盤で、おそらくステファンの意を体現した一人の人物は、自分は四十六か国語が自由に読めると豪語したうえで、次のように述べる。「私はロシア文学を英訳で、イギリス文学をフランス語訳で、フランス文学をスペイン語訳で、スペイン語文学をドイツ語訳で、ドイツ語文学をイタリア語訳で、イタリア文学をイディッシュで、イディッシュ文学をヘブライ語で、ヘブライ文学をルーマニア語で、ルーマニア文学をスウェーデン語で、スウェーデン文学をトルコ語で読むのが好きだ。翻訳で読めば、作家に騙されているという感じをそれほど受けなくて済むからね。翻訳では、作家は、言葉の響きやら、原文の一語一語に込められた微妙なニュアンスやらで、読者をごまかせない……」。母語のポーランド語ではなく英語で書いた――書かざるを得なかった――ステファンは、そのことをむしろ奇貨として、いわば「生まれつき翻訳」（レベッカ・ウォルコウィッツの言葉）である小説を書いたのだった（そういえば『缶詰サーディンの謎』もまた、英語版に先んじて、*Euclides was een ezel* ――『ユークリッドはマヌケである』というオランダ語訳がまず出版されている)。
本訳書が、英語版以上に読者を欺かず、ステファン・テメルソンの奇妙な世界への導きとなれば、これほど嬉しいことはない。

補足をふたつほど。本書十三ページ、ウェルギリウス『農耕詩』は第二歌四五八-六〇行、『牧歌』は第十歌六九行からの引用で、いずれも小川正廣訳(京都大学学術出版会、二〇〇四)をお借りした。二一〇ページで言及される「シコルスキ将軍」(ヴワディスワフ・シコルスキ、一八八一-一九四三)は第二次大戦中のポーランド亡命政府の首相、「アンデルス」(ヴワディスワフ・アンデルス、一八九二-一九七〇)はイギリスに亡命したポーランドの軍人である。

あとがきの執筆にあたっては、テメルソンの各著作に付された序論のほか、Francis Booth, *Amongst Those Left: The British Experimental Novel 1940-1980* (Dalkey Archive, 2020) のテメルソンに関する章、および Jasia Reichardt (ed.), *Stephan Themerson* (Themerson Estate, 2023) を参考にした。

また、ポーランド語翻訳者の芝田文乃さんには訳稿を隅々まで丁寧に点検していただき、ポーランド語およびポーランドの歴史と文化について、そしてテメルソンズの活動について、貴重なご指摘・ご教示を多数賜りました。深く感謝します。

●ステファン・テメルソン著作リスト

（＊はフランチシュカ・テメルソンとの共作。ポーランド語作品での［　］内の英語はポーランド語からの直訳・仮題を指し、英訳版があるものは別途斜体で記した）

作成＝芝田文乃

Historja Felka Strąka［The Story of Felek Strąk］（1930）　中篇（児童書）

Jacuś w zaczarowanem mieście, cz. 1/cz. 2［Jack in the Enchanted City, Part 1/Part 2］（1931）　長篇（児童書）＊

Poczta［Postal Service］（1932）　絵本＊

Narodziny liter［The Birth of Letters］（1932）　絵本＊

Nasi ojcowie pracują［Our Fathers Are Working］（1933）　子供向けの詩＊

Był gdzieś haj taki kraj［There Was Such a Country Somewhere］（1937）　絵本＊

Była gdzieś taka wieś［There Was Such a Village Somewhere］（1937）　絵本＊

Pan Tom buduje dom（1938）　絵本＊（英訳版 *Mr. Rouse Builds His House* 1950）

Przygody Marcelianka Majster-Klepki［The Adventures of Marcelianek Majster-Klepki］（1938）　中篇（児童書）＊

Dno nieba［The Bottom of the Sky］（1943）　詩集

Jankel Adler or an Artist seen from one of many possible angles（1948）　評論

Aesop, *The Eagle & the Fox & The Fox & the Eagle: Two semantically symmetrical versions and a revised application*（1949）　評論・翻訳＊

Bayamus（*and the Theatre of Semantic Poetry*）（1949）　中篇（ポーランド語版短篇集 *Generał Piesc i inne opowiadania*［1980］＊に収録）

The Adventures of Peddy Bottom（1950）　中篇（児童書）＊（ポーランド語版 *Przygody Pędrka Wyrzutka*［1951］）

Wooff Wooff or Who killed Richard Wagner?（1951）　中篇＊（ポーランド語版 *Hau! Hau! czyli kto zabił Ryszarda Wagnera?*［2004］）

Professor Mmaa's Lecture（1953）　長篇＊（ポーランド語版 *Wykład profesora Mmaa*［1958］）

Factor T（philosophical essay）（1956）　評論＊（ポーランド語版［2004］）

Kurt Schwitters in England: 1940-1948（1958）　評論・翻訳

The Bone in the Throat（one-act play）（1959）　戯曲

Cardinal Pölätüo（1961）　長篇（ポーランド語版 *Kardynał Pölätüo*［1971］）

Semantic Divertissements（1962）　詩集＊

O stole, który uciekł do lasu（1963）　絵本＊（英訳版 *The Table that Ran Away to the Woods*［2012］）

Tom Harris（1967）長篇（ポーランド語版［1975］）

Apollinaire's Lyrical Ideograms（1968）　評論・翻訳

St Francis and the Wolf of Gubbio（an opera, libretto and music）（1972）　戯曲＊

Special Branch（a dialogue）（1972）　中篇＊
Logic, Labels and Flesh（ten philosophical essays）（1974）　評論＊
On Semantic Poetry（1975）　詩論集
General Piesc（*The Case of the Forgotten Mission*）（1976）　中篇（ポーランド語版短篇集 *Generał Piesc i inne opowiadania* ＊［1980］に収録）
The Chair of Decency（*Johan Huizinga Lecture*）（1982）　講義録
The Urge to Create Visions（1983）　映画論＊
The Mystery of the Sardine（1986）　長篇　**本書**（ポーランド語版 *Euklides był osłem*［1989］）
Hobson's Island（1988）　長篇（ポーランド語版 *Wyspa Hobsona*［1997］）
・以下は作家死後の出版
Jestem czasownikiem, czyli zobaczyć świat inaczej［I am a Verb, or Seeing the World Differently］（1993）　詩集＊
Collected Poems（1997）　詩集＊
Wiersze wybrane 1939-1945［Selected Poems 1939-1945］（2003）　詩集
Unposted Letters. Correspondence, Diaries, Drawings, Documents 1940-42.（2013）　書簡集＊

著者　ステファン・テメルソン　Stefan Themerson
1910年ポーランド・プウォツク生まれ。物理と建築を学ぶためにワルシャワ大学に入学するが、しだいにアートへと関心を移す。1931年、画家・イラストレーターのフランチシュカ・ウェインレスと結婚、以後二人で絵本や実験映画製作などを行ない、ポーランドの前衛芸術運動のなかで名を馳せた。その後、フランスを経てイギリスへ移住。1948年に出版社ガバーボカス社を設立、自身の小説を含む個性的なラインナップの書籍を多く刊行する。1988年死去。本書『缶詰サーディンの謎』はテメルソン本邦初紹介となる。

訳者　大久保　譲（おおくぼ　ゆずる）
1969年生まれ。東京大学教養学部卒。現在専修大学教授。著書に『イギリス文学入門』（共著、三修社）、訳書にシオドア・スタージョン『ヴィーナス・プラスX』、マット・マドン『コミック 文体練習』、サミュエル・R・ディレイニー『ダールグレン』、リチャード・マグワイア『HERE ヒア』（いずれも国書刊行会）など。

DALKEY ARCHIVE

責任編集

若島正＋横山茂雄

缶《かん》詰《づめ》サーディンの謎《なぞ》

2024年9月15日初版第1刷発行

著者　ステファン・テメルソン

訳者　大久保譲

装幀　山田英春

装画（コラージュ）　M!DOR!

発行者　佐藤丈夫

発行所　株式会社国書刊行会

〒174-0056　東京都板橋区志村1-13-15

電話 03-5970-7421　ファックス 03-5970-7427

https://www.kokusho.co.jp

印刷製本所　中央精版印刷株式会社

ISBN 978-4-336-06061-7

DALKEY ARCHIVE

責任編集
若島正＋横山茂雄

ドーキー・アーカイヴ

全10巻

虚構の男 L.P.Davies *The Artificial Man*
L・P・デイヴィス　矢口誠訳

人形つくり Sarban *The Doll Maker*
サーバン　館野浩美訳

鳥の巣 Shirley Jackson *The Bird's Nest*
シャーリイ・ジャクスン　北川依子訳

アフター・クロード Iris Owens *After Claude*
アイリス・オーウェンス　渡辺佐智江訳

さらば、シェヘラザード Donald E. Westlake *Adios, Scheherazade*
ドナルド・E・ウェストレイク　矢口誠訳

缶詰サーディンの謎 Stefan Themerson *The Mystery of the Sardine*
ステファン・テメルソン　大久保譲訳

救出の試み Robert Aickman *The Attempted Rescue*
ロバート・エイクマン　今本渉訳

ライオンの場所 Charles Williams *The Place of the Lion*
チャールズ・ウィリアムズ　横山茂雄訳

死者の饗宴 John Metcalfe *The Feasting Dead*
ジョン・メトカーフ　横山茂雄・北川依子訳

誰がスティーヴィ・クライを造ったのか？
Michael Bishop *Who Made Stevie Crye?*
マイクル・ビショップ　小野田和子訳